Klaus Stickelbroeck

MACHSTE NIX DRAN

Kriminalstorys

KBV

MIX
Papier | Fördert
gute Waldnutzung
FSC® C083411

FSC
www.fsc.org

Originalausgabe
© 2022 KBV Verlags- und Mediengesellschaft mbH, Hillesheim
www.kbv-verlag.de
E-Mail: info@kbv-verlag.de
Telefon: 0 65 93 - 998 96-0
Umschlagillustration: Ralf Kramp
Druck: CPI books, Ebner & Spiegel GmbH, Ulm
Printed in Germany
ISBN 978-3-95441-607-3

»Ich hab es gerne kurz und knackig!«
(Hartmann)

INHALT

CAMPING-CHAOS

utz Pasullke saß mir im Vernehmungszimmer gegenüber und rutschte unruhig auf seinem Bürostuhl vor und zurück. »Das ist jetzt alles ... doof, aber ... ich kann doch nichts dafür.«

Ich blätterte in meinen Unterlagen ein paar Seiten zurück an die Stelle, an der sich die Fotos befanden. »Ich möchte aber schon ganz genau wissen, was da passiert ist.«

Der Alte vor mir jammerte tonlos.

Ich gab ihm zum Einstieg ein Stichwort. »Wieso denn jetzt überhaupt Camping?«

Mein Gegenüber nickte heftig. »Herr Kommissar, das ... das hab ich mich auch gefragt. Camping ist doch hier bei uns im Ruhrpott genetisch-kulturell ja gar nicht vorgesehen. In Amerika, klar. Da wird ja traditionell viel gezeltet. Die Indianer, die Tipis. Aber bei uns in Wattenscheid? Wir sind ja historisch und von der Evolution aus jetzt mal ganz genau drauf geguckt eher die Höhlenmenschen. Ich Mammut, du Feuer!«

»Hurga, Hurga!«, stimmte ich zu.

»Genau, Herr Kommissar. Ich bin nich so für Zelten. Wir ausm Pott haben von jeher die Behausungen mit kräftigem Schlag in den Stein geklopft. Daher ja auch der Bergbau!«

Ich blinzelte. »Aber jetzt ...«

Lutz Pasullke stöhnte laut. »Ja, jetzt war die Mehrheit unserer wilden Rasselbande fürs Zelten. So ein Quatsch!«

»Ähm … Rasselbande?«

»Ja, hier: Heinz Chilonka, Bert Breitscheid, der dicke Arno Kositzki, der Udo Mattuschek, der Paul Schabulski, Horst Zdrenka und ich. Wir spielen beim Arno im Garten immer Doppelkopf. Beinhart. Mit Bock und Ramsch und alles.«

»Ja, … aber *Rasselbande*? Der Begriff ist ja eher ein wenig irreführend.«

Lutz Pasullke schüttelte den Kopf. »Nein, nein, Herr Kommissar, die Kollegen sind schon alle deutlich jünger als ich.«

»Sie sind 86.«

»Das ist richtig. Aber unser Jüngster, der Arno Kositzki, also … Als ich das erste Mal auf Sohle 3 auf *Zeche Prosper Haniel* in Bottrop eingefahren bin, da ist der kleine Arno noch mit der Trommel laut schreiend um den Christbaum gerannt.«

»Arno Kositzki ist 76.«

»Genau. Der olle Jungspund.«

Ich verdrehte die Augen. Jungspund war eine Formulierung, bei der es scheinbar auch sehr stark auf den Blickwinkel ankam.

»Ja. Und der Heinz Chilonka, der hat jetzt gesagt, dass es diesmal auf Herrentour aber nicht wieder nach Bad Hönningen gehen sollte. Da haben alle gefragt: Wieso? Und der Heinz hat gemeint, weil die Frauen da ja auch nicht jünger werden.«

»Aha.«

»Der Bert Breitscheid hat daraufhin vorgeschlagen, dass man mal wieder zelten gehen könnte. Weil es da in den Gemeinschafts-Baderäumen immer so viel zu gucken gibt.

Wie in Bad Hönningen.

Der Paul Schabulski hat gleich einen Campingplatz bei Oberwesel ins Spiel gebracht, weil der da im Krieg als Flakhelfer stationiert war. Der schwärmt immer davon, was das damals für ne schöne Zeit war. Jetzt von dem Krieg mal abgesehen.

Dem Udo Mattuschek und dem Horst Zdrenka war das egal. Kann auch sein, dass der Udo das gar nicht mitbekommen hatte, denn der Udo ist extrem schwerhörig. Fast taub. Den muss man feste anschreien, damit der überhaupt was mitkriegt. Und seit zwei Jahren ist der außerdem sehr kurzsichtig. Extrem. Fast blind. Und tüttelig. Für Doppelkopf eigentlich nur noch bedingt geeignet.«

»Und welche Rolle spielen Sie?«, wollte ich wissen.

»Ich bin ja jetzt der Älteste. Ich pass immer auf alle auf. Manchmal geht es bei der Rasselbande ja auch ein bisschen drunter und drüber. Je oller, je doller! Aber einer muss ja die Zügel auch mal in die Hand nehmen und Vernunft anordnen. Manche von den Kerlen – glaub ich – werden nie erwachsen.«

Mein Blick fiel auf die Notizen. Ich nickte. Da konnte der alte Pasullke auf seine Art tatsächlich recht behalten …

»Ja. Und wie war das denn jetzt alles ganz genau?«

»Herr Kommissar, wir sind mit dem alten VW-Bus von Heinz Chilonka losgefahren und waren eine Stunde später auf dem Campingplatz. Bert Breitscheid hat uns dann gleich auf eine besonders schöne Parzelle aufmerksam gemacht.

Ich für meinen Teil war froh, dass wir da waren. Der Horst Zdrenka ist ein ganz, ganz schlimmer Allergiker. Und weil dem Heinz Chilonka seine Tochter ihr Verlobter für einen Biobauernhof Gemüse ausfährt, waberte durchs Fahrzeug so ein leichter Kohlgeruch. Nicht schlimm, aber das hat schon gereicht, um dem Horst die Augen rot zu färben. Der Horst Zdrenka ist gegen fast alles allergisch. Erdnüsse, Ahorn. Die SPD. Seit neuestem auch gegen *Atemlos* von Helene Fischer.

›Hier sind wir richtig, eine super Aussicht‹, tönte dann der Bert Breitscheid.

Ich hab ausm Fenster geguckt. Na ja. Über eine halbhohe Holzabsperrung hat man freie Sicht auf den Rhein, der genau da in Oberwesel einen Bogen schlägt. An der Kante geht es steil tief runter, man guckt direkt auf den Rhein, aber – Herr Kommissar, mal ehrlich – so ein Fluss, auch wenn der einen Bogen schlägt, der fließt ja immer nur in *eine* Richtung. Besonders spektakulär is das nicht. Kennste einen Fluss, kennste alle.

›Suuuuper‹, rief aber plötzlich auch der dicke Arno Kositzki, und jetzt sah ich erst, was die beiden meinten.

In der Parzelle neben uns stand ein schwarzer Sportwagen mit holländischen Kennzeichen. Und zum Zelt auf der Parzelle gehörten zwei Frauen. Sehr jung. Sehr schlank. Sehr blond. Bei den beiden hatte der liebe Gott sich richtig Mühe gegeben. Die lagen in ihren Liegestühlen und sonnten sich oben ohne. Oben *ohne* war in dem

Sinne auch fast schon verkehrt gesagt, denn die hatten oben *sehr viel*. Also eher: oben ohne mit oben viel. Wie heißen noch mal diese Ballon-Früchte aus den Tropen?«

»Melonen?«

»Genau. Ich war trotzdem gar nicht sooo begeistert von dem Standort, weil direkt auf der anderen Seite unserer Parzelle der Sammelcontainer für die Bioabfälle stand. Bio-Abfälle locken ja das ganze Stechzeug an. Dat is ja auch nicht soooo klasse, aber ... *Melonen aus Holland*? Herr Kommissar, die Entscheidung war gefallen.

›Hier bleiben wir‹, strahlte der dicke Arno.

›Besser als Bad Hönningen!‹, jubelte Bert Breitscheid.

›Schuperschön hier‹, rief Paul Schabulski.

Paul hatte – wie immer, wenn es auf Doppelkopf-Tour ging – sein Gebiss zu Hause gelassen. Die Dritten gingen dem nämlich immer verloren. Zahlt auf die Dauer ja keine Versicherung. Deshalb hatte der Paul sich im Internet eine Ersatz-Kauleiste aus Taiwan bestellt. Die war zwar extrem billig, aber da war links und rechts ein bisschen Spiel in der Keramik, worunter seine Aussprache sehr litt.

›Ich muss Pipi‹, sagte Udo Mattuschek.

›Isch melde unsch an der Reschepschion an‹, erklärte Paul Schabulski, sein Gebiss wackelte wild.

›Wir anderen bauen das Zelt auf‹, schlug ich dann auch mal was vor.

Gesagt, getan. Also ... gesagt ... und erst mal angefangen.

Das war nämlich gar nicht so einfach, das mit dem Zelt. Paul Schabulski hatte das Zelt nämlich ein paar

Jahrzehnte lang im Keller gelagert. Das war noch alter Wehrmachtsbestand. Und roch arg muffig. Herr Kommissar, solche Schimmelkulturen haben Sie noch nicht gesehen.«

»Nicht schön!«

»Nee. Das sagte auch gleich der Horst Zdrenka, der mit Spontanschweiß auf der Stirn auch sofort zu hüsteln anfing.

Der dicke Arno Kositzki schüttelte dann Zeltstangenstücke aus einem staubigen Beutel. Dabei kullerten auch drei Mäuseskelette mit auf den Rasen. War lange nicht aufgebaut worden, das Zelt.

Eines der Stangenstücke schlug der Arno dem Bert Breitscheid versehentlich vor den Kopf. Der Bert hatte nicht aufgepasst, weil eine der Holländerinnen anfing, sich mit Sonnenmilch einzucremen. Mein lieber Scholly! Ich sag ja, die kriegen nich viel gebacken, die Holländer, aber sich mit Sonnenmilch einreiben … dat können die.

Arno selbst widmete sich jetzt schnaufend den Heringen. Der Arno hatte so ein kleines Campinghämmerchen und kloppte jetzt sofort wie wild auf die Pflöcke ein.

Ich hab derweil versucht, das alles unter Kontrolle zu halten.

Die beiden Holländerinnen fest im glasigen Blick, fing der Bert an, die ersten Zeltstangenteile ineinander zu drücken, damit das Zelt von innen schon mal grob aufgerichtet werden konnte. Dazu ist der Heinz Chilonka in das schlaffe Stoffteil reingekrochen. Und wie die Außenwand dann das erste Mal aufgerichtet sichtbar wurde, hab ich den ersten, riesigen Schreck bekommen!« Lutz Pasullke schnappte nach Luft. »Wie sich das Zelt so spannt, seh ich, dat dat beschriftet ist. Also quasi. Die Nazis haben ja seinerzeit alles vollgeschmiert mit ihren Hakenkreuzen. Da prangte jetzt dick und fett ein weißes Hakenkreuz auf dem Zeltstoff.

Da hab ich sofort an die Holländerinnen gedacht.

Ich schnappte mir ganz schnell eines von Bert Breitscheids Frotteebadelaken und warf es hastig über das Kreuz. Das war ein großes, weißes Saunalaken. Mit rot gestickter Schrift. Aus Berts Stammkneipe: *Golden Lover Swinger Club*. Na ja, besser Swinger Club als Hakenkreuz.«

Ich nickte hastig. »Auf jeden Fall! Viel besser!«

»Ja, Herr Kommissar, das meine ich mit ›alles ein bisschen unter Kontrolle halten‹. Nun ja. Jetzt waren alle irgendwie beschäftigt. Der Heinz beulte gruselig von innen mit seinem Kopf das Zelt immer wieder aus, Arno kämpfte tapfer gegen die Heringe, Bert schob mit abwesendem Blick die Zeltstangenteile ineinander, und Horst Zdrenka hantierte – die Nase schniefend – mit den Spannleinen rum.

Da brach plötzlich bei den Sanitäranlagen der Tumult aus. Ich rannte sofort hin.

›Mann, gehört der zu Ihnen?‹, herrschte mich ein braun gebrannter Security-Kerl an und drückte mir den Udo Mattuschek in die Arme. ›Der belästigt die Leute.‹

›Ich war nur Pipi machen‹, maulte Udo.

›In der Damentoilette!‹

Udo hatte, kurzsichtig wie er war, Herren- und Damentoilette verwechselt. Und war dann falsch abgebogen. In den Duschbereich. Für Frauen. Wo er sich hin verlaufen hatte. Außerdem hatte er tüttelig vergessen, den Reißverschluss an seiner Hose zuzuziehen. Und vorher alles ordentlich einzupacken. Was jetzt leider falsch gedeutet wurde.

›Wat stellen die sich denn so an?‹, keifte Udo.

›Lass gut sein.‹

›Sind wir denn nicht in Bad Hönningen?‹

Ich konnte dem Security-Mann glücklicherweise schnell alles erklären und verstaute beim Udo alles, was raushing, dahin, wo es reingehörte. Wenn Männer alt werden, dann werden die komisch.

Dann bugsierte ich Udo eilig zurück auf unsere Parzelle und stellte ihn an einen Baum. ›Du wartest jetzt genau hier, bis wir das Zelt aufgebaut haben.‹

›Wat denn fürn Zelt?‹, fragte Udo.

›Lutz! Luhutz!‹, kreischte in dem Moment plötzlich der Horst Zdrenka mit entsetzter Panik in der Stimme.

Ich blickte rüber. Horst stand neben dem Zelt, hielt in der einen Hand ein Spannseil und winkte heftig mit der anderen. Gleich neben ihm drückte Heinz Chilonka seinen Kopf von innen gegen die stramme Zeltwand. Seine verzerrten Gesichtszüge waren deutlich im Stoff zu erkennen. Sah ebenfalls ein bisschen nach Verzweiflung aus.

›Aua‹, schrie Bert Breitscheid.

Eine der Holländerinnen hatte ihn abgelenkt. Sie war aufgestanden, um den Liegestuhl ein bisschen mehr in die Sonne zu ruckeln. Bert hatte sich an den Zeltstangenschienen die Haut eingeklemmt.

›Bert‹, rief ich mahnend. ›Denk an deinen Blutdruck!‹

Ich trat zum Horst Zdrenka. ›Wat haste, Horst?‹

Horst Zdrenka hielt mir einen Handballen vors Gesicht. ›Mich hat eine Wespe gestochen.‹

›Äh …‹

›Ich glaub, ich bin gegen Wespenstiche allergisch.‹

Aus dem Augenwinkel sah ich überrascht, wie Udo Mattuschek sich schleichend wieder in Bewegung setzte. Der Trottel sollte doch am Baum warten.

›Horst, bist du jetzt gegen Wespenstiche allergisch oder nicht?‹

›Ich glaube schon.‹

›Überleg noch mal genau!‹

Horst Zdrenka blickte leidend. ›Muss ich sterben, Lutz?‹

Ich schüttelte den Kopf. ›Ich glaube nicht.‹

›Mann‹, fluchte Heinz Chilonka aus dem Inneren des Zeltes. ›An den Fensteraufhängungen ist alles verdreht! Gibt's denn keine Aufbauanleitung?‹

Bert Breitscheid knurrte: ›Die hat der Russe.‹

›Drecks-Sau-Heringe!‹, maulte Arno Kositzki.

Ich beugte mich zu ihm runter. Arno Kositzki schlug mit hochrotem Kopf wütend fluchend auf einen Hering ein. ›Dat wehrt sich, dat Scheißviech!‹

›Ja, Arno, der Hering ist ein Scheißvieh. Aber du hast den Hering auch mit dem stumpfen Ende nach unten aufgesetzt.‹

›Was?‹

Seine Stirnader pochte heftig.

›Der Hering. Der muss andersrum. Mit dem spitzen Teil nach unten. Dann lässt der sich auch leichter in den Boden kloppen!‹

Neben uns drückte Heinz Chilonka gruselige Geisterfiguren in die Zeltwand. Ich richtete das inzwischen wieder leicht verrutschte Badetuch aus dem Swinger Club und verdeckte die unsäglichen Insignien unserer finsteren Vergangenheit.

›Geile Schnecken‹, summte Bert Breitscheid lüstern, renkte sich den Hals Richtung Nachbarparzelle, und es war ernsthaft zu befürchten, dass ihm die Augäpfel aus den Höhlen kullern würden.

›Ich glaube, mir wird kodderig‹, murmelte Horst Zdrenka. ›Lutz, kannst du mir das Gift aus der Wunde saugen?‹

›Ähm …‹, wollte ich gerade verneinen, aber mein Blick fiel erschrocken auf Udo Mattuschek, der mit unsicheren Schritten, aber zielstrebig Richtung Klippe schluffte.

›Udo! Stehen bleiben!‹, brüllte ich so laut ich konnte und schreckte die beiden halb nackten holländischen Grazien aus den Liegestühlen, die sich hastig aufrichteten.

›Suuuuper‹, knurrte Bert und drückte sein Breitscheider Kreuz durch. Sein Kopf wippte im Takt ihrer blanken Brüste. ›Hammer! Hammer! Hammer!‹

Ich seufzte. Bert Breitscheid hatte ganz offensichtlich seine Beta-Blocker noch nicht genommen …

›Ich spüre meine Beine nicht mehr‹, flüsterte Horst Zdrenka leise und schwankte.

›Drecks-Scheiß-Hering-Sau-Viecher‹, maulte Arno Kositzki.

Paul Schabulski näherte sich von links und maulte: ›Mensch, scheid ihr bekloppt? Ihr müscht wasch über dasch Schelt werfen. Man schieht dasch Hakenkreutsch!‹

Vor Aufregung rutschte ihm sein Taiwan-Gebiss vom Kiefer, wäre fast zu Boden gefallen, aber mit Finger und Zunge porkelte er die Keramik wieder zurück in den Mund.

›Äh …‹

›Wo isch Heintsch? Ich brauche den Fahrscheuschschein vom Busch.‹

›Im Zelt‹, flüsterte ich und bemerkte erstaunt, dass es in dessen Inneren nicht mehr schnaufte und niemand Hände oder Köpfe von innen in die Zeltwand drückte.

›Aua‹, fluchte Bert Breitscheid und hielt sich den Daumen.

›Scheiß-Sau-Drecks-Mist-Vieh!‹, maulte Arno Kositzki und holte mit dem Hämmerchen aber *ganz weit* aus.

›Udo!‹, rief ich, denn der seh- und hörbehinderte Kartenspieler näherte sich gefährlich der hüfthohen Holzabgrenzung, die den gemeinen Campingfreund an einen Sturz die Klippe runter zum Rhein hindern sollte.

Paul wühlte sich durch die Stofflappen des Zelteingangs. ›Heinsch? Boah, riecht dasch hier muffig! Wasch machsch schdu da?‹

›Scheißvieh‹, rief Arno Kositzki, als er den Hammer auf den Hering niedersausen ließ … und sich der eiserne Kopf des Werkzeugs schwungvoll vom Holzstil löste.

›Heinsch?‹, schrie Paul drinnen im Zelt.

›Ich kippe um‹, flüsterte Horst Zdrenka neben mir und tat es.

›Aua‹, rief Bert Breitscheid, noch einen Tick lauter als sonst, und fasste sich an den Hinterkopf.

›Tschuldigung‹, knirschte Arno Kositzki, als er sah, dass das fliehende Hammerstück seinen Kartenkumpel volle Suppe am Schädel getroffen hatte.

›Hui‹, sagte ich.

Und fragte mich gleichzeitig, warum so ein Werkzeug für simple, dünne Heringe in den Boden zu schlagen unbedingt aus massivem Eisen sein musste. Ich meine, so einen Holzhammer oder einen aus Gummi an den Kopf zu bekommen, das wäre ja schon gefährlich genug gewesen …

Aber so ein Eisenstück?

Wie mit der Axt gefällt, fiel der breite Bert vorne rüber Richtung Zelteingang.

Wo im gleichen Moment Paul Schabulski wieder auftauchte. ›Um Himmels willen. Ich glaub, der Heinsch, der hat schich an den Schnüren für die Fenschtervorhänge aufgehängt … *Uuuurgh.*‹

Uuuurgh, weil der Bert Breitscheid dem Paul im Fallen das stumpfe Ende der Zeltstange in den Bauch gerammt hatte. Das war ja an sich gar nicht so schlimm. Aber Paul Schabulski griff sich jetzt an die Kehle. Mit weit geöffnetem Mund. Ich konnte da im Mund … alles sehen. Nur nicht das asiatische Ersatzgebiss. Dafür sah ich eine Beule im Hals vom Paul. Verdammt, der Paul hatte seine Zähne aus Taiwan verschluckt.

Röchelnd fiel Paul Schabulski zurück ins Zelt.

›Aaaaaaah‹, hörte ich plötzlich Udo Mattuschek schreien.

Ich wirbelte entsetzt herum. Udo Mattuschek hatte das hölzerne Absperrgeländer erreicht. Ich sah gerade

noch, wie er mit einem spektakulären Salto über Holz-
gestänge und Klippe nach unten rauschte. Zuletzt ver-
schwanden seine Schuhe Richtung Gevatter Rhein.

Schuhe … gutes Stichwort.

Ich blickte nach unten. Zu meinen Füßen war Horst
Zdrenka inzwischen dunkelblau angelaufen. Er tat ei-
nen letzten, krampfenden Zucker … und schloss seine
Augen. Allergieschock.

›Hoppla‹, summte plötzlich hinter mir der dicke Arno
Kositzki, der – sich hektisch aufrappelnd – just in diesem Moment über eine vom Horst Zdrenka falsch ge-
spannte Zeltschnur stolperte und …

Ich hatte es ihm doch gesagt! Dass er den Hering mit
der scharfen Seite nach unten in den Boden einschlagen
soll. So stürzte er jetzt ganz unglücklich. Und rammte
sich das spitze Ende der Halterung mitten in den Bauch.

Herr Kommissar, so is das alles passiert. Jetzt, jetzt
war auf unserer Parzelle Ruhe eingekehrt. Jetzt hatte
ich endlich die ganze Rasselbande unter Kontrolle. Irgendwie. Herr Kommissar, ich hab ja gleich gesagt: Ich
bin nich so für Zelten!«

Nachtrag:

Noch bevor die von Lutz Pasullke hinzugezogenen Ret-
tungswagen eintrafen, war Bert Breitscheid schon wieder bei Besinnung und trotz Beule am Kopf guter Dinge.

Udo Mattuschek war relativ glimpflich in einem Dor-
nenstrauch gelandet und hatte sich nur ein paar klei-

nere Kratzwunden zugezogen. Seine Worte, als ihn die Feuerwehr über den Klippenrand hochhievte, waren: »So ein Scheiß! Nie wieder Bad Hönningen!«

Den Feuerwehrleuten gelang es ebenfalls, Horst Chilonka mit ein paar scharfen Messerschnitten aus seiner Selbstfesselung und -knebelung zu befreien.

Dabei nahm das Zelt Schaden.

Der dicke Arno Kositzki hat es noch am gleichen Nachmittag samt Hakenkreuz im Müll entsorgt. Ja, genau, der Arno, der sich beim Sturz über die Spannleine den spitzen Hering in den Bauch gerammt hatte. Aber nicht besonders tief, nur ein ganz kleines Stückchen. Fleischwunde. Und Fleisch, davon hat der dicke Arno ja immer schon reichlich gehabt.

Paul Schabulskis asiatisches Zweitgebiss war tatsächlich in seine Luftröhre gerutscht. Gefährlich, gefährlich. Oft tödlich.

In diesem Fall … nicht.

Hier hatten sich die Beißerchen nämlich gleich so quer gestellt, dass ausreichend Restluft links und rechts an der Billigkauleiste hatte vorbeiströmen können.

Richtig neidisch waren allerdings alle auf Horst Zdrenka. Um den nach Wespenstich um die Besinnung ringenden Allergiker hatten sich sofort die beiden holländischen Krankenschwestern gekümmert. Halb nackt, wie sie waren, leisteten sie Erste Hilfe, redeten dem armen Horst gut zu und brachten seinen panikturbulenten Kreislauf gefühlvoll wieder in den grünen Bereich.

Das fand Bert Breitscheid: »Suuuuper!«

DER SONNTAGS-
SPAZIERGANG

Sonntagnachmittag. Ich sitze im Sessel. Tiefenentspannt.
Locker, relaxt, Becher Kaffee in der Hand.

Da bemerke ich: Nanu?
Es stellt sich meine Frau dazu.

»Das Wetter ist so schön«, höre ich sie
wie unschuldig lachen.
»Lass uns einen Spaziergang machen!«

Mein Herz setzt aus, wo ist mein Pulsschlag hin?
Nach Spaziergang steht mir so gar nicht der Sinn.

»Schatz, bitte nicht, ich fühl mich so schlapp.
Die ganze Woche hielt mich der Chef auf Trab.«

Hilft nichts, Schatz ist da gnadenlos.
Eine halbe Stunde später marschieren wir los.

Meine Frau frohlockt: »Ist das hier nicht schön?
Guck mal, die Häschen. So viele. Hab ich lange nicht gesehn.«

Wir gehen immer tiefer in den Wald hinein.
Die hohen Tannen schlucken den Sonnenschein.

»Das ist hier aber düster.« Sie schmiegt sich enger an mich.
»Das ist so beklemmend, echt gruselig.«

»Na ja«, sag ich. »Du hast ja noch Glück.
Ich, ich muss nachher allein zurück.«

DIE BESTIE
IM BUCHSBAUM

Ich bin ein friedlicher, umgänglicher Mensch. Schon immer gewesen. Da konnten Sie im Grunde auch jeden fragen. Meine Frau, den Werner mit seinem Schäferhund Bruno von gegenüber, alle. Außer meinen Nachbarn zur Rechten. Den nicht. Mein Nachbar zur Rechten heißt Shao Lang. Er kommt aus China.

* * *

Es war ein Montag, ich weiß es noch ganz genau. Meine Frau, die Irmgard, und ich, wir wollten frühstücken. Gemütlich. Ein schöner Start in die Woche sollte es werden. Der Tisch war gedeckt, der Kaffee angesetzt, die Brotscheiben steckten im Toaster.

Ich trat raus vors Haus, um die Tageszeitung aus dem Briefkasten zu holen, und stand unter dem neuen, in frischem Grün gestrichenen Vordach aus hiesiger, deutscher Eiche. Die Sonne lächelte wohlwollend. Zufrieden ließ ich meinen Blick über unseren Vorgarten gleiten. Ein Kleinod. Der kleine Springbrunnen sprang, das Wasser im Teich gluckerte, die Goldfische schwappten kleine Wellen ans bunte Seerosenufer.

»Schön.«

Die Welt war in Ordnung, aber so was von!

Jedoch … Als ich mich über die kleine, zwanzig Zentimeter hohe Buchsbaumhecke beugte, um mir aus dem Metallkasten die Zeitung zu angeln, da fiel es mir sofort auf. Braun. So richtig totbraun war die Hecke. Von drinnen. Konnte man nur sehen, wenn man wirklich drauf achtete und von ganz oben drauf guckte.

Ich drückte vorsichtig zwei Pflanzen auseinander und sah die Viecher sofort. Raupen. Kleine, hellgrüne Würmer mit schwarzen Punkten, fünf Zentimeter lang. Sahen lustig aus. Aber ich hatte von ihnen schon gelesen.

In meinen geliebten Buchsbäumen steckte: der Zünsler.

Nackte Panik. Ich spürte den eiskalten Griff der grausamen Natur fest an meiner Gurgel, es raubte mir den Atem. Ich hatte genug gelesen, um zu wissen: Jetzt wurde es ernst, bitterernst.

»Irmgard, wir haben den Zünsler«, erklärte ich meiner Frau am Frühstückstisch mit ernstem Blick.

»Ist das was Schlimmes?«, fragte meine Frau.

»Ja«, sagte ich. »Ist es.«

* * *

Der frische Toast wollte nicht munden, der Kaffee schmeckte bitter. Ich schnappte mir einen Eimer und machte mich unverzüglich an die Arbeit. Einen Zünsler nach dem anderen pflückte ich mit spitzen Fingern aus den Büschen. Bei 574 hörte ich auf zu zählen.

»Hast du den Zünslel dlin?«, hörte ich die Stimme vom Nachbarn.

Ich blickte hoch.

»Da ist nichts zu letten«, stellte der Chinese fest. »Del Buchs ist verlolen. El ist so gut wie tot.«

»Niemals, Chao. Niemals.«

* * *

Ich brach die sinnlose Pflückaktion ab, ging ins Büro, fuhr mit sorgenvoller Miene den Computer hoch und befragte Herrn Google. Es war noch schlimmer, als ich befürchtet hatte. Der Zünsler war ein mieser Schädling, der Buchsbäume quasi über Nacht befiel und vollständig zerstören konnte. Eine Ausgeburt der Hölle. Erst fraß er die Blätter, anschließend verging er sich sogar an der Rinde. Dabei starben alle Pflanzenteile oberhalb der Fraßstelle ab.

»Horror!«

Dann las ich den Satz, der sich in den folgenden Tagen als ein entscheidender herausstellen sollte. Der Buchsbaumzünsler wurde aus Ostasien eingeschleppt.

»Chao Lang«, glitt mir der Name meines Nachbarn widerborstig über die trockenen Lippen.

Chao Lang war mit seiner Familie erst im Frühjahr zugezogen. Aus China. Aus Ostasien. Wie blind musste man sein, um den tödlichen Zusammenhang nicht zu sehen …

Hastig überflog ich die folgenden Zeilen. Der Zünsler hatte hier in Europa keine natürlichen Feinde. Mir wurde schlagartig klar: Ich musste handeln. Und zwar sofort. Und gründlich.

* * *

Die Elektrosäge hatte ich mir schon vor einiger Zeit zuge-
legt, aber noch nicht ausprobiert. Oberhalb der Fraßstelle
sollte der Buchsbaum absterben? Nun, ich hatte vor, dem
gierigen, grünen Monster die Nahrung zu entziehen.

Verlängerungskabel eingestöpselt, der Motor im oran-
gefarbenen Gehäuse brummte los, das Messerblatt rap-
pelte.

»Nicht den Kabel dulchschneiden«, mahnte mich
Chao, der wieder über den bauchhohen Maschendrahtzaun zu mir rüberlugte.

»Glaub mir, ich weiß, was ich tue!«

Ich setzte das Messer an, los ging es. Leider nicht so
leicht und locker, wie ich dachte. Immer wieder verhakte sich die Schere in den dicken Stämmen der Buchs-
büsche, die deutlich hartnäckiger als gedacht schienen.
Aber wenn man kräftig genug drückte. Und zog. Und
aufpasste, dass man nicht abglitt …

Wupp.

Was war denn jetzt?

»Du hast das Elektlokabel dulchgeschnitten.«

Oh. Mein Blick fiel auf eine saubere Schnittkante am
Kabel, das in der Luft baumelte.

»Mist.«

Ärgerlich trat ich das durchtrennte, längere Kabel-
stück zur Seite, das im hohen Bogen davonschnellte.
Das offene Ende schlug in meinen Vorgartenteich.

Bzzzzzzzzzzzzzzzzzzzz.

»Verdammt.«

Ich stürzte zum Teich. Siebzehn. Siebzehn Goldfische
schwappten mit den Bäuchen nach oben an die Wasser-

oberfläche. Ich hatte meine Fische immer mal zählen wollen, aber …

Mein Blick wanderte zum Maschendrahtzaun. Chao Lang stand dort mit versteinerter Miene. Oh, ich wusste, wie es hinter dieser Maske aussah.

Zum ersten Mal spürte ich so etwas wie Wut auf meinen Nachbarn. Auf Chao Lang. Auf den Chinesen. Auf den … Ostasiaten.

* * *

»Du bist dabei, dich in irgendetwas reinzusteigern«, mahnte Irmgard mit eindringlicher Stimme.

Ich schüttelte ärgerlich den Kopf. »Mitnichten steigere ich. Ich lasse aber nicht zu, dass gefräßige Wurmtiere mir meinen Garten ruinieren. Egal ob schwarz gepunktet oder gestreift!«

Irmgard seufzte. Sie kannte mich lange genug, um zu wissen, dass für mich Werte wie Kreativität, Ordnung und Fairness sehr wohl eine Bedeutung haben, für die ich zu kämpfen bereit war.

»Der Zünsler hat keinen natürlichen Feind?«, lächelte ich verschlagen. »Das stimmt nicht. Die Viecher werden es spüren. Sie *haben* einen Feind: *mich*!«

* * *

Als ich später die Goldfische hinten im Garten beerdigte, wurde mir klar, dass ich vom strategischen Ansatz her absolut auf dem richtigen Weg war, nämlich den Drecksraupenviechern die Nahrungsgrundlage zu entziehen. Wenn nicht mit der Elektrosäge, dann eben mit der Eisenhacke. Ich hatte im Gartenhäuschen noch so ein Teil mit breiter Schüppe. Gut gezielt, würde ich den Buchs oberhalb des Erdaustritts abhacken.

Ich kehrte mit dem Gerät unterm Arm in den Vorgarten zurück, mein Blick fiel in den Garten meines Nachbarn. Der hatte vor wenigen Wochen ebenfalls einen Teich angelegt, in dem dessen Goldfische vermutlich gerade friedlich ihre Runden drehten. Es ist eine ungerechte Welt.

Chao Lang nannte seine Goldfische *Koi*. Die Asiaten brauchten ja immer eine Extrawurst. Und selbst die Wurst nannten sie dann Sushi.

Ich schüttelte mich.

Auf geht's. Die Hacke fest ergriffen, weit ausgeholt, mit Schwung und schwupp.

»Hups.«

Verfehlt. Die Hacke landete hinter dem Buchs und hackte federnd in einen Widerstand.

Bzzzzzzzzzzzzzzzzzzz.

* * *

Ich konnte schon am nächsten Tag aus dem Krankenhaus entlassen werden. Ich hatte die Hauptstromleitung zum Haus gekappt. Die alten Kabel hatte ich immer mal austauschen und tiefer legen wollen.

Chao Lang hatte mich bewusstlos im Garten gefunden? Sie kennen Raumschiff Enterprise? Und diesen immer leicht miesmuscheligen Lieutenant Sulu? Der asiatische Mann in seinem senfgelben Shirt am Cockpit?

Sulu, Phaser frei. Feuern!

Keine Energie, Captain.

Nie hatte der Energie! *Nie!* Und *immer* blockierten die Protonentorpedos. Hallo? Das kam mir damals schon komisch vor.

Ich habe Sulu nie über den Weg getraut.

* * *

Es war so klar wie Kloßbrühe. Ich befand mich in einem Krieg. Und ich brauchte einen Verbündeten, ich musste aufrüsten. Ich wandte mich an einen Sachverständigen in Sachen Gift, Unkrautbekämpfung, Chemie: Roundup-Ralle.

»Ich hab hier eine Spezialmischung für dich«, konnte er mir tatsächlich weiterhelfen.

»Danke, Ralle.«

»Alles klar. Beim Zünsler müssen wir alle zusammenhalten!«

»Ich könnte Amok laufen!«

Roundup-Ralle musterte mich aus den Augenwinkeln und mahnte: »Es ist nur eine Raupe, Klaus.«

»Nur?«

»Immer cool bleiben.« Er reichte mir einen kleinen, schwarzen Kanister. »Ich habe da was ganz Spezielles für dich. Gibt es hier gar nicht zu kaufen. In Deutschland. Oder in Europa. Eigentlich gibt es das nur in Kasachstan. Im Osten Kasachstans.«

»Das klingt gut«, flüsterte ich.

»Vorsichtig mit dem Zeug. Da geht alles von kaputt.«

»Ich hab nicht vor, es zu trinken, Ralle.«

»Solltest du auch nicht. Das Zeug ist schwer ätzend und brennt dir in Sekundenschnelle ein Loch ins Fleisch.«

Ich dachte an die grünen Barbaren. »Das Zeug … ist genau richtig!«

* * *

Die Irmgard ist kein Freund von Gift. Wegen der vielen Vögel, die bei uns brüten, wegen der Kinder, die manchmal durch unseren Garten toben, und wegen der Hunde aus der Nachbarschaft.

Deshalb schlich ich mich in der kommenden Nacht heimlich in die Garage. Ganz hinten unter der Kartoffelkiste hatte ich das schwarze, osteuropäische Kanisterchen versteckt. Leise und vorsichtig huschte ich ums Haus nach vorne. Kein Licht. Vorsichtig schraube ich den Kanister auf und kippte ihn. Leise gluckerte das teuflische Zeug über die Pflanzen.

»Sauft, ihr schlitzäugigen Monster, sauft«, flüsterte ich in die vollmondhelle Nacht.

Ha, es rieselte und prasselte auf die kleinen grünen Raupenviecher herab. Nur wenige Tropfen pro Busch reichten, hatte Roundup-Ralle erklärt, um die Viecher wegzugiften. Gut, auch der Buchs würde leiden, aber das war in einem Krieg so, Kollateralschäden kamen vor. Es gilt, das große Ganze zu sehen. Das Ziel war wichtig. Manchmal musste man einfach …

»Klaus!«

Irmgard stand plötzlich in der Haustür, die kräftigen Oberarme energisch in die Hüften gestemmt. Mensch, was hatte die denn geweckt?

»Ich kann das erklären«, behaupte ich.

Und konnte es nicht. Denn in diesem Moment spürte ich das blubbernde Schäumen auf meiner linken Hand. Genau dort, wohin ich erschreckt das Zeug aus Kasachstan hin verschlabbert hatte. Gar nicht viel. Nur ein paar Tropfen …

Bzzzzzzzzzzzzzzzzzzz.

* * *

Eine tiefe, unschöne Narbe würde bleiben, ein fransiger Krater. Da konnten die Ärzte nichts dran machen, Roundup-Ralle hatte mich ja gewarnt.

Irmgard führte ein ernstes Gespräch mit mir.

Sie hatte nichts verstanden. Es ging hier doch nicht um ein Krabbeltier, das irgendwann mal als Falter schlappe acht bis neun Tage durch die Gegend flattern würde, nein. Es ging um die Evolution als solche.

Macht euch die Tiere untertan! Das stand schon in der Bibel. Der *Homo sapiens* war nicht die Krone der Schöpfung, weil er wegen jeder schwarz gepunkteten Kreatur den Schwanz eingezogen hatte, sondern weil er sie bekämpft und besiegt hat.

Es konnte nur einen geben. Der Zünsler oder ich!

Ich schlug mir auf die Brust. »Hurga!«

Kaum dass es dunkel war, kippte ich den Rest aus dem Kasachstan-Kanister heimlich in den Koi-Teich.

Chao Lang hatte am folgenden Tag die Polizei zu Gast. Sie konnten mir nichts nachweisen, denn ich hatte den fast leeren Kanister ganz hinten im Hühnerstall versteckt.

* * *

Die toten Hühner vergrub ich am nächsten Morgen gleich neben den Goldfischen.

»Klaus! Nein!«, rief Irmgard plötzlich laut mit entsetzter Stimme.

Die Stimme kam von vorne aus dem Vorgarten. Es klang dringend, ich rannte los. Meine Gattin erwartete mich, zitternd wie Espenlaub, eine Hand vors Gesicht geschlagen.

Von der anderen Straßenseite stiefelte Nachbar Werner mit besorgtem Blick suchend die Auffahrt hoch. »Bruno? Bruno? Habt ihr den Bruno gesehen?«

Irmgard deutete stumm vor sich nach unten ins Gras. Sie hatte Bruno gefunden, der ohnmächtig schnarchend vor ihr im Gras lag.

Roundup-Ralle hatte nicht übertrieben, das Mittelchen aus Kasachstan war wirklich ein Teufelszeug.

Werners Faustschlag kam völlig überraschend. Ich stürzte unglücklich hinten rüber, schlug mir den Kopf am Springbrunnen auf, jemand löschte das Licht.

* * *

Zwei Tage später wurde ich aus dem Krankenhaus entlassen. Der breite, weiße Kopfverband passte optisch recht gut zur weißen Bandage an meiner linken Hand.

Nachbar Werner grüßte mich nicht mehr, Schäferhund Bruno bleckte die Zähne, wenn er mich sah. Offensichtlich nahm der Hund mir den Giftzwischenfall übel.

Die Buchsbäume waren kaum mehr als solche zu erkennen. Ich starrte auf eine Reihe hellbrauner Stumpen. Vorsichtig bog ich zwei trockene Stämmchen auseinander.

Er raubte mir den Atem.

Eines der grünen Biester grinste mich dreist an. Das Monster kaute dabei seelenruhig auf einem Buchsbaumblatt, wahrscheinlich auf dem letzten seiner Art. Dieser überhebliche, wissende Blick, dieses schäbige Grinsen.

»Aaaaaaaah«, brach sich meine Wut Bahn.

Irmgard stürmte hinzu, ich winkte sie heran und deutete in den Buchsbusch. »Guck, guck, die Viecher grinsen mich an, sie lachen mich aus.«

Irmgard beugte sich vorsichtig über den trostlosen Rest Grünzeug. Mir fiel sehr wohl auf, dass sie Abstand zu mir hielt. Ich zeigte ihr das dreiste, grüne Miststück.

»Ich sehe nichts, Klaus. Da ist keine Raupe, die mich angrinst. Raupen grinsen nicht.«

Sie wankte zurück ins Haus.

Ich kniff die Augen zusammen. Das Tier im Buchs streckte mir die Zunge raus. Ich hörte wegen der immer noch geöffneten Haustür, dass Irmgard mit einem Arzt telefonierte. Wahrscheinlich mit einem Augenarzt. Sie hatte ja die grinsenden, gestreiften Dreckskerle nicht sehen können …

* * *

Meine sich zuspitzende Situation verlangte nach einem optischen Statement. In einem Nato-Shop erstand ich einen Tarnanzug in Camouflage, ein schwarzes Stirnband und festes Schuhwerk, mit dem ich zukünftig meinen zahlenmäßig überlegenen Feinden entgegentreten würde.

Chao Lang hatte den Zaun zwischen unseren Vorgärten auf einen Meter achtzig erhöht.

Die Idee zu meinem nächsten, raffinierten Schachzug war mir beim letzten Krankenhausaufenthalt gekommen. Bei dieser Dokumentation. Auf NTV. Über den Vietnamkrieg.

»Wenn du in den Krieg ziehst, musst du selbst zum Krieg werden!«

John Rambo.

Die Auswahl an Schweißflämmern im hiesigen Baumarkt war beeindruckend. Es gab mehrere kompakte Geräte, mit denen schon beträchtliche Feuerstöße abgeschossen werden konnten. Ich konzentrierte mich zunächst auf ein griffiges, solides Gerät mit Namen *Feuerstoß 2000*. Beeindruckender war allerdings das preislich leicht darüber liegende, schultergestützte Modell *Inferno07*.

Da Geld in einem Krieg keine Rolle spielte, entschied ich mich jedoch für das Premium-Modell: *Armageddon*.

Entschlossen marschierte ich zurück an die Front und hielt den *Armageddon* in den Buchsstrauch. Der Zünsler schaute zu mir hoch, mein Blick hielt dem seinen stand. Ich sah, wie es in seinen Schlitzaugen ängstlich flackerte.

»Phaser frei!«, brüllte ich. »Nimm das, Sulu!«

Oh ja! Der *Armageddon* kannte keine Energie, die wegbleibt. Er hatte reichlich davon. Viel. Viel mehr. Viel mehr, als ich erwartet hatte. Der fette Feuerstoß brüllte sich in die Hecke, es blitzte grell, es blitzte rot. Mit so einem Rückschlag hatte ich nicht gerechnet.

Fauchend riss es den Feuerwerfer in die Höhe, grausame Flammen fraßen sich brutal durch die Luft. Unerbittlich, hungrig. Gierige Zungen, brennend heiße Zerstörung. Das dröhnende Monster war nicht zu bändigen.

Ich schluckte. Hatte ich erwähnt, dass das neue Vordach unseres Hauses aus Holz war? Es fing sofort Feuer.

»Klaus!«, schrie Irmgard und erschien links neben mir. Reflexartig drehte ich mich ihr zu.

Mit dem zuckenden Feuerwerfer in den Händen …

Bzzzzzzzzzzzzzzzzz.

* * *

Schon am nächsten Tag durfte Irmgard das Krankenhaus wieder verlassen.

Glück gehabt! Sie hatte ja sowieso an eine neue Frisur gedacht. Ein luftiger Kurzhaarschnitt würde es jetzt wohl werden.

Nachdenklich schritt ich durch den gepflegten Garten, weiße Schlappen an den Füßen. Und lächelte. Mir war die ultimative Lösung des Problems gekommen. Nicht ausgraben, nicht wegflämmen war die Lösung.

»Sprengstoff«, flüsterte ich.

»Huhu«, drang es von unten mit heller Stimme zu mir hoch.

Ich ignorierte die grünen Kerle mit ihren schwarzen Punkten, die sich aus der Buchsbaumhecke heraus über mich lustig machten.

Ein besonders dreister Geselle reckte seinen haarigen Körper in die Höhe und winkte mir höhnisch zu. »Huhu.«

»Lacht nur«, flüsterte ich mit beseeltem Blick. »Wer zuletzt lacht, lacht am besten. Abgerechnet wird am Schluss!«

Ich fragte mich allerdings …, wann meine Frau mich endlich besuchen würde. Der Feuerzwischenfall war ja nun schon einige Wochen her. Und sie hatte mich noch gar nicht besucht.

Hier. In der geschlossenen Anstalt.

SILVESTERKARPFEN

Christian Jensens Blick stürzte entsetzt in die Badewanne. »Was ist das denn?«

»Was ist was?«, rief seine Oma aus der Küche.

»Da schwimmt ein Fisch in meiner Wanne!«

Oma Jensen trat zu ihrem Enkel ins Bad. »Das ist ein Karpfen, Christian.«

Jensen starrte dem Fisch in die wässrigen Augen. Der Karpfen starrte zurück.

»Ja. Aber wie kommt der in meine Badewanne?«

»Den hab ich da reingetan. Ich kann ihn ja schlecht auf die Couch setzen.«

Jensen schüttelte den Kopf. Er hätte es wissen müssen. Natürlich hatte das nicht glattgehen können. Sein Kollege Pit Struhlmann, genannt Struller, hatte einen Freund, den einarmigen Krake. Der führte in Unterrath eine Kneipe, das Aquarium, und bot diese zum Jahresende für Weihnachts- und Silvesterfeiern an. Krake brauchte allerdings immer jemanden, der ihm bei der Arbeit helfend unter die Arme griff. Also, unter … äh … den Arm griff. Und weil im vorigen Jahr Oma Jensens Frikadellen bei seinen Gästen so gut angekommen waren, hatte er auch in diesem Jahr auf Omas Knet-, Würz- und Bratkünste zurückgreifen wollen. Damit Oma Jensen nun nicht jeden Tag eigens vom Niederrhein mit Bus und Bahn hätte anreisen müssen, hatte er als Lieblingsenkel seine Oma für ein paar Wochen in seinem kleinen Loft auf der Stresemannstraße in Düsseldorf einziehen lassen.

Sein Blick tunkte noch einmal in die Wanne hinein. Offensichtlich ein grober Fehler. Mit schuppig-schlüpfrigen Folgen.

»Aber warum, Oma? Was soll der da?«

Oma Jensen zuckte mit der Schulter. »Keine Ahnung, was der da soll. Ich hab da keine Ansprüche. Allerdings werde ich ihn für uns beide zu Silvester ausnehmen und ganz lecker anrichten.«

»Was?«

»Als Silvesterkarpfen.«

»Diesen Fisch?«

»Ja sicher. Mit Kartoffelsalat, Sahne, ordentlich Mayonnaise und lecker Gürkskes.«

In der Wanne schnappte der Karpfen nach Luft, Christian Jensen tat es ihm nach.

»Leckeres Pikkolöchen dabei, ein paar ordentliche Böller aus Polen, und dann kann das neue Jahr kommen«, summte Oma Jensen fröhlich und schritt durch den Flur zurück in die Küche, um wieder mit Geschirr zu klappern.

Jensen seufzte ergeben. Eilig drehte er sich Richtung Spiegel und strubbelte eine Frisur ins Haar. Dann verließ er das Bad, schnappte sich im Flur die Lederjacke vom Haken und rief: »Ich muss noch mal los, Oma!«

»Jetzt noch?«, wunderte sich Oma Jensen. »Es ist doch draußen schon dunkel.«

»Äh, ja, aber Struller möchte noch ein paar Sachen mit mir durchsprechen.«

Nachdem sich Strullers und sein Weg nach seinem Praktikum beim Düsseldorfer Kommissariat für Tötungsdelikte getrennt hatten, arbeiteten sie seit einigen Tagen doch beide mal wieder als Team zusammen, weil sein ehemaliger Tutor ihn vom Objektschutzdienst weg für eine Mordkommission hatte verpflichten können.

»Wegen dem fiesen Raubmord. Du weißt, wo der …«

Oma Jensen trat mit der Zunge schnalzend zu ihm in den Flur. »Ach, dieser Hauptkommissar Struhlmann. Ich mag den nicht. Gibt es in Düsseldorf denn keinen Leichenarzt, mit dem du zusammenarbeiten kannst? So einen mit Bart und guten Manieren? So einer wie der Boerne aus dem Münster-Tatort?«

Jensen hätte am liebsten die Augen verdreht. Tat er natürlich nicht. »Ne, so was gibt es nur im Fernsehen. Ich beeil mich und bin gleich wieder da.«

»Zieh dir wenigstens eine dicke Mütze auf, sonst holst du dir was!«, rief ihm Oma Jensen hinterher.

»Blubb«, sagte in der Wanne der Karpfen, und es klang ein wenig besorgt.

* * *

Für seinen rassigen Mustang fand Jensen auf Anhieb direkt gegenüber des alten Polizeipräsidiums auf der Kavalleriestraße eine freie Parkbucht. Er würgte den Motor ab, wollte gerade aussteigen, als die Beifahrertür aufgerissen wurde.

Struller warf sich in den Beifahrersitz. »Hast du deine Knarre dabei?«

»Äh, ja sicher.«

»Gut. Gib Gas. Ein Nachbar rief mich gerade an. Bei mir zu Hause steht die Wohnungstür offen, das Schloss ist aufgebrochen. Kann sein, dass der Einbrecher noch drin ist. Nun fahr schon! Den Kerl legen wir um!«

* * *

Vier Minuten und drei Ampeln bei Rotlicht später kachelte Jensen am Fürstenplatz seine Kiste den Gehweg hoch. Ein Spätheimkehrer, der sich an den Kasematten mit Glühwein glücklich geglüht hatte, wankte schwankend zur Seite.

»Seit ich angerufen habe, ist keiner hier unten raus«, erwartete sie Strullers Nachbar, den Bund seiner schlabbrigen Jogginghose in der einen, die geöffnete Haustür in der anderen Hand.

Struller zog seine Knarre aus der Jacke. Eilig sprangen sie die Stufen hoch. Solch ein Tempo hatte Jensen seinem Kollegen gar nicht zugetraut. Als sie den letzten Treppenabsatz erreichten, drehte Struller sich um und legte einen Zeigefinger über seine Lippen. Stumm deutete der Cop auf das beschädigte Türschloss und den gesplitterten Rahmen daneben.

»Oha«, entfuhr es Jensen leise, und er zückte ebenfalls seine P99.

Mit spitzem Finger stieß Struller die Wohnungstür einen breiten Spalt weit auf. Drinnen sah es aus, als wäre eine Handgranate explodiert. Der Flurteppich warf eine Welle, alles lag kreuz und quer in der Wohnung verstreut.

Sie horchten hinein. Nichts. Struller zeigte auf Jensen, dann nach links, dann auf sich, dann nach rechts. Leise glitten sie in die Wohnung. Jensen riss links des Eingangs die Tür zum Gäste-WC auf. Leer. Strullers Knarre suchte rechts die Küche ab. Kein Einbrecher. Jensen stieg vorsichtig über den Inhalt entleerter Schubladen hinweg ins Wohnzimmer. Das gleiche Bild, alles durchwühlt. Sogar Strullers alte beigebraune Cord-Couch hatte jemand auf links gedreht. Struller checkte den Zugang zum Balkon. Die Tür war von innen geschlossen, der Balkon dementsprechend menschenleer.

Jensen blickte fragend die Treppe hoch nach oben. Struller nickte und ging voran, grimmiger Blick, den Finger entschlossen am Abzug. Oh ja, sein Ballermann war bereit, ein paar freundliche Worte zur Begrüßung zu sprechen.

Geräuschlos schlichen sie die Holztreppe hinauf. Strullers Pistole checkte die obere Etage. Auch hier hatte der Einbrecher gründliche Arbeit geleistet, war aber nicht mehr da. Enttäuscht schob Struller seine Dienstwaffe zurück ins Schulterholster. Wie gerne hätte er seiner kleinen Lady ein bisschen knalligen Spaß gegönnt.

»Bei dir wurde eingebrochen. Der Einbrecher hat was gesucht.«

»Ach was?«, knurrte Struller zornig.

»Aber hier ist doch nichts zu holen? Das sieht man sofort. Also, wegen der Möbel und so.«

Struller warf Jensen einen warnenden Blick zu, der das Zeug zur schallenden Ohrfeige hatte. Sicherheitshalber duckte Jensen sich. Aber Struller hing, sich am

Kopf kratzend, scheinbar einem Gedanken nach. Das sah nicht schön aus. Im Gesicht. Wenn Struller konzentriert nachdachte, stülpte sich immer die ganze Intelligenz nach innen. Da blieb für die restliche Gesichtsphysiognomie nichts Kluges übrig.

»Das ist die richtige Frage, Sportsfreund. Was hat der Einbrecher hier gesucht?«

»Vielleicht hat er nur zufällig bei dir eingebrochen?«

Struller schüttelte den Kopf. »Nix da. Ich ahne, was hier Sache ist. Heute Vormittag hatte der Anwalt unseres Hauptverdächtigen vom Raubmord Akteneinsicht.«

Jensen verstand nicht. »Und?«

»Zuletzt hab ich einen Vermerk geschrieben, wegen der Wollmütze, die der Täter bei seiner Flucht verloren hat und die wir gefunden haben. Aber ich habe nicht erwähnt, dass wir das Stück direkt bei Faserspuren-Harald abgegeben haben.«

»Wegen der DNA-Spuren.«

»Genau. Der Einbrecher ist unser Raubmörder. Und jetzt ist er hier bei mir eingebrochen, weil er denkt, ich lagere die Mütze bei mir zu Hause. Sonst stünde ja ein entsprechender Sicherstellungsvermerk in der Akte. Den hab ich aber noch nicht geschrieben. Deshalb hat ein Vermerk heute Vormittag noch in der Akte gefehlt. Der Einbrecher wollte seine Wollmütze klauen, die ihn verraten wird. Brauchbare Idee.«

Jensen wurde schlagartig blass, denn in seinem Hirn formte sich ein böser Gedanke.

Dann schlug auch Struller eine Hand vor die Stirn. »Die Mütze, die ... *wir* ... gefunden haben. Das kann allerdings auch bedeuten, dass der Kerl nunmehr als Nächstes bei dir ...«

Aber da war Jensen schon die Stufen runter und raus ins Treppenhaus.

* * *

Oma Jensen warf das feuchte Spültuch über die Schulter und runzelte vorwurfsvoll die Stirn. In Sachen Geschirrpflege musste sie dringend ein ernstes Wort mit ihrem Enkel reden. Und die Pizzareste, die sie unterm Küchenschrank gefunden hatte, konnten auch schon fast wieder laufen. Die süßen, pelzigen Freunde!

»Huch!«

Es hatte an der Haustür geklingelt. Hatte Christian seinen Haustürschlüssel vergessen? Bei dem fing das mit der Vergesslichkeit ja früh an. Lag aber in der Familie. Cousin Heinz aus Wachtendonk hatte auch immer alles vergessen. Oma Jensen lachte. Auf Kegeltour im Dorf Münsterland sogar manchmal, dass er verheiratet war.

»Mensch, Christian, wenn du mich nicht hättest«, sagte Oma Jensen, als sie die Tür öffnete, und stutzte.

Das war gar nicht ihr Enkel. Sondern ein Mann. Ein unrasierter Mann um die vierzig. Mit einem Brecheisen in der Hand. Was sollte das denn? Schnell schloss sie wieder die Tür. Also, sie versuchte es. Aber der Kerl schob eine Fußspitze zwischen Tür und Rahmen.

»Langsam, Frollein«, knurrte der Typ und presste sich herein.

»Ich bin kein Frollein!«

Grob drückte der Mann Oma Jensen vor sich her durch den Flur. Er drohte kurz mit dem Stemmeisen, drehte sich um und schloss hastig die Wohnungstür. »So, jetzt sind wir unter uns.«

»Wenn Sie nicht sofort verschwinden, schreie ich um Hilfe!«

»Dann hau ich dir mit dem Ding den Schädel ein«, drohte der Mann und schwenkte das Eisen.

Oma Jensen schluckte. Der Mann war aber ungehalten. Und nervös. Sicherheitshalber holte sie erst mal tief Luft und sagte nichts. Obwohl ihr natürlich einiges eingefallen wäre.

Der Mann war gar nicht groß, eher klein. Und schmächtig, hager. Vielleicht wirbelte er deshalb immer mit dem doofen Kuhfuß durch die Luft. Ohne das Stemmeisen wäre sie locker mit der halben Portion fertiggeworden, aber solch ein Eisenteil war natürlich gefährlich. Lieselotte, Vorsicht, gemahnte sie sich.

»Halten Sie doch mal mit dem Ding still! Sie hauen sonst noch irgendwo gegen und machen was kaputt«, mahnte sie den Eindringling jetzt gleichwohl doch zur Ordnung.

»Halt die Klappe, Oma!«, keifte der Kerl und strich sich mit der kuhfußlosen Hand durchs schüttere Haar. »Scheiße, was mach ich jetzt mit dir?«

»Nichts«, schlug Oma Jensen vor. »Am besten gehen Sie wieder.«

»Du sollst die Klappe halten, sag ich«, maulte der Mann und fasste Oma Jensen grob am Oberarm.

Der Mann war tatsächlich kräftiger, als er aussah, dachte Oma Jensen. Auch jetzt wieder: wie Cousin Heinz aus Wachtendonk. Der hatte auf seinem Bauernhof jahrzehntelang seine Kühe mit der Hand gemolken, dem sah man die Kraft in den Armen auch nicht an.

Roh zerrte der Kerl Oma Jensen durch den Flur und stieß sie rücklings ins Badezimmer hinein. Oma Jensen stolperte gegen die Badewanne. Der Mann blickte sich hektisch um. Sein Blick verfing sich in einem weißen, flauschigen Frottee-Bademantel, der an der Innenseite der Badezimmertür baumelte.

Verflixt, dachte Oma Jensen. Fesseln, das wäre gar nicht gut.

Tatsächlich friemelte der Bursche hektisch den Gürtel aus den Schlaufen des Bademantels. Um besser hantieren zu können, hatte er den Kuhfuß unter die rechte Achsel geklemmt.

Oma Jensen kniff die Augen zusammen.

»So«, schniefte der Kerl und präsentierte ihr mit breitem Grinsen den Gürtel.

Oma Jensen drehte sich um, griff blitzschnell hinter sich in die Wanne, packte den Karpfen entschlossen am Schwanz, holte weit aus und klatschte ihn mit Schmackes in das breite, unrasierte Grinsen des Kerls.

Der Mann taumelte zur Seite, das Stemmeisen krachte zu Boden. Oma Jensen setzte nach. Und Patsch, noch ein Volltreffer, mitten auf die Zwölf!

Der Kerl schwankte, machte einen Ausfallschritt. Und bevor Oma Jensen einen dritten Fischschwinger landen musste, rutschte der Mann auf dem Badezimmerteppich weg und stürzte zur Seite. Direkt mit dem hageren Schädel gegen die Eisenröhren der Heizung. Auf der Stelle verlor er die Besinnung.

Im selben Augenblick flog die Badezimmertür auf. Ihr Enkel Christian und dieser Struhlmann quetschten sich ins Bad. Sie hielten Pistolen in ihren Fingern.

Ein schöner Anblick, dachte Oma Jensen.

»Oma!«, rief ihr Enkel und nahm sie in den Arm. »Alles in Ordnung?«

Dieser Struhlmann nahm den Kuhfuß an sich und beugte sich über den Einbrecher. »Das ist unser Raubmörder. Und der ist komplett k. o.«

»Ja sicher«, murmelte Oma Jensen und wäre jetzt doch am liebsten ohnmächtig geworden, was aber nicht ging, denn sie hielt ja noch den Karpfen in ihren Fingern.

Oje, wenn der mal kein Pralltrauma hatte.

Schnell wand sie sich aus ihres Enkels Umarmung und setzte den Fisch behutsam zurück in die Wanne. Offensichtlich erfreut, drehte der Karpfen ein paar schnelle Runden und ließ sich auf den Wannenboden sinken. Oma Jensen nickte, so ein Einsatz wollte sicher auch als Karpfen erst mal verdaut werden.

»Mensch, Oma, du machst Sachen. Hast du den Kerl mit dem Fisch ohnmächtig geschlagen?«

»Na ja, der wollte mich fesseln.«

Dieser Struhlmann grinste. »Wie der Fischverkäufer bei Asterix.«

Oma Jensen warf einen Blick in die Wanne und holte tief Luft. »Also, Christian. Wegen Silvester … Der Karpfen, der hat uns ja gewissermaßen sehr, sehr wertvolle

Dienste geleistet. Wegen Silvester und Silvesterkarpfen. Ich mach uns für den Jahreswechsel ein paar leckere Spezialfrikadellen mit Kartoffelsalat. Und kannst du mir morgen ein großes Aquarium besorgen?«

»Blubb«, sagte in der Wanne der Karpfen, und es klang ziemlich erfreut.

OSCHIS ELEVEN

Von allen speckigen Hinterzimmern in der Altstadt war dieses das trostloseste. Eine fette schwarze Stubenfliege stürzte sich trüb-sonor brummend auf den gelben klebrigen Fliegenfänger, der lockig von der Decke taumelte.

Kralle, der Älteste im Raum, fuhr sich mit der linken Hand übers Kinn. Das quietschte immer ein wenig, denn die war nach einem unglücklichen Tresor- und Sprengstoffzwischenfall in Oer-Erkenschwick aus Gummi. »Wir sollen ein Ding drehen? Mensch, Oschmann. Hier in Iserlohn?«

Auch Hotte und Kucki, die anderen beiden Jungs am Tisch, blickten mich skeptisch an. Die Waldstadt Iserlohn mit der berühmten Dechenhöhle, dem beeindruckenden Danzturm und den ausgedehnten Waldflächen war schön, aber nicht Las Vegas.

Ich erhob mich, trat an die Zimmertür und öffnete sie. Ihr schulterlanges Haar glänzte schwärzer als die Neumondnacht, die Augen stachen seegrasgrün. Der dunkelblaue Einteiler war scharf und eng geschnitten und wollte keine Geheimnisse für sich behalten.

»Hallo, zusammen. Ich bin Kitty.«

* * *

Ich winkte mit der knallbunten Getränkekarte. »Ich hätte gerne einen Cocktail.«

Sie beugte sich über den Tresen. »Da kämen natürlich mehrere in Frage. Kennen wir uns eigentlich?«

Ich musterte die sportliche Frau mit den pechschwarzen Haaren im knappen, roten Top. Da hatte der liebe Gott einen verdammt guten Tag gehabt. »Nicht, dass ich wüsste.«

»Du kommst nicht aus Iserlohn?«

»Ich bin nur vorübergehend in der Stadt.«

Ein Mann am anderen Ende des Tresens winkte wild mit seinem leeren Bierglas.

»Dachte ich mir schon. Ich kenne hier in Iserlohn nämlich jeden. Und alles. Ich heiße Kitty«

So hatten wir uns kennengelernt. In *Richies Bar* auf der Mendener Straße. Jeden und alles? Das klang interessant. Nach dem dritten Bombay Sugar hatte sie mir erzählt, dass sie an den Wochenenden an der Kasse im Filmpalast am Kurt-Schumacher-Ring arbeitete. Und die bevorstehende Premierengala erwähnt.

* * *

»Ich steh nicht auf James Bond«, nölte Kucki und strich sich über den Bauchansatz. »Ist mir zu körperlich.«

Hotte hustete. »Im neuen Streifen gibt Margot Robbie das Bond-Girl.«

»Das ist doch die Freundin vom Joker?«, wunderte sich Kralle.

»Die haben sich vor Birds of Prey getrennt«, erklärte Kitty.

»Ach?«

»Im letzten Tarantino hat sie mir gar nicht gefallen«, maulte Kralle.

Von Kralle wusste allerdings jeder, dass Filme mit hohem Dialoganteil ihn immer überforderten. Am besten gefielen ihm Filme ohne Dialoge. Tierfilme zum Beispiel. Oder Pornos.

»Der letzte Tarantino wurde ja auch schon in den Sechzigern gedreht«, meinte Hotte zu wissen.

Kucki mahnte. »Bringt jetzt nichts durcheinander.«

Ich seufzte. Unsere Truppe war nicht die hellste. Den einen oder anderen hatte der liebe Gott etwas nachlässig kurz vor Feierabend zusammengeschraubt, aber ich wusste, dass ich mich auf die drei Freunde absolut verlassen konnte.

»*For Diamonds Only* heißt der neue Streifen.« Ich entrollte ein Filmplakat, das auf dem Tisch lag. »Und ich sage euch, warum.«

»Hoppla«, freute sich Kralle und hätte vor Freude am liebsten in die Hände geklatscht. »Die beiden Dinger würde ich jetzt aber nicht als Diamanten bezeichnen ...«

Kitty verdrehte die Augen.

Ich deutete auf den Hals der blonden Schauspielerin. »Im neuen Bond trägt Margot Robbie diese Halskette, die auf mindestens zwei Millionen Euro geschätzt wird. Zur Vorpremiere kommt sie nach Iserlohn und wird wie immer als Promotion-Gag genau diese Kette tragen.«

»Die kommt persönlich?«, war Kralle aus eher unprofessionellen Gründen Feuer und Flamme.

Ich fuhr fort. »Ganz so üppig wird unsere Beute nicht, aber …«

»Wir klauen also … nicht … die Kette?«, fragte Hotte.

Ich schüttelte den Kopf. »Die Security-Leute werden die Diamantenkette keine Sekunde aus den Augen lassen. Sicherheitsmäßig wird sich alles um Margot Robbie und ihre Kette drehen. Und alles andere werden sie vernachlässigen.«

»Zur Vorpremiere wird eine große Benefizgala veranstaltet. Dort wird gespendet. Traditionsgemäß in bar. Und traditionsgemäß sehr viel«, verriet Kitty und gab dem Event eine Hausnummer. »Normalerweise kommt ein hoher fünfstelliger Betrag zusammen.«

»Und …«, fügte ich hinzu, »da habe ich mir gleich ein paar Gedanken gemacht.«

»Das soll aber nicht so eine durchgeplante Nummer werden, wo jeder andauernd auf die Uhr gucken muss, oder?«, befürchtete Kucki Schlimmes.

Ich blickte ihm in die Augen. »Genau so ein Ding wird das. Mit Zeitvergleich und allem.«

»Au Mann.«

»James Bond. Hollywood. Diamanten«, lächelte ich und schlug in die Hände. »Wir sind beim Film. Alles strikt nach Drehbuch.«

* * *

Zwischen Mesuts weiß glänzenden Kauleisten tanzte ein feuchtfleckiger Zahnstocher. »Die Premierenfeier findet im Foyer des Kinos statt. Erste Etage, direkt vorm

Kino 1, wo später der Film gezeigt wird. Dreihundert Personen werden erwartet, es wird rappelvoll. Als Teil des Sicherheitskonzepts dürfen im Parkhaus nebenan nur geladene Personen mit Sonderausweis parken. In der dritten Etage gibt es einen direkten Zugang vom Parkdeck 3 in den Filmpalast.«

»Als geschlossene Fußgängerbrücke?«

»Genau. Mit viel Glas drum rum.«

»Wie viel Security wird eingesetzt?«

»Zwei meiner Männer werden die Kette bewachen, einer im Foyer die Glasbox mit dem Bargeld. Ich stelle einen Fahrer. Den Bodyguard für Margot Robbie mache ich persönlich.«

»Du bist sicher, deine Firma kriegt den Job?«

»Ich habe den Zuschlag schon bekommen, du Honk.«

»Das erleichtert den Job ungemein.«

»Tut es nicht«, knurrte Mesut und wirbelte den Zahnstocher vom linken in den rechten Mundwinkel. »Denn wir beide werden uns über diesen Event nicht noch einmal unterhalten. Du hast mir ein paar Fragen gestellt, und ich habe dir ein paar Antworten gegeben. Bei so einem Ding überprüfen die Bullen als Allererstes immer den Sicherheitsdienst, da steh ich bei denen ganz oben auf der Liste. Meine Jungs sind aber sauber. Und das soll so bleiben. Keine Spur wird von dir zu mir führen. Wenn du an meinen Jungs vorbeiwillst, lass dir was einfallen.«

Ich nickte.

* * *

Und hatte gar nicht lange überlegen müssen. Vor einiger Zeit hatte ich in Düsseldorf an einem mehrteiligen Tankstellen-Projekt gearbeitet und in einer exklusiven Bar auf der Bahnstraße die aparte Linda kennengelernt.

Linda lächelte interessiert. »Eine Premierengala?«

»Benefiz. James Bond.«

»Kommt James auch?«

»Leider nein.«

»Das ist schade.« Linda zog einen Schmollmund. »Benefiz? Du willst die gespendeten Gelder klauen? Das klingt nach ganz, ganz schlechtem Karma.«

»Der Veranstalter wird versichert sein. Es entsteht quasi kein Schaden. Ich brauche dich und eine Freundin. Hast du da was Vertrauenswürdiges?«

»Meine kleine Schwester, Chi Chi. Aber für eine Vorpremiere brauchen wir was Schickes anzuziehen.«

»Ich gehe mit euch shoppen.«

* * *

Pawel Zukovsky führte im Norden Dortmunds einen Schrottplatz. Der Pole konnte fast alles besorgen und besaß darüber hinaus eine Schrottpresse, mit der sich wiederum fast alles beseitigen ließ. »Einen Wagen?«

»Einen Transporter. Unauffällig, ausreichend Pferdchen unter der Motorhaube. Der Wagen soll einem Möbelhaus zugeordnet werden, das neben dem Filmpalast liegt.«

Pawel klemmte beide Daumen hinter die Trägergurte seiner ölfleckigen blauen Latzhose. »Ich könnte was

Passendes an den Start bringen. Und lackieren. Mit Aufschrift. Wann soll das Ding starten, Oschi?«

»Nächsten Samstag. Die Vorpremiere vom neuen James-Bond-Film.«

»Spielt da nicht die Freundin vom Joker mit?«

»Sie ist inzwischen seine Ex-Freundin.«

»Das geht manchmal schnell. Wer soll die Kiste später fahren?«

»Hast du einen Vorschlag?«

Pawel nickte über benzinbunt schimmernde Pfützen hinweg ans andere Ende des unbefestigten Hofes, wo seine Tochter an einem alten rubinroten Ford Mustang schraubte. Ihre langen, zur Farbe des Mustangs passenden Haare steckten unter einer schwarzen Baseballkappe. »Sabrina ist gut und hart am Gaspedal. Ein bisschen Spritgeld kann sie eigentlich immer gebrauchen.«

»Dann sollten wir ein paar Details durchsprechen.«

Pawel schob zwei ölverschmierte Finger in seinen Mund, tat einen Pfiff, der bis nach Gelsenkirchen zu hören war, und winkte seine Tochter heran.

* * *

René van Damme saß neben mir am Tresen. Mit René und seinem Zwillingsbruder Antoine hatte ich in Belgien und Frankreich ein paar lukrative Bankgeschäfte abgewickelt. René hatte erstklassige Kontakte. Außerdem teilte der Mann aus Malmedy meine Leidenschaft für George Clooney, Brad Pitt, Matt Damon und raffiniert-krachige Hollywoodstreifen. Ich erzählte ihm von meinem Iserlohn-Projekt. Über die Gin Tonics hinweg trafen sich unsere Blicke im Spiegel gegenüber.

»Knackiger Plan, keine Schnörkel. Könnte klappen.«

»Wir sind so weit gut aufgestellt.«

René grinste. »Aber du sitzt nicht mit mir an der Bar, um aus dem Nähkästchen zu plaudern.«

Es ist immer ein Vergnügen, mit Profis zusammenzuarbeiten.

Er hob sein Glas. »Dir fehlt noch ein Mitspieler?«

Ich verzog keine Miene.

»Dir … fehlen noch zwei Mitspieler?«

Ich ergriff meinen Gin.

René grinste. »Mein Bruder und ich.«

»Oschis Eleven.«

Er zählte durch.

Ich stieß mit ihm an. »Mit dir und Antoine sind wir exakt elf. Denn einen klitzekleinen Schnörkel habe ich doch noch eingeplant.«

»Wir sind dabei. Und ich bin jetzt wirklich, wirklich gespannt.«

* * *

Einen derartigen Presseauftrieb hatte Iserlohn seit 2016 nicht mehr erlebt, seit die Roosters das Viertelfinale der deutschen Eishockeymeisterschaft erreicht hatten.

19:49 Uhr.

Ich hockte stilecht im schwarzen Anzug mit Fliege im mit weichen roten Teppichen ausgelegten Foyer des Filmpalastes an der Theke des Kinobistros mit freiem

Blick auf das Premierentreiben. Kameramänner filmten, Blitzlicht blitzte, Frauke Ludowig berichtete exklusiv.

Margot Robbie hatte im schwarzen Cocktailkleid atemberaubend ausgesehen und sich, begleitet von Mesut, schon in den Kinosaal zurückgezogen. War das da vorne Til Schweiger? Und da ganz hinten, beim Eingang, das war die Katzenberger, ganz sicher. Irgendwo steckte bestimmt auch Roberto Blanco.

Alle Anwesenden waren dem Anlass entsprechend gekleidet. Gleich mehrmals gaben sich Sean Connery und Roger Moore die Ehre, aber ich erkannte auch Blofeld, einige Bond-Girls, den Beißer und die beiden durchgeknallten, schwulen Killer, Mr. Wint und Mr. Kidd, aus *Diamantenfieber*. Ein massiger, breit gebauter Security-Mann stand mit ernster, entschlossener Miene rechts neben einer großen Glasbox, in der sich inzwischen viele bunte Geldscheine dicht aneinanderdrängelten. Aus den Boxen unter der Decke lieferte eine Bond-CD den passenden Hintergrund, gerade gab sich die bezaubernde Sheena Easton die musikalische Ehre.

In meinem Rücken befand sich der Haupteingang des Filmpalastes. Rechts führte ein Durchgang ins Treppenhaus mit einer separaten Außentoilette und der Rampe zum benachbarten Parkhaus. Geradeaus blieben zwei Kassenbereiche heute unbesetzt. Links davon bot das Kino Popcorn, Champagner und Nachos an. Ich erkannte an einem der Counter Kitty, die mich und Teile des Teams hatte einschleusen können. Gegenüber der Snack-Theke lagen die Großraumtoiletten, noch weiter links führten Treppen hoch zu weiteren Kinos.

Ich spürte ein wohliges Kribbeln im Magen, seit Stunden jagte das treibende James-Bond-Thema durch meinen Kopf.

19:51 Uhr.

Im Bereich der Kassen wippte Hotte sich auf den Schuhen abrollend vor und zurück. In seinen Knickerbockern und mit den teuren, ledernen Handschuhen sah er aus wie Fröbe in *Goldfinger*. Hotte alias Goldfinger schien sich in genau diesem Moment zu entscheiden, die Außentoilette im Treppenhaus aufsuchen zu wollen. In seiner rechten Hand schaukelte ein zum Outfit passendes hellbraunes Köfferchen.

Linda und Chi Chi sahen in ihren neuen, raffinierten Cocktailkleidern umwerfend aus. Ich seufzte. Sie waren ja auch nicht billig gewesen, die traumhaften Abendkleider. Auf der Igelstraße in Iserlohn waren die beiden Schwestern während unserer Shoppingtour in der exklusiven Hochzeits-Villa fündig geworden.

Dass die beiden jungen Frauen – augenscheinlich vom spritzigen Premierenchampagner angeschwipst – jetzt kichernd in ihre Richtung stöckelten, fanden auch die beiden smarten Security-Männer aus Mesuts Sicherheitstruppe spannend, deren Job es war, den Zugang zu einem Nebenraum zu bewachen. Warum auch immer, mochte man sich da fragen.

Antoine, der sich vor einiger Zeit ebenfalls in einen sportlichen dunklen Smoking gezwängt hatte, konnte ich nirgendwo entdecken. Kitty wisperte ihrer Kollegin am Counter etwas ins Ohr und verschwand nach hinten.

Ich war der Libero. Es war angerichtet.

19:52 Uhr.

In diesem Moment trat ein Mann mit Connery-Maske neben den Security-Kerl an der Spendenbox. Unauffällig. Von hier aus war nicht zu erkennen, dass der Mann dem Sicherheitsburschen eine Pistolenmündung in die Seite drückte. Ich hielt die Luft an. Connery flüsterte dem Mann etwas ins Ohr. Zögerlich ergriff der Sicherheitsmann die gläserne Box.

Ich sog Luft. Genau das hatte einen der Veranstalter, der ein paar Schritte entfernt stand, aufmerksam werden lassen. Selbst von hier aus konnte ich sein misstrauisches Stirnrunzeln erkennen. Er stieß einen neben sich stehenden Mann an.

»Mist.«

Das schien nicht glattzugehen, mein Magen krampfte. Locker bleiben! Noch lief alles nach Plan, denn der Security-Mann hob mit verkniffenem Blick die Geldbox in eine beigefarbene Stofftasche, die Connery ihm hinhielt.

Der Veranstalter führte sein Mobiltelefon ans Ohr.

»Scheiße«, murmelte ich.

Das mit dem Handy hatte auch Connery bemerkt. Mensch, wie lange dauerte das denn, bis der bräsige Security-Doof endlich die gläserne Box …

»Verdammt!«

Connery hielt plötzlich einen silbernen Colt in seiner Hand. Der würde doch nicht … Ich sprang auf. Im gleichen Moment jagte die Doppelnull eine Dublette in die Decke, Beton spritzte. Augenblicklich schrien Frauen spitz auf, warfen sich Männer zu Boden. Auf der anderen Seite des Foyers stießen die beiden Security-Kerle

Linda und Chi Chi grob von sich. Der kräftigere der beiden schnellte nach vorne.

Connery rannte los, die Stofftasche mit der Rechten fest an sich gepresst, in der Linken die silberne Pistole.

Der Typ, der womöglich Til Schweiger war, stellte sich ihm breitbeinig in den Weg. Connery rammte ihn zur Seite und stürzte Richtung Treppenhaus.

Ich hinterher. Panisch rempelten Menschen mir entgegen, eine junge Frau stolperte, Popcorn prasselte auf meinen Anzug. Ich reckte mich auf die Zehenspitzen und sah, dass Connery zur Außentoilette hastete, die Tür aufriss und hineinstürzte.

»Er ist in die Toilette!«, brüllte jemand.

Anscheinend hatte Connery bemerkt, dass seine Idee, in die Toilette zu flüchten, keine besonders gute gewesen war, denn Sekundenbruchteile später erschien er wieder im Flur. Die dunkelblaue Stofftasche in den Fingern, peste er nach rechts durch den Zugang ins Treppenhaus. Mit meinen Blicken folgte ich ihm durch die Glastür. Zwei Stufen auf einmal nehmend sah ich ihn die Marmorstufen nach oben springen.

Verdammt. Der athletische Security-Mann war Connery dicht auf den Fersen. Und holte auf. Der quadratische Kerl war topfit und machte mit jedem Schritt Meter gut.

»Mist!«

Es war nur noch eine Frage der Zeit, bis er Connery eingeholt hatte. Der erste Absatz. Jetzt hatte er ihn erreicht. Fast. Denn in diesem Moment wurde das rennende Viereck von einem älteren Mann angerempelt. Ganz unglücklich.

»Tschuldigung«, stammelte der Mann, der den Verfolger zur Seite hebelte, entsetzter Blick.

Der Security-Kerl stürzte krachend zu Boden. Besorgt beugte der unselige Alte sich über den Verfolger und versuchte, ihm aufzuhelfen. Ungelenk, mit einer Hand. Mit seiner rechten Hand. Denn seine linke war aus Gummi.

Mehrere Männer und Frauen redeten jetzt mit lauter Stimme auf die aufgebrachte Menschenmenge ein.

»Keine Panik! Bleiben Sie ruhig!«

»Keine Panik!«, rief auch ich.

Die Toilettentür öffnete sich. Goldfinger trat kopfschüttelnd heraus, das hellbraune Köfferchen an sich gedrückt. Unsere Blicke trafen sich. Goldfinger verzog keine Miene. Ich schloss mich ihm an, und wir verließen das Foyer durch den Haupteingang, bevor einer der Verantwortlichen auf die Idee kam, die Eingänge zum Filmpalast zu sichern. Klar, der Täter war ja ins Treppenhaus geflüchtet.

Raus aus dem Kino, nach rechts.

Raumideen hieß das Möbelgeschäft neben dem Filmpalast.

Raumideen prangte auch in weißen, geschwungenen Lettern auf der Karosserie des dunklen Lieferwagens, der vor dem Geschäft im eingeschränkten Halteverbot parkte.

Der Mann in der Latzhose mit Zollstock, der neben dem Transporter stand, öffnete die Seitentür des Fahrzeugs und kletterte selbst eilig auf den Beifahrersitz. Goldfinger und ich stiegen ein. So viel Geschmeidigkeit hätte man Goldfinger gar nicht zugetraut. Vorne ging die Fahrerin mit den rubinroten Haaren unter der Baseballkappe gut und hart ins Gaspedal.

»Bullen«, knirschte Pawel auf dem Beifahrersitz und zog den Kopf ein, denn auf der nächsten Kreuzung flog uns ein Streifenwagen mit Blaulicht und Horn entgegen.

Die Cops jaulten an uns vorbei. Vermutlich, um Sean Connery festzunehmen, der mit der Stofftasche samt gefüllter Glasbox im Treppenhaus des Kinos die Stufen hoch geflüchtet war.

19:56 Uhr.

Ich blickte Goldfinger an und zeigte auf den Koffer. »Sind wir glücklich?«

Goldfinger nickte grinsend.

* * *

Den abgelegenen Bauernhof im Honsel hatte Kitty für uns als Treffpunkt aufgetan. Pawels Tochter Sabrina setzte den Wagen schwungvoll rückwärts in eine Hofzufahrt.

Hotte Goldfinger ruckelte mit dem Koffer. »Ich würde ja gerne mal nachgucken, wie viel drin ist.«

Mein warnender Blick formte sich zur Ohrfeige.

»Is' ja gut, keine Fingerabdrücke«, knurrte Hotte und verdrehte die Augen. »War ja nur ein Gedanke, Superhirn!«

Kitty hatte den Vierkanthof schon vor uns erreicht, trat aus dem Schatten an den Lieferwagen und öffnete die Seitentür. Verdammt. Das taten auch die beiden in schwarz gekleideten Typen mit den Maschinenpistolen. Die Knarren sahen verflucht echt aus. Der besonders mies dreinblickende der beiden Kerle drückte Pawel durchs geöffnete Seitenfenster die Mündung seiner Peitsche rüde gegen die Schläfe.

»Kleine Änderung im Drehbuch, Süßer«, summte Kitty, seegrasgrünen Triumph in den Augen.

Hotte warf mir einen Blick zu, der fast vollständig aus Vorwurf bestand. So viel zum Thema Superhirn. Kitty deutete wortlos auf den Koffer. Hotte seufzte ergeben und reichte ihn ihr.

* * *

Kucki windmühlte mit beiden Armen Richtung Fernseher.

»Mach lauter!«, schrien Hotte und Kralle gleichzeitig.

»Eine verdächtige Person wurde nach kurzer Verfolgung in einem angrenzenden Parkhaus festgenommen«, berichtete ein Polizeisprecher mit ernstem Gesicht. »Der Mann trug wie der Täter eine Sean-Connery-Maske, führte aber keine Schusswaffe mit sich. Statt wie bei der Tatausführung eine beigefarbene hatte er eine dunkelblaue Stofftasche bei sich. In dieser befand sich nicht die Tatbeute, sondern eine hochwertige Kamera, mit der die Person den neuen Bond-Film von der Leinwand hatte abfilmen wollen. Nach jetzigem Kenntnisstand handelte es sich um eine unglückliche Verwechselung, die Person hat nichts mit dem Raub zu tun. Sie wurde nach Feststellung der Personalien entlassen.«

Kucki lachte. Auf seinen Knien lag die Connery-Maske. Hotte, der als Goldfinger im Toilettenbereich die Stoffbeutel und den silbernen Colt ausgetauscht und im hellbraunen Koffer rausgeschmuggelt hatte, stieß ihm zufrieden in die Seite.

Das Gesicht des Polizeisprechers wirkte zerknirscht. »Der Täter ist flüchtig, von der Geldbox mit den Spenden fehlt jede Spur.«

Kralle stieß mich an. »Da könnten wir weiterhelfen.«

Ich grinste. »Ich bin sicher, die Cops werden von alleine fündig. Die beiden Gangster mit den Maschinenpistolen haben mich unangenehm überrascht, aber Kitty ist eine Amateurin. Sie wird Fehler machen. Deshalb ja auch keine Fingerabdrücke. Niemand wird sie mit einem von uns in Verbindung bringen können.«

Hotte unkte. »Aber das speckige Hinterzimmer in der Altstadt, in dem wir mit Kitty waren? Da haben wir Fingerabdrücke und DNA-Zeug hinterlassen.«

»Ein schlimmes Feuer. Die Kaschemme ist abgebrannt.«

»Ach. Wann?«

»Morgen Nacht.«

Hotte lächelte verschlagen. »Du bist echt ein Superhirn.«

Der Polizeisprecher fuhr fort. »Wir gehen nach jetzigem Stand der Ermittlungen davon aus, dass der Raub der Spendenbox ohnehin lediglich der Ablenkung diente. Eigentliche Beute und Ziel der Räuber war die wertvolle Diamantenkette aus dem aktuellen James-Bond-Film, die in einem Nebenraum aufbewahrt und während des Tumults und der Verfolgungsjagd durch den Filmpalast entwendet wurde.«

»Der gute Antoine«, flüsterte Sabrina mit echter Bewunderung im Blick.

»Die Kette steht mir übrigens supergut«, summte Linda und strich über die funkelnden Schmucksteine, die ihren Hals zierten.

»Lass mich auch mal«, meckerte ihre kleine Schwester.

»Wir ermitteln in alle Richtungen«, erklärte der Polizeisprecher abschließend.

Kralle wedelte mit der Gummihand. »Was heißt, sie haben keine Ahnung, was Sache ist!«

»Darauf ein Pilschen.« Pawel führte seine Flasche an den Mund.

Die Tür zum Raum wurde geöffnet. René und Antoine van Damme traten ein.

Antoine setzte sich neben Sabrina, René lächelte. »Mein Kontaktmann in Antwerpen bietet für die Kette 1,5 Millionen Euro.«

»Darauf noch ein Pilschen!«, juchzte Pawel.

In die Begeisterung hinein zog ich René sacht zur Seite. »Gib es zu, du hast gewusst, dass ich Kitty in Verdacht hatte, uns über den Tisch ziehen zu wollen.«

René schüttelte den Kopf. »Nicht speziell die Kitty. Aber unter uns Hardcore-Kinofreunden lag das doch auf der Hand: Oschis Eleven? Elf? Ich habe durchgezählt und bin auf zwölf gekommen. Du hattest von einem klitzekleinen Schnörkel gesprochen. Weil noch ein faules Ei aussortiert werden musste.«

»*For Diamonds Only*.«

René lächelte und ließ fast liebevoll seinen Blick über die Bande gleiten. »Wir sind ein echt gutes Team.«

»Das finde ich allerdings auch«, nickte ich und zog einen Werbeflyer mit handschriftlichen Notizen aus der Innentasche meines schwarzen Jacketts. »Deshalb habe ich mir hier zu diesem Spielcasino-Event in Dortmund auch gleich folgende Gedanken gemacht …«

DICKE LIPPEN

Ich liebe den Niederrhein. Gerade hier die Ecke in Kerken. Es ist alles so herrlich flach, man kann so weit gucken. Bei gutem Wetter über die Felder bis nach Kengen. Bei schlechtem Wetter auch. Du kannst am Samstag schon sehen, wer am Sonntag zu Besuch kommt. Und die Menschen sind hier ... so normal.

Also, die meisten.

Mir saß im Vernehmungszimmerchen der Polizeiwache Geldern nun allerdings Paul Op den Dreevel gegenüber. Aus Hartefeld. Normal? Gut, der jetzt nicht.

»Ich weiß auch nicht, warum Ihre Kollegen mich mit auf die Wache genommen haben«, seufzte der 53-Jährige und zuckte fragend mit den Schultern.

»Tja«, setzte ich an und überflog noch einmal den Bericht, den die beiden Streifenbeamten gefertigt und mir vorgelegt hatten. »Ihre Frau hat auf der Wache angerufen ...«

»Die Monika«, summte Op den Dreevel mit glänzenden Augen.

»Ja, genau. Und die hat den Kollegen dann von diesem ... Unglück erzählt.«

Paul Op den Dreevel senkte sein Haupt. »Sie will es einfach nicht verstehen, die Gute.«

Ich seufzte. »Dann erklären Sie mir doch mal ganz langsam, was da passiert ist.«

Paul hob den Blick und sah mich unschlüssig an.

»So, unter uns Männern«, versuchte ich ihn mit sanfter, leiser Stimme und einem Augenzwinkern zu locken.

Op den Dreevel holte tief Luft und reckte sich im Vernehmungssessel gerade. »Na gut. Also. Ich gebe es ja zu. Ich meine, ich räume es ja ein, ich bin von Hause aus ein sehr sensibler Mensch.«

Ich warf einen raschen, prüfenden Blick auf das Ende des Berichts. »Sensibel?«

»Sensibel im Sinne von … sehr eifersüchtig.«

»Aha.«

»Eifersucht ist wie Salz. Das würzt den Braten«, erläuterte Op den Dreevel aufgeräumt.

»Zu viel davon macht ihn völlig ungenießbar«, kannte auch ich das Zitat von Balzac.

»Ja, schon, aber der Mantel der Liebe wärmt am besten, wenn er mit ein bisschen Eifersucht gefüttert ist. Ich teile dieses Gefühl mit vielen anderen Menschen. Mit den ganz Großen der Geschichte. Hier, zum Beispiel Napoleon.«

»Ja. Ein *ganz* Großer!«

»Und John Lennon. John Lennon hat mehrere Lieder darüber geschrieben. Eifersucht. Jealous Guy. Sagenhafte Nummer, darf auf keiner guten Party fehlen. Da geht auf der Tanzfläche richtig die Post ab!«

»Stimmt«, murmelte ich. »Die Nummer ist ein echter Reißer! Und Ihre Frau, die Monika …«

»Ja, die Monika …«

»Ja, was sagte die so dazu? Ich meine, heute hat sie ja meine Kollegen angerufen, nachdem Sie …«

»Sicher, das gab schon mal Streit mit meiner Frau, wegen der Eifersucht und so.«

»Dieses Ausmaß? Das ist ja nicht mehr so … ganz normal!«

»Aber ich liebe doch meinen Schatz!«

»Das glaube ich schon, aber …«

»Ja, sie hat ja damals auch schlimm mit mir geschimpft. Wegen der Sache mit den Reifen. Am Auto. Von ihrem Chef. Da hat sie mich gefragt, wie ich denn *so was* machen könnte. Aber ich hatte doch das scharfe Küchenmesser.«

»Damit muss man ja nicht gleich zustechen.«

»Doch. Kräftig. Sonst geht der Reifen ja nicht kaputt.«

Ich schlug innerlich die Hände über den Kopf zusammen. »Kommen wir lieber wieder zum heutigen Vorfall.«

»Ja, sehr gerne. Ich liebe meine Frau.«

»Ja …«

»So sehr.«

»Ja.«

»Und dann musste … dann *musste* ich doch reagieren. Auf diesen Typen. Auf diesen schleimigen Typen!«

»Nun ja.«

»Ich hab das genau gesehen. Ganz genau hab ich das gesehen. Dieser Blick. Dieser … unschuldige, wässrige Blick. Diese großen Augen. Wie der meine Frau angestarrt hat. Mit seinen großen, runden Glubschaugen hat er sie angeglotzt. Ganz nah rangekommen ist er. Ganz nah. Im Rahmen seiner Möglichkeiten, natürlich. *Das* nenne ich krank!

Paul, hat meine Frau gesagt, Paul, das ist jetzt nicht dein Ernst? Doch! War aber mein Ernst. Todernst hab ich das gemeint. Wenn das jetzt auch ein bisschen unpassend klingt.«

Ich warf einen Blick auf den Bericht. »Todernst? Unpassend klingt es ja jetzt … eigentlich … nicht.«

»Ich hab den Kerl ganz genau beobachtet. Du musst zum Arzt, hat meine Monika gesagt. Aber mit meinen Augen ist alles in Ordnung.«

»Ihre Frau meinte vielleicht …«

»Ich habe mich nicht beirren lassen und genau gesehen, wie er sie angeschmachtet hat. Immer. Jedes Mal. Wenn meine Monika den Raum betrat, wenn sie durchs Zimmer ging. Wenn wir gemeinsam auf dem Sofa saßen. Herr Hauptkommissar, wenn meine Frau und ich noch Sex hätten, dann …«

»Ähm …«

»Und dann diese Lippen. Diese dicken, kraftlosen, wabbeligen Lippen. Wie er sie verwegen und wollüstig aufeinander fallen ließ. Ohne Hemmungen, ordinär, wie selbstverständlich. Provokant! So provokant! Ich habe es genau gesehen. Dieser starre, bohrende, sich um nichts scherende, wie selbstverständliche Blick. Und der Mund. Mund auf … babb, und Mund zu. Mund auf … babb, und Mund zu. Und immer kommt er ganz nah ran. Ganz nah ran. Gaaaaanz nah ran! Babb. Babb. Und dann hab ich es einfach gemacht!«

»Was?«, setzte ich hastig nach.

Paul Op den Dreevel blickte mir direkt in die Augen. Alles Sentimentale, alles Weiche, alles Liebevolle war aus seinen Augen gewichen. Hart war sein Blick, kalt.

»Ich habe ihn ermordet, Herr Hauptkommissar. Ich habe ihn eiskalt ermordet. Ich hab ihn aus dem Glas rausgenommen … und den Goldfisch an die Katze verfüttert.«

WOLFSJAGD

Das Geschenkpapier knisterte. Hartmann spürte eine heiße Schweißperle an der Schläfe. Das hatte er sich einfacher vorgestellt.

»Mann!«

Dabei war er so zufrieden mit sich gewesen. Noch vier Tage bis Heiligabend, und er hatte schon die meisten Präsente beisammen. Auch das für seinen einarmigen Kumpel Krake.

Ein Akkordeon.

Ah, natürlich nicht irgendein Akkordeon! Wenn die Legende stimmte, dann hatte die fantastische Grace Jones 1981 exakt dieses Instrument für ihr Album *Nightclubbing* geschultert.

I've Seen That Face Before.

Grandios!

Allerdings war die kleine, metallene Kippschlaufe des Akkordeons defekt. Wieder entglitt die linke Tastenhälfte des Instruments seinem Griff. Der Mittelteil aus Stoffpappe heulte quälend komplett auseinander. In der näheren Nachbarschaft spitzten Katzen die Ohren und jaulten die Hunde.

Hartmann verdrehte die Augen. Vielleicht wäre eine simple CD der jamaikanischen Sängerin eine bessere Idee gewesen.

Fast wieder vollständig ausgebreitet lag das Instrument vor ihm auf dem Schreibtisch. Im dunkelgrauen Mittelteil hatte das Gerät zwei längliche, tiefschwarze Flecken. Wie Augen. Das Gerät starrte ihn an. Voller Hohn und Missachtung. Hartmanns Blick fiel auf den scharfkantigen Brieföffner zu seiner Linken …

In gleichen Moment lärmte seine Telefonanlage.

Hartmann griff zum Hörer. »Hartmann, Privatdetektiv, Ermittlungen aller Art.«

»Mein Name ist Duckstein«, stellte sich ein Mann mit tiefer, sonorer Stimme vor.

»Das ist ja nichts Schlimmes«, knödelte Hartmann, er war irgendwie genervt.

»Wie bitte?«

»Was kann ich für Sie tun?«

Am anderen Ende machte der Anrufer eine kurze Pause. »Na, was denken Sie denn? Ich möchte Sie engagieren.«

Das Akkordeon grinste verschlagen.

»Ich wohne in Urdenbach und habe ein großes Gelände.«

»Das ist sehr schön.«

»Mir werden regelmäßig ausgesprochen wertvolle Schafe entwendet.«

»Vielleicht ein Wolf?«, mutmaßte Hartmann.

Das Akkordeon hob die Augenbrauen.

»Urdenbach. Flößerstraße 43. Kommen Sie am besten so schnell wie möglich her!«

Das Akkordeon kippte vor Hartmann vollends zur Seite und seufzte schmerzerfüllt, als würde es Übles ahnen.

* * *

Urdenbach war der südlichste Stadtteil Düsseldorfs. So
südlich, da musste man aufpassen, das war schon fast
Köln. Im untersten Winkel des alten Ortsteils befand
sich die kurze Flößerstraße, direkt dort, wo es durchs
Grüne zum Urdenbacher Altrhein ging. An einer Tor-
einfahrt ganz am Ende der Straße verriet ein frisch po-
liertes Namensschild aus purem Gold, dass hier die Familie Lars Duckstein residierte.

Auf sein Klingeln öffnete allerdings nicht sein potenziel-
ler Auftraggeber, sondern mutmaßlich dessen Tochter die
schwere Haustür einen schmalen Spaltbreit. Hartmann
schätzte das Mädchen aus gutem Hause auf ungefähr drei-
zehn oder vierzehn. Sie trug einen für diese Jahreszeit vielleicht etwas kurzen, schwarzen Rock und stramm geflocht-
tene Zöpfe. Dem Teenie sah man die gute Erziehung an.

»Scheiße, Sie müssen der Schnüffler sein!«

»Äh …«, grüßte Hartmann zurück.

Das Mädchen ließ einen pinkfarbenen Kaugummi
platzen und musterte ihn langsam von oben bis unten.
»Du siehst aber nicht aus wie Robert Downey Junior.«

»Stimmt, Pippi Langstrumpf.«

Die linke Augenbraue rauschte nach oben. »Du, du
stinkst nach Pippi.«

»Ich knote dir gleich die Zöpfe zusammen, Rotznase!«

»Dann wird mein Vater dich verklagen«, summte das
Mädchen gelangweilt, öffnete die Tür, nickte Hartmann
an sich vorbei ins Innere und parkte ihn in einem Flur
mit den Ausmaßen einer bayrischen Wallfahrtskapelle.

Pippilotta Viktualia glitt nach links eine Holztreppe hoch, stoppte auf der Hälfte, drehte sich noch einmal um und grinste. »Nicht gerade Downey Junior, aber der Hintern ist knackig.«

Hartmann lächelte zurück.

Sie knipste ihr Grinsen sofort wieder aus und brüllte: »Der Detektiv ist da!«

Ob der beeindruckenden Lautstärke verschluckten sich im Altrhein die Fische. Ein schwarz-weißer Hund schoss dumpf bellend aus dem Nebenzimmer in den Flur, Hartmann fuhr zurück.

»Aus!«, kommandierte die Frau, die dem Hund folgte.

»Genau nämlich«, flüsterte Hartmann.

»Das ist ein ganz Lieber, der tut nichts«, behauptete Frauchen.

Der Hund war ein Australian Shepard, ging aber trotzdem nicht sofort an die Kehle, sondern gehorchte und wedelte mit seinem australischen Shepardschwanz.

»Kommen Sie bitte gleich durch ins Wohnzimmer. Mein Mann erwartet Sie bereits.«

Hartmann nickte. Und nachdem sich sein Herzschlag wieder in einen normalen Bereich beruhigt hatte, fand er kurz Zeit, die Gattin seines Auftraggebers zu mustern.

Ein angenehmer Anblick.

Die Frau war eine ältere Ausgabe ihrer Tochter. Hartmann schätze sie auf um die vierzig Jahre alt. Sie war kaum kleiner als er selbst, vielleicht eins achtzig, und trug eine schwarze Lederleggins, der man ansah, dass sie nicht bei *Karstadt* auf der Stange zur Welt gekommen war. Darüber umschmeichelte ein dunkelgrüner

Wollpullover einen schlanken, sportlichen Körper. Ihre Fingernägel waren lang, schwarz lackiert und gemahnten dezent ans Jüngste Gericht. Die Frisur erinnerte an Nancy Sinatra, nur in Schwarz. Very Sixties. Ihr Gesicht hatte das Jugendlich-Freche ihrer Tochter.

»Guten Tag, Herr Hartmann«, grüßte ihn im Wohnzimmer schließlich der Hausherr mit einer tiefen, sonoren Stimme, die sicher auch hartgesottene Geschäftsleute zu beeindrucken wusste.

Lars Duckstein war deutlich älter als seine Frau, aber ähnlich sportlich. Er trug eine dunkelbraune Cordhose, ein groß kariertes Stoffhemd mit hellbrauner Strickjacke darüber. Das Kleidungsensemble ließ ihn konservativ, aber nicht unmodern wirken. Viele Stunden auf dem Tennisplatz oder mit einem Personal Trainer hielten seinen Körper in Form. Vielleicht beides. Er hatte ein breites Kinn, graue Haaransätze und trug eine breit gerahmte Brille, deren Braunton zur Cordhose passte.

Das Wohnzimmer selbst war Landhausstil mit vielen gerahmten Fotos, Bildern, bodentiefen Fenstern und teuren, schweren Möbeln. In der rechten Ecke funkelte ein Christbaum so glitzernd hell, dass Hartmann gar nicht hinsehen mochte.

Duckstein deutete seinen Gast mit professioneller Geste an einen ausladenden Wohnzimmertisch. Hartmann nahm Platz.

Duckstein nickte zur Gemahlin. »Das ist meine Gattin …«

»Katharina«, ergänzte diese schnell. »Darf ich Ihnen etwas zu trinken anbieten?«

»Ein Glas Mineralwasser wäre freundlich.«

Katharina Duckstein stutzte. »Trinken Privatdetektive nicht immer nur Whiskey?«

»Doch. Eigentlich schon. Und sie sehen üblicherweise aus wie Robert Downey Junior.«

Die Gastgeberin lachte. »Sie haben schon mit Laetitia gesprochen?«

»Kurz. Über die Südsee, den kleinen Onkel und wie es Ephraim geht.«

Lars Duckstein räusperte sich. »Mir auch ein Glas, Schatz. Danke. Schön, Herr Hartmann, dass Sie es sofort einrichten konnten. Ich bin sehr verärgert und muss was tun.«

Hartmann nickte. Diese Gemütsmischung war ein entscheidender Teil seines Geschäftsmodells. »Es geht um die Schafe. Wo ist denn die Wiese?«

Katharina Duckstein stellte die gefüllten Gläser vor ihnen auf den Tisch, gluckste, ließ sich grazil in eine weiße Ledercouch sinken und schlug eine Illustrierte auf. Der australische Haushund ließ sich zu ihren Füßen nieder.

Ihr Gatte gönnte Hartmann einen Blick, der Zweifel und Kompetenz nicht übereinander brachte. »Es geht natürlich nicht um lebende Schafe.«

»Natürlich nicht.«

Lars Duckstein erhob sich, trat eilig ein paar Schritte an den Christbaum und beugte sich herunter. Behutsam entnahm er einer Krippensituation am Fuß des Baums ein tönernes Schaf von vielleicht zwanzig Zentimetern Länge, kehrte an den Wohnzimmertisch zurück und reichte es Hartmann. »Acht dieser Schafe gehören zum Krippenensemble, das ein befreundeter französischer Künstler exklusiv für mich angefertigt hat. Sein Name wird Ihnen nichts sagen. Die Figuren sind Unikate und ein Vermögen wert.«

Hartmann nickte. Das Schaf sah niedlich aus.

»Würden Sie durchzählen, kämen Sie nunmehr nur noch auf fünf Schafe. In den vergangenen drei Nächten wurde jeweils ein Schaf hier aus meinem Stall entwendet.«

Hartmann stellte das Tierchen auf dem Tisch ab und nippte am Wasser.

»Ich möchte, dass Sie dem Einbrecher heute Nacht auflauern und ihn stellen.«

»Das wäre eigentlich etwas für die Polizei.«

Duckstein winkte ab. »Die habe ich kontaktiert. Unsere Staatsgewalt sieht sich außer Stande, diesen Einsatz zu leisten. Ich bin natürlich mit dem Polizeipräsidenten befreundet und werde dort bei nächster Gelegenheit meinen diesbezüglichen Unmut deutlichst anbringen.«

»Aha.«

»In der Folge sind Sie mir durch einen Freund empfohlen worden. Ich setze auf Sie! Ich bin sicher, der Täter will sich in der kommenden Nacht das nächste Tier holen.«

Hartmann nickte.

»Vielleicht denkt er, ich hätte das Verschwinden der wertvollen Tiere noch nicht bemerkt.« Verschwörerisch kniff Duckstein Hartmann ein Auge. »Und weil Sie als Privatdetektiv nicht an Recht und Gesetz gebunden sind, gelingt es Ihnen vielleicht auf eher unorthodoxe, aber effiziente Art und Weise zu ermitteln, wo sich die bereits entwendeten Tiere befinden. Die Rückführung jedes meiner Schafe wäre mir einen Extrabonus wert.«

»Unorthodox und effizient? Sie denken an Folter?«, fragte Hartmann, um sicherzugehen.

»Wäre das ein Problem für Sie?«, fragte Duckstein.

Seine Gattin blickte interessiert von der Illustrierten auf.

Bevor Hartmann antworten konnte, winkte Duckstein ihn an eine dunkelgrün gestrichene Terrassentür, die links der bodentiefen Fenster vom Wohnzimmer in den Garten führte. »Ich zeige Ihnen, wie der Einbrecher ins Haus kommt.«

Och, dachte Hartmann überrascht.

Die Tür war aus Holz, breiter Rahmen, eine große satinierte Glasfläche in der oberen Hälfte, komplett aus Holz unten. Dort mit eingelassener Hundeklappe.

Einzelanfertigung, mutmaßte Hartmann.

Der Hausherr zog die Tür nach innen auf. Lautlos. Oha, da schnappte kein Schnapper. Im metallenen Schlossschnapperschacht des Türrahmens steckte der Filterstummel einer Zigarette, der die Schrägfalle nicht einschnacken ließ.

Hartmann beugte sich übers Schließblech. »Manipuliert. Sieht aus, als wäre die Tür zu, dabei liegt sie nur im Rahmen.«

»Richtig«, nickte Duckstein. »Ist mir zunächst gar nicht aufgefallen. Wir öffnen die Tür im Winter praktisch nie. Nur der Hund geht unten durch die Hundeklappe.«

»Da wiederum passt kein Einbrecher durch.«

»Auf keinen Fall.«

»Und weil der Zigarettenstummel noch im Schacht steckt, gehen Sie davon aus, dass der Täter sich ein weiteres Beutestück holen wird.«

»Ganz genau so ist es«, flüsterte Duckstein. »Weil unser Schlafzimmer und das der Tochter nach vorne zur Straße hin liegen, hören wir auch nicht, wenn einer ins Haus eindringt.«

»Sie haben keine Alarmanlage?«, fragte Hartmann überrascht.

»Sonst überall, nur an dieser Tür nicht. Wegen des Hundes und der Hundeklappe. Der Alarm würde jedes Mal ausgelöst werden. Nachts ist die Hundeklappe natürlich verriegelt.«

»Wer weiß sonst noch von der Zigarettenstummel-Manipulation?«

»Niemand.«

Hartmann bemerkte, dass der Hund am Stoff seiner Hose schnüffelte. Der schwarz-weiße Bursche hatte sich lautlos angeschlichen.

»Er heißt Fiete«, meldete sich Katharina Duckstein vom Sofa. »Er schnuppert. Haben Sie auch einen Hund?«

»Meine Nachbarin hat einen Kater. Er heißt Freddy Krüger, kann mich nicht leiden und zerkratzt mir regelmäßig die Unterarme«, erklärte Hartmann und drehte sich seinem Auftraggeber zu. »Okay. Ich werde dem Einbrecher diese Nacht auflauern.«

»Sehr gut. Ich stelle Ihnen draußen einen Hocker hin«, erklärte Duckstein.

»Nein. Drinnen. Draußen ist zu kalt.«

»Sind Sie ein Weichei?«

»Drinnen halte ich mir die Muskeln besser warm und geschmeidig. Für den Fall, dass ich sie plötzlich einsetzen muss.«

Wieder glुckste die Hausherrin. Fiete schnupperte.

Hartmann klatschte in die Hände. »Ich werde jetzt durch die Haustür rausgehen. Sprechen Sie mit niemandem über unseren Plan. Ich werde mich aufwendig von Ihnen verabschieden, falls uns jemand beobachtet oder gar ausspioniert. Ich besorge mir … etwas. Und kehre heimlich zurück. Ich verbringe die Nacht hier im Wohnzimmer und stelle den Täter.«

»Das ist ein guter Plan«, lobte Duckstein.

Na ja, dachte Fiete und legte den Kopf schräg.

* * *

Über der Eingangstür blinkte hektisch ein neonroter Schriftzug.

»Dimitri.«

Hartmann trat ein. Der junge Grieche mit den zerzausten schwarzen Haaren hatte eine Zeit lang als sein Nachbar im Erdgeschoss einen Second-Hand-Laden betrieben. Dimitris einmalig günstige Preise waren sündhaft niedrig gewesen. Nach einem Handgranatenzwischenfall hatte Dimitri sein Geschäft aufgegeben und ein griechisches Restaurant in Derendorf eröffnet. Das wurde wiederum unlängst vom Ordnungsamt geschlossen. Der pfiffige Grieche brachte sich die Kernkompetenz in Erinnerung und führte wieder einen kleinen An- und Verkauf. Nach wie vor stellte er keine Fragen, und das Sortiment war facettenreich. Bei Dimitri einzukaufen, war immer ein Erlebnis.

»Tag, ich brauche was.«

Der Grieche beugte sich über den Verkaufstresen. »Crack?«

»Nein.«

»Ich hab richtig gutes Zeug am Start. Mit Vitamin B gestreckt. Also quasi gesund.«

Hartmann blinzelte. »Nein. Ich brauche eine Kamera. Eine, die nachts Aufnahmen machen kann, aber dazu keinen Blitz braucht.«

»Ah, verstehe«, wisperte Dimitri, verschwand unterm Tresen und tauchte Sekundenbruchteile später wieder auf. »Ich hab genau das Richtige für dich. Hier.«

Hartmann schnappte nach Luft. »Das ist eine Pistole!«

»Eine Pistole? Das ist eine 38iger Special von *Smith &Wesson*.«

»Aber ich brauche keine Pistole.«

»Wieso? Ist doch eine gute Sache.«

»Ich brauche eine Kamera.«

»Wofür?«

»Ist doch egal. Eine, die nachts ohne Blitzlicht brauchbare Fotos macht.«

»Verstehe«, nickte Dimitri und verschwand wieder.

Hartmann verdrehte die Augen. Vielleicht war es Zeit, eine neue Quelle aufzutun.

»Hier«, sagte Dimitri.

Und schraubte einen Schalldämpfer auf die Knarre. »Was soll das denn?«

»Fotografieren mit Blitzlicht ohne Blitz ist wie Ballern mit Kugeln ohne Geräusch. Der Schalldämpfer ist super.«

»Ich will ja gar nicht ballern!«

»Was willst du denn sonst mit der Wumme machen?«

Hartmann schnaufte. »Pass genau auf, mein griechischer Freund. Ich kauf den Ballermann und mach dir noch hier im Laden zwei Löcher in die Brust.«

»Ho, Brauner«, beruhigte ihn Dimitri. »Das wird schwierig, ich hab grad keine Patronen da.«

»Dann hau ich dir mit dem Teil eine Ecke aus dem Schädel. Kerl, ich brauche einen Fotoapparat. Hast du so ein Gerät oder nicht?«

Dimitri zog eine Grimasse. »Natürlich hab ich so ein Gerät. Sogar fast originalverpackt.«

»Dann rück das Teil doch raus, Mann!«

»Wenn du nach Rewe gehst, um Brot zu kaufen, latschst du doch auch an der Fleischtheke vorbei und guckst. Die *Smith&Wesson* ist wie ein astreines Stück Steak.«

Er verschwand ein drittes Mal unterm Tresen und wuchtete tatsächlich Sekunden später einen Karton auf den Tisch. Die Abbildung auf dem Karton zeigte eine Kamera.

Hartmann fragte trotzdem. »Und da ist auch eine Kamera drin?«

»Nein. Ein Chamäleon. Natürlich ist da eine Kamera drin. Macht 500 Euro.«

»Hoppla«, erschreckte sich Hartmann. »Das ist aber mal ein Preis. Ist der Knipser vergoldet?«

»Ist ein HighTechSuperSpezialTeil. Hier in Deutschland noch gar nicht auf dem Markt. Außer bei mir.«

Hartmann wechselte das Standbein. »Das ist ein Haufen Kohle.«

Dimitri flüsterte: »Da ist eine Gebrauchsanweisung dabei. Auf Deutsch und auf Griechisch. Die Kamera ist mit Selbstauslöser, der reagiert auf Bewegung.«

500 Euro? Hartmann unkte. »Vielleicht leihe ich das Ding nur kurz aus.«

»Das ist eine mega Investition, Alter. Da machst du superkrasse Aufnahmen mit. Auch heimlich. Wenn du zum Beispiel mit deiner Freundin rumvögelst.«

»Ich habe zurzeit keine Freundin«, murmelte Hartmann.

Zack, hielt Dimitri einen Katalog in seinen Fingern, der sich wie von selbst aufschlug. Und den Blick freigab. Auf aussagekräftige Hochglanzfotos.

»Da kann ich weiterhelfen. Ich hab hier zufällig 46 erstklassige Freundschaftsanfragen.«

»Nein, danke.«

»Da sind sogar Bulgarinnen mit dabei. Wenn du von denen mit der neuen Kamera Fotos machst, kannst du die nachher super verkaufen.«

»Wirklich kein Bedarf, Dimitri.«

Der Grieche klappte den Katalog zu.

Hartmann schüttelte den Kopf. »Ich nehm die Kamera für 200 Schleifen.«

»250 Euro. Ist mein letztes Angebot, du Hurensohn.«

»Nehm ich. Ich zahle bar.«

Dimitri nickte. »Auf jeden Fall. Tütchen Gras dazu?«

»Hast du auch Rasenmäher?«

»Natürlich.«

»Tu mir das Tütchen Gras.«

Zwei Minuten später stand Hartmann draußen auf dem Gehweg vor dem Laden und atmete tief durch. Bei Dimitri einzukaufen, war immer ein Erlebnis.

* * *

Hartmann warf einen Blick auf die Armbanduhr. 21.15 Uhr. Er saß hinter der weißen Ledercouch im Stockdunkel. Erst hatte er überlegt, einen guten Krimi einzupacken, um die Zeit zu kürzen, aber auch Licht würde ihn verraten.

»Ich hab Ihnen einen Tee gemacht«, flüsterte Katharina Duckstein.

Hartmann fuhr zusammen, er hatte die Frau gar nicht kommen gehört. Die Wohnzimmertür zum Flur stand offen, und die Herrin des Hauses trug zum bunten Seidenkimono dicke, schreiend neongelbe Wollsocken. Geräuschlos ließ sie sich neben Hartmann auf den Boden sinken.

»Danke«, flüsterte Hartmann.

Sie selbst hielt einen dampfenden Becher mit beiden Händen fest umschlossen. »Und? Tut sich was?«

»Noch nicht«, murmelte Hartmann und bezweifelte, dass sich daran etwas ändern würde, wenn sie hier nunmehr zu zweit sitzen würden.

»Einen Privatdetektiv im Haus zu haben, ist spannend. Sonst ist hier nachts nicht mehr viel los«, griente Katharina.

Hartmann grinste schräg.

»Sie glauben, dass der Täter heute wieder zuschlägt?«

»Ich bin ziemlich sicher.«

»Wegen der Zigarettenkippe? Haben Sie einen Verdacht?«

Das hätte Hartmann möglicherweise bejahen können, sagte aber nichts. Es war auch weniger ein Verdacht, mehr eine Idee. »Ich glaube nicht, dass es ein Wolf ist.«

»Machen Sie so etwas häufiger?«

»Es ist das erste Mal, dass ich Schafe bewache.«

Katharina Duckstein lachte.

»Pssssst«, mahnte Hartmann.

Katharinas Anwesenheit war angenehm. Sie war gleichwohl natürlich nicht angebracht.

Die Frau neben ihm schien seine Gedanken zu lesen.

»Lars schläft immer tief und fest, der hört nichts. Noch nicht mal Einbrecher. Wenn der Kerl heute nicht auftaucht, bleiben Sie dann länger?«

»Heiligabend bin ich verplant.«

»Ich mache ganz hervorragenden Kartoffelsalat, und die Würstchen sind vom ersten Haus am Platz.«

Hartmann lachte. Er war dieses Jahr mit Regenrinnen-Rita verabredet und wollte allerdings jetzt nicht näher ins erklärende Detail gehen.

»Mein Mann ist nicht nur bei der Wahl des Weihnachtsessens sehr, sehr konservativ.«

»Wenn er uns hier erwischt, knallt er mich ab«, lächelte Hartmann und dachte, dass es heute Nachmittag vielleicht doch keine schlechte Idee gewesen wäre, sich die 38er zuzulegen, falls es mal zu einem Schusswechsel kommen sollte.

»Mein Gatte ist mehr der Ich-verklage-dich-Typ.«

»Ich bin eher der Bei-mir-ist-nicht-viel-zu-holen-Kerl.«

»Ich hoffe, das gilt nicht in jeder Beziehung.«

Hartmann nippte am Tee und zeigte auf die Wollsocken. »Schöne Farbe.«

»Ich mag es im Gegensatz zu Lars etwas frischer und lebhafter«, lächelte Katharina Duckstein und führte, wie ertappt, ihre Hand über die Lippen. »Ich quatsche zu viel. Ein Privatdetektiv im Haus ist wirklich eine angenehme Abwechslung.«

»Auch, wenn er nicht aussieht wie Robert Downey Junior?«

Die Hausherrin richtete sich auf. »Im Haus wird erzählt, der Hintern ist knackig.«

Hartmann hätte fast den letzten Rest Tee verschlabbert und schaute der lebhaften Hausherrin hinterher, die mit einem frischen Augenzwinkern auf neongelben Socken lautlos das Wohnzimmer verließ.

Dann kehrte wieder Ruhe ein.

* * *

Eingenickt! Hartmann fuhr zusammen und wusste ein paar Augenblicke lang nicht, wo er sich befand. Ah, der Auftrag: Urdenbach, Duckstein, gelbe Wollsocken.

Ein Luftzug! Alarmiert erfasste Hartmann im gleichen Moment, was ihn geweckt hatte. Eine Bewegung an der Terrassentür. Er war nicht mehr allein im Wohnzimmer. Das, äh, das entwickelte sich anders, als er …

Hartmann reckte seinen Hals und riskierte einen Blick über die Lehne der Couch. Ein Mann. Schlank, sportlich, dunkel gekleidet, Wollmütze auf dem Kopf. Ein schwarzer Schatten, der nun geräuschlos die Tür wieder in den Rahmen zurückdrückte. Hm, der ihm also jetzt gerade den Rücken zudrehte.

Zugriff!

Hartmann schnellte hoch, stürzte lautlos nach vorn. Der Typ drehte sich ihm zu. Hartmann sprang den Ein-

dringling seitlich an, brachte ihn sofort in den Schwitz-
kasten und rang ihn zu Boden. Der Typ schnappte nach
Luft. Hartmann packte ein Handgelenk und hebelte den
halb am Boden Liegenden in einen Haltegriff. Ächzend
rutschte der Kerl platt aufs Parkett. Hartmann brachte
die Arme hinten zusammen. Der Typ stöhnte.

»Was machst du da? Bist du bescheuert?«

Hartmann fuhr herum.

Von hinten war … Laetitia dazugesprungen. Und
herrschte ihn mit scharfer, leiser Stimme zischend an.
»Bist du bekloppt? Lass ihn los. Das ist Keshie, mein
Freund.«

Hartmann ließ die Handgelenke los, Keshie drehte
sich auf den Rücken.

Laetitia ergriff seine Hand, ihre Augen funkelten Hartmann giftig an. »Was bist du denn für ein Penner?«

»Er ist durch die Terrassentür reingekommen.«

»Natürlich, das macht er immer. Keshie ist mein
Freund, du Honk.«

Hartmanns Blick geriet ins Sparsame, denn es schoben
sich gleich mehrere Puzzlestücke passgenau ineinander.
Die Tochter des Hauses und ihr Freund wussten nicht,
dass der Zigarettenstummel entdeckt worden war. Einer
der beiden hatte den Stumpen in den Schacht geporkelt.
Aber nicht, um Schafe aus der Krippe zu klauen.

»Schon gut«, versuchte Keshie wiederum seine Freundin zu beruhigen.

»Äh …«, setzte Hartmann an.

»Pssssst«, zischte Laetitia. »Leise! Meine Eltern dürfen
nicht wissen, dass Keshie mich nachts besucht.«

»Aha«, wisperte Hartmann und hörte die nächsten Groschen zu Boden klimpern.

»Keshie ist …«, setzte Laetitia an und stockte.

»Schwarz«, fuhr Keshie sachte fort. »Meine Eltern kommen aus Togo.«

Och, dachte Hartmann, das war ihm noch gar nicht aufgefallen. Tatsächlich. Schwarze Hautfarbe.

»Mein Vater mag keine Ausländer. Schwarze und für seine Tochter schon gar nicht. Meine Eltern würden Keshie achtkantig rauswerfen und die Beziehung niemals zulassen.«

Hartmann warf seine Stirn in Falten.

»Geht's dir gut, Schatz?«, sorgte sich die Kleine.

Keshie winkte ab. »Alles klar.«

Verliebte Leidenschaft, jugendliche Sorge, Romeo und Julia, großes Drama.

Hartmann verdrehte genervt die Augen und fasste zusammen. »Okay, ihr zwei. Schluss für heute, das Techtelmechtel wird auf morgen verschoben.«

Natürlich wollte Laetitia protestieren, aber Hartmann fuhr fort: »Ich bin hier mitten in einem Job. Dein Vater hat mich engagiert, den Einbrecher zu überführen, der die dusseligen Schafe aus der Krippe klaut. Dein Vater hat den Zigarettenstummel im Schlossschlitz entdeckt. Der Deal: zwei Sachen! Erstens, ich behalte unser zufälliges Aufeinandertreffen für mich. Zum Zigarettenstummel fällt mir irgendeine doofe Erklärung ein.«

Die beiden nickten.

Hartmann blickte Laetitia scharf in die Augen. »Zweitens, du erzählst morgen deiner Mutter von Keshie. Deine

Mutter ist deutlich lebhafter und frischer, als du annimmst. Sie wird Verständnis haben und eine Lösung finden.«

»Glaubst du wirklich?«, zweifelte Laetitia.

»Ich bin sicher«, zweifelte Hartmann kein bisschen. »Und jetzt jeder sofort ab ins eigene Bett, ich muss arbeiten.«

* * *

»Wieder, wieder ein Schaf weg«, stammelte Duckstein fassungslos.

»Danke«, sagte Hartmann, denn dessen Gattin reichte ihm einen Kaffee.

Lars Duckstein kniff die Augen zusammen. »Meinen Sie ernsthaft, Sie hätter sich einen Kaffee verdient? Wieder fehlt eine Figur. Sind Sie eingeschlafen?«

Hartmann pustete in den Becher, der heiß in seinen Handflächen brannte. »Tatsächlich bin ich zügig eingeschlafen. Die Ledercouch ist extrem bequem.«

Lars Duckstein holte tief Luft.

Katharina Duckstein sagte: »Das stimmt.«

Hartmann fuhr hastig fort, denn Ducksteins Gesichtsfarbe changierte ins Violette. »Natürlich erst, nachdem der Fall geklärt und der Täter überführt war.«

Die Ducksteine blinzelten überrascht.

Hartmann nippte am Becher. »Der Kaffee ist ausgezeichnet.«

»Danke.«

»Die Terrassentür mit dem Zigarettenstummel im Schnappschacht hat mit unserem Fall nichts zu tun. Ich hatte vor einiger Zeit einen ähnlichen Fall im Kanadischen Konsulat. Spektakuläre Sache, politisch brisant. Ein Windwirbel wehte den Stummel zwischen Tür und Rahmen, die Kippe verkeilte sich und landete zufällig im Schacht, wo sie sich nach und nach vollständig reinschob. Das sieht am Ende so aus, als habe man die Tür manipuliert.«

Lars Duckstein blickte misstrauisch.

»Kommt häufiger vor, als man denkt. Unser Täter ist übrigens Nichtraucher.«

»Aber es fehlt ein weiteres Schaf«, blaffte Duckstein ungehalten. »Wer ist der Täter? Wo ist das Schaf hin?«

Hartmann friemelte ein Foto aus der Innentasche seines Jacketts, reichte es Katharina Duckstein und referierte weiter: »Ich habe gestern Abend vor der Krippe eine Spezialkamera installiert, die mit einem hochsensiblen Bewegungsmelder und einer Infrarotkamera ausgestattet ist. Der Täter wurde um exakt ein Uhr zweiundzwanzig mit der Beute im Maul fotografiert.«

»Im Maul?«, fragte Duckstein.

Katharina Duckstein übergab ihm lächelnd das Foto.

Hartmanns Auftraggeber entglitten die Gesichtszüge. »Fiete.«

Hartmann nahm einen weiteren Schluck. »Australian Shepard. Die Rasse hat den Namen nicht ohne Grund. Und wegen der anstehenden Bonuszahlungen, die bei Wiederbeschaffung der bereits zuvor entwendeten Schafe fällig werden, kann ich berichten, dass der gute Fiete alle vier Tiere unter seiner Hundedecke im Flur vergraben hat. Sie sind unbeschädigt. Und das habe ich alles rausgefunden, ohne zu foltern.«

* * *

Das Papier knisterte, der Klebestreifen gab nach. Mit einem mähenden Presston glitt das Akkordeon in der Mitte auseinander. Hartmann schloss die Augen. In Anlehnung an *Slave To The Rhytmn* einen Sklaven als Grace-Jones-Geschenk in Packpapier einzuwickeln, wäre wahrscheinlich die einfachere Aufgabe gewesen. Das Telefon lärmte dazwischen, bevor Hartmann diesem Ansatz weiter nachhängen konnte.

»Privatdetektiv Hartmann, Ermittlungen aller Art. Was kann ich für Sie tun?«

»Ich hatte gehofft, Sie würden diese Frage stellen«, meldete sich Katharina Duckstein.

Hartmann lachte.

»Im Ernst. Ich möchte mich bei Ihnen ganz herzlich bedanken.«

»Sehr gern geschehen. Wenn Sie zufrieden sind, erzählen Sie es ruhig weiter.«

»Mein Mann ist sich noch nicht sicher, ob die Geschichte vom bösen Schafdieb tatsächlich eine zum breit Weitererzählen ist. Der Plot birgt eine gewisse schelmische Komik.«

»Aber die Pointe ist prima.«

»Nicht nur das, Hartmann. Laetitia hat mir heute Keshie vorgestellt. Ein ausgesprochen netter, junger Mann. Sehr höflich, sehr gebildet.«

»Frisch und lebhaft?«, fragte Hartmann.

»Davon gehe ich bei meiner Tochter aus. Laetitia hat mir gesagt, dass Sie ihr empfohlen haben, mich einzuweihen, weil ich, nun ja, weil bei mir in der Sache Verständnis anzunehmen wäre. Dafür bin ich Ihnen wirklich dankbar. Für die Erziehung einer 13-Jährigen Tochter ist es sehr hilfreich, wenn eine lobende Einschätzung auch einmal von fremder Seite kommt.«

»Jetzt, äh, müsste das wohl noch mit Ihrem Gatten geklärt werden.«

Hartmann konnte hören, wie seiner Gesprächspartnerin ein wissendes, beruhigendes Lächeln über das hübsche Gesicht huschte. »Das bekomme ich erklärt. Mein Mann ist beruflich sehr, sehr erfolgreich, Ellbogen, das ganze Zeug, aber manchmal ein wenig naiv. Er hat Ihnen schließlich auch die Räuberpistole mit der Zigarettenkippe abgenommen.«

»Ertappt. Es war gar nicht das Kanadische Konsulat, sondern das Italienische.«

Das Akkordeon seufzte.

»Ich, ähm, frage ganz direkt. Wenn mir mal etwas abhandenkommt, darf ich Sie dann auch ganz kurzfristig engagieren?«

Hartmann lächelte. »Aber selbstverständlich.«

»Das ist gut zu wissen. Frohe Weihnachten, Hartmann!«

ALLES FÜR DIE GEMEINDE

Ich bin katholisch. Streng. Streng katholisch. Und ich engagiere mich in der Kirche. Schon immer. Das ist mir wichtig. Ich bin im Kirchenbeirat, mache Kommunionvorbereitungskurse, organisiere das Pfarrfest und teile jeden Sonntag im Hochamt die Kommunion aus. Der Leib Christi.

Das mit den Hostien, das mache ich mit der erforderlichen Würde. Natürlich. Ehre, Demut, Ergebenheit. Ich weiß ganz genau, was ich da tue. Das nehme ich sehr ernst, das bin ich der Sache schuldig. Und der Gemeinde.

Wiegender Schritt, sanft federnder Gang. Ich habe dabei immer so etwas im Blick. Etwas Getragenes. Das Leiden. Das Leiden Christi. Als hätte ich daselbst das Kreuz getragen. Mein Antlitz ist praktisch Blick gewordene Dornenkrone.

Das kommt auch bei der Pfarrgemeinde so an. Das spüre ich genau. Da passt alles zusammen.

Meine Frau ist anders. Die ist nicht so religiös. Eher gar nicht. Und jetzt? Jetzt will die sich auch noch scheiden lassen. Von mir! Das geht ja gar nicht.

Ich muss an die Gemeinde denken. Und an die Kommunion. Wer soll die denn austeilen?

Scheiden geht nicht.

Ich habe einen Hammer gekauft. So einen dicken, schweren. Und meine Frau anschließend ganz hinten im Garten im Fischteich versenkt.

So kann ich meinen Kirchendienst natürlich weiter versehen, den Dienst an der Gemeinde. Es wird erzählt, dass meine Frau abgehauen ist, mich sitzen gelassen hat. Praktisch über Nacht. Rücksichtslos. Schlimm.

Ich habe den Eindruck, dass ich beim Austeilen der Kommunion jetzt als … Verlassener … mit meiner aufrichtigen Demut und der selbstlosen Hingabe bei der Gemeinde noch besser rüberkomme.

KILLEN AUF KYTHIRA

Umbringen?«, fragte er nach, nur um es auch ganz genau verstanden zu haben.

»Ja sicher«, antwortete sie.

»Aber …«

»Vertrau mir. Das wird ganz einfach.«

* * *

Ich strich mir eine lange, blonde Strähne hinters Ohr und nippte zufrieden am schwarzen Kaffee. Prima. Die Koffer waren gepackt, und Göttergatte Gerd war gerade dabei, die letzte Reisetasche in den Wagen zu packen. Okay, dass auch er mit im Flieger sitzen würde, war der einzige Wermutstropfen, aber das, das war jetzt wirklich nicht zu ändern.

Gleich ging es los Richtung Flughafen, gleich ging es endlich in die Ferien. Ich seufzte. Der Urlaub war aber auch so was von überfällig. Himmel, hatte ich ihn herbeigesehnt.

In Gedanken formulierte ich ein weiteres, aufrichtiges Dankeschön. Maria war die Beste. Die groß gewachsene, schlanke, dunkelhaarige Griechin mit den tiefbraunen, hellwachen Augen war ein Glücksfall, ein Engel. Die allerbeste Putzkraft, die jemals Hand, Mob und Wischer an unseren Haushalt gelegt hatte.

Okay, mit Ausnahme vom Anthony. Der kam aus Ghana und war auch gut gewesen! Junge, hatte der Bursche ein knackiges Körperchen. Für ein paar Euro extra hatte Anthony die Wohnung sogar mit freiem Oberkörper gewischt. Ein herrlicher Anblick. Ich meine jetzt Anthony. Nicht die Wohnung, sondern den Anthony. Der war natürlich ein ganz anderes Kaliber als Göttergatte Gerd, der von unserem erregend-erotischen Reinigungsarrangement natürlich nichts wissen durfte.

Hm, Anthonys Muskeln ... Der stramm definierte Rücken, diese zarte, ebenholzfarbene Haut.

Hastig nippte ich am ähnlich heißen Kaffee. Mehr als wischen, fensterledern und schrubben war natürlich nicht drin gewesen. Also, bis auf drei- oder viermal.

Dann war Großmutter Hannahs wertvolle Weißgoldkette mit dem schwarzen Diamantanhänger aus der Weichholzkommode im Schlafzimmer verschwunden. Die mit dem feinen, filigranen Goldverschluss. Da musste ich den guten Anthony schweren Herzens feuern.

Das war natürlich ausgesprochen schade.

Zumal sich die teure Kette vierzehn Tage später hinterm Möbelstück wiederfand. War wohl hinten durchgerutscht. Der Anthony war aber auch immer so wild und fantasievoll und stürmisch und ... Ich hatte meinem Lover natürlich hinterhertelefoniert, aber der hatte beleidigt auf stur und stolz geschaltet. Doof. Kann man aber nichts machen.

Andererseits: So waren wir auf Maria gestoßen.

»Wo soll es denn hingehen?«, hatte sie eines Morgens gefragt, als ich seufzend den siebten Prospekt zur Seite schob.

»In die Sonne. Ich brauche ganz, ganz dringend einen Tapetenwechsel.«

»Wie wäre es denn mit Griechenland?«

»Och«, war ich da eher zurückhaltend.

Griechenland? Man las zurzeit so viel. Euro und so.

»Mein Bruder, Stavros, hat ein kleines, süßes Ferienhaus auf Kythira. Kythira ist eine griechische Insel vor der Südostspitze der Peloponnes.«

»Ich kenne mich da geografisch nicht so aus.«

»Wunderschön. Ganz abgelegen, keine Nachbarn. Traumhaft, ein ganz mildes Klima.«

»Och.« Klang gut. »Kythira? Da habe ich noch nie was von gehört.«

»Die Insel liegt ein wenig abseits der üblichen Reiserouten und bleibt deshalb vom Massentourismus verschont, ist ein Geheimtipp. Man kann über Athen bis auf die Insel fliegen oder ganz entspannt mit der Fähre von Neapolis oder Piräus nach Aghia Pelasgia übersetzen.«

»Das klingt ... wirklich gut«, fand ich, da taten sich ja die verschiedensten Möglichkeiten auf. »Entschuldige, Maria, aber du solltest in einem Reisebüro arbeiten und nicht putzen.«

Maria hatte den Wischer spielerisch durch die Luft gewirbelt und gelacht. »Ich putze nur vorübergehend. So lange, bis ich das Richtige gefunden habe. Das wird nicht lange dauern, ich habe ein sehr gutes Gefühl. Übrigens: Das Haus meines Bruders liegt am Strand und verfügt über einen Holzsteg. Mein Bruder besitzt ein eigenes Boot.«

Beim *eigenen Boot* hatte es dann endgültig *Klick* gemacht. Eigenes Boot war perfekt …

Jetzt saß ich auf der Tischkante, nippte zufrieden am Kaffeebecher und hörte Gerd an der Haustür. »Bist du so weit?«

Ich nickte. Ja, ich war so weit.

* * *

Zwei fantastische Urlaubstage später war mir klar, dass Maria nicht zu viel versprochen hatte.

»Sagenhaft«, flüsterte ich ehrfürchtig auf der Veranda sitzend, ein gefülltes Weinglas in der Hand.

»Ja, genau«, murmelte Gerd und tunkte das Fladenbrot in die Schale mit Zaziki. »Selbst gemacht schmeckt immer am besten.«

Ich verdrehte die Augen. »Ich meine doch nicht den Zaziki.« Und deutete nach draußen auf die See. »Hier, hier ist es einfach wunderwunderschön.«

Die untergehende Sonne spiegelte sich im seegrasgrünen Wasser und warf mediterran-weiches Licht auf rau-karge, ursprüngliche Felsformationen und über den malerischen Sandstrand.

»Ich habe gelesen, dass Kythira die Insel der Aphrodite ist. Hier wurde die Liebesgöttin aus dem Meeresschaum geboren, hier ist sie an Land gestiegen.«

»Liebesgöttin? Geil. Apropos Schaum. Mach mir mal noch eine Flasche Bier auf.«

»Gerd, bitte.«

»Was denn?«

»Das ist hier soooo schön.«

»Und selbst gemacht.«

Mann. Natürlich hatte ich den Zaziki selbst gemacht. Und natürlich schmeckte das griechische Gericht mit hiesigen Originalzutaten besser als zu Hause in Deutschland. Ich hatte griechischen Joghurt verwendet, der viel fester war und einen deutlich höheren Fettanteil besaß.

Behutsam strich ich mir über den straffen, sportlichen Bauch. Es war ja schließlich Urlaub, da musste so eine Kaloriensünde ausnahmsweise erlaubt sein.

Eine halbe Gurke war schnell geschält und geschnibbelt, zwei mittelgroße Knoblauchzehen flink gepresst. Knoblauch durfte auch ran, weil Knutschen mit Gerd heute nicht angezeigt war. Zwei Esslöffel Olivenöl – das Gute von Kolymvari – und das Ganze fein, fein abgeschmeckt mit Weinessig, einer Handvoll frischer Dillblätter, Salz und Pfeffer.

»Ein paar Zwiebeln zusätzlich wären nicht schlecht gewesen«, hatte Göttergatte Gerd doch noch was zu meckern gehabt.

»Nix da!«

Andere Kräuter gehörten nicht ins Zaziki!

»Und morgen holt Marias Bruder Stavros uns das erste Mal mit seinem Bötchen ab. Das wird superschön.«

»Na ja, hoffentlich taugt das Boot was. Ich kann nicht besonders gut schwimmen«, summte Gerd, tunkte eine Brotecke tief ein und versenkte sie gierig.

* * *

»Die Insel vor uns heißt Antikythira«, erklärte mir Stavros am Tag darauf, eine Hand lässig auf dem hölzernen Steuerrad.

»Hm«, summte ich.

Und meinte allerdings nicht die Insel. Mein Kennerblick glitt stattdessen zufrieden über die stattliche, männliche Erscheinung gleich neben mir. Was für ein Mann! Wie Anthony Quinn. Braun gebrannt, sehnige Muskeln, ein ganzer Kerl. Seiner Schwester wie aus dem Gesicht geschnitten. Nur in männlich, natürlich!

Und hatte Maria das Schiff ihres Bruders *Bötchen* genannt? Das war aber mal die Untertreibung des Jahres! Gute acht Meter maß das Boot von vorne bis hinten. Es war groß und weitläufig genug, dass ich Gerd beim Sonnenbaden auf dem Deck im hinteren Teil des Schiffes von hier aus nicht sehen konnte. Oder musste. Der schwabbelige Gerd beim Sonnenbad? Ein ganz, ganz grausiger Anblick!

Andererseits war daher auch er weit genug weg, um wiederum mich nicht sehen zu können. Ehemänner reagierten bisweilen unentspannt engstirnig und putzig seltsam, wenn ihre deutlich attraktiveren Frauen sich eh schon knappe Bikinioberteile mit vielsagendem Blick lasziv und langsam vom Körper streiften, um wohlgeformt und stramm Kapitäne zu beeindrucken.

Wie zufällig suchte mein Knie nun Körperkontakt zum Kapitän. Zum knackigen Hintern des Kapitäns. In seinen knappen, weißen Shorts erinnerte mich der gut gebaute Seemann fast ein wenig an meinen Putz-Anthony. Und an die hüfthohe Weichholzkommode im heimischen Schlafzimmer …

»Du sprichst auch so gut Deutsch wie deine Schwester«, hauchte ich leise in sein Ohr.

»Deutsch wird bei uns in der Schule unterrichtet, und meine Schwester und ich, wir sind viel durch Europa gereist. Gleich sind wir übrigens exakt über dem Calypsotief.«

»Tief? Finde ich gut«, lächelte ich anzüglich. »Aber was ist das Calypsotief?«

Er schmunzelte. »Das ist mit fast 5300 Metern die tiefste Stelle des Mittelmeeres.«

»Oh, das ist aber tief.«

»Niemand weiß so ganz genau, wie es dort unten aussieht.«

Hm, dachte ich. Dann wird es ja eigentlich Zeit, dass mal einer nachgucken geht.

»Hier möchte ich auf jeden Fall noch mal hin«, summte ich und legte eine Hand frechdreist auf seinen Hintern.

»Ach ja?«

»Ja.«

Und ich erklärte Stavros mit wenigen, kurzen Worten und flinken, geübten Handgriffen, warum.

* * *

»Das machst du soooo super.«

Ich lächelte. »Deshalb habe ich ja den Kurs gemacht, Hase.«

Göttergatte Gerd lag in unserer Ferienwohnung bäuchlings auf der Massagebank und aalte sich wohlig unter meinen kräftigen Griffen.

»Ja, Massage fünfzig plus«, keuchte er. »Das war endlich mal ein Kurs, der sich gelohnt hat. Nicht so wie damals der überflüssige *Erste-Hilfe-Kurs*. Oder deine komische Aquagymnastik.«

Ich sparte mir einen passenden Kommentar und drückte stattdessen noch einmal auf die gereizte Stelle zwischen Lendenwirbel Nummer zwei und drei.

»Aua.«

»Sorry, Schatz.«

Unter meinen munteren Fingern entspannte er sich wieder. Oh, ich würde ihn verwöhnen, aber so richtig. Ausgiebig. Ich schnappte mir das Öl, das ich vorher angenehm angewärmt hatte. Ach, es würde ein schicker, exklusiver Abgang werden, schmunzelte ich innerlich und voller Vorfreude.

Vorsichtig goss ich die samtene Creme über seinen Rücken. In dickflüssigen Schlieren rann es seinen Körper herunter. Mit flinkem Finger schob ich schnell das weiße Badetuch beiseite und verteilte das sämige Öl auf seinem Hintern. Hups. Ich musste ein paar Tropfen nachkippen. Sein Gesäß war schon wieder größer und breiter geworden. Dafür ließ es sich gut kneten. Das Fleisch gab gerne – so ganz ohne Muskeln – und bereitwillig nach.

»Das hast du alles bei der VHS gelernt?«, grunzte Gerd frivol.

»Ja sicher, Schatz«, summte ich und ersparte mir weitere Ausführungen zum Thema.

Tja, Gerd hatte mal regelmäßig und leidenschaftlich Fußball gespielt, aber das merkte man seinen schlaffen Oberschenkeln nicht mehr an. Was einem beim Massieren alles auffiel, wenn man ausnahmsweise einmal drauf achtete.

»Das tut soooo gut«, stöhnte Gerd.

»So soll es sein, Hase«, summte ich und knetete mich kräftig über die Unterschenkel.

»Du hast aber auch einen festen Griff.«

»Den habe ich mir im Sportstudio extra antrainiert, Schatz. Du weißt doch, jeden Dienstag und jeden Freitagvormittag zwei flotte Stündchen. Das macht sich sofort bemerkbar.«

»Dann kannst du dich ja in diesem Herbst um den Garten kümmern.«

»Auf jeden Fall«, summte ich zurück.

Ich hatte tatsächlich schon geplant, nach dem Urlaub im heimischen Garten einiges zu verändern. Den großen, langweiligen Rasen zum Beispiel brauchte kein Mensch. Stattdessen wäre ein Swimmingpool nicht schlecht. Oder ein Jacuzzi? Noch besser!

Ich würde mich außerdem auf jeden Fall noch einmal bei Anthony melden.

Mein Blick fiel auf die Wanduhr. Gleich zwei Uhr. Jetzt müsste eigentlich gleich … Und richtig. Mit leichtem Brummen glitt Stavros' Motorboot draußen an den Steg.

Meine Finger glitten Gerds Beine hoch, die Fingernägel kratzten ein letztes Mal lüstern über seine fleischigen Pobacken. Gerd zuckte erregt. Ich glitt schnell weiter, die Wirbelsäule entlang den Rücken hoch, über die Schultern bis an den Hals.

Den ich gar nicht eingeölt hatte.

Denn ich brauchte einen guten, festen Griff.

Behutsam wechselte ich ans Kopfende der Massagebank und ergriff Gerds Haupt. Sanft strich ich mit kreisenden Bewegungen seine Schläfen herab, über den Kiefer, bis an seinen Hals. Bis an sein Genick, das ich mit beiden Händen vorsichtig ergriff. Beim Genick musste man sachte sein, da konnte viel kaputt gehen. Das hatte ich im *Erste-Hilfe-Kurs* gelernt. So überflüssig war der gar nicht …

Kräftig packte ich zu. »Ganz locker bleiben, Hase.«

»Ich bin ganz locker. Also, oben rum …«, gibbelte Gerd.

»Prima«, flüsterte ich ihm ins Ohr, griff kernig zu … und brach ihm mit einem lauten Knacken das Genick.

Behutsam kippte ich den kraftlosen Schädel auf die Seite und legte ihn auf dem großen Badetuch ab.

Im gleichen Moment erschien Stavros im Türrahmen. »Fertig?«

»Fix und fertig und abfahrbereit«, konnte ich verkünden und ergriff die beiden Enden des großen Badelakens, auf dem Göttergatte Gerd gerade sein Leben ausgehaucht hatte.

Stavros ergriff ohne eine Sekunde zu zögern und wie abgesprochen die Zipfel auf der anderen Seite. »Eins, zwei und … drei!«

Schnell wuchteten wir Gerd in die Höhe. Mann, Mann. Musste der Bursche vor dem Umlegen noch *so* zulegen. Gut, dass ich im Sportstudio fleißig geschuftet hatte, sonst hätte ich hier ein echtes Problem gehabt. Aber zusammen mit dem kräftigen Stavros ließ sich der schlaffe Gerd mit dem noch schlafferen Köpfchen problemlos nach draußen über den Anlegesteg aufs Boot tragen.

Stavros sprang schnell nach vorne ans Steuerrad. Ich ließ den Blick kreisen, aber die gute Maria hatte wirklich nicht zu viel versprochen, als sie behauptete, dass das Ferienhaus ihres Bruders ganz, ganz abgelegen lag. Es war niemand zu sehen, und schon Sekunden später wehte mir der warme griechische Wind die Haare aus dem Gesicht.

Schweigend erreichten wir unser Ziel.

Ich legte eine Hand auf den starken Unterarm meines Kapitäns. »Ich hatte mir ja so gewünscht, noch einmal hierher zurückzukommen.«

»Das Calypsotief, die tiefste Stelle des Mittelmeers.«

»Genau richtig für den Gerd. Je tiefer, desto besser«, grinste ich – zugegeben – ein bisschen teuflisch.

Mochten sich jetzt Neptuns zahlreiche Töchter seiner annehmen. Oder die Krebse.

Stavros hatte zwei Leinensäcke vorbereitet. Einen der mit schweren Steinen gefüllten Behältnisse befestigte er jetzt mit einem grob geflochtenen Seil und einem gekonnt geschwungenen Seemannsknoten um Gerds Brust.

»Jetzt raus mit ihm! Nimm du die Arme«, entschied Stavros und ergriff entschlossen Gerds Beine.

»Hau ruck!«, kommandierte ich, und mit einem lauten Klatschen warfen wir Gerd ins warme Wasser.

»Och«, beugte ich mich über die Reling, denn ich konnte im kristallklaren Wasser dem braven Gerd sogar noch ein paar Meter weit hinterhersehen.

»Was für ein tragischer Unfall, ich bin untröstlich.«

»Ich auch«, sagte Stavros, holte aus und schlug mit einem Eisenhaken zu.

Als ich benommen zu Boden sank, wurde mir mit einem letzten Erkennen klar, warum Stavros einen zweiten Leinensack mit Steinen vorbereitet hatte.

* * *

»Sind sie tot?«, fragte Maria am Telefon.

»Ja sicher«, murmelte Stavros zufrieden und tunkte einen Cracker in die Schale mit Zaziki, die er im Kühlschrank seines Ferienhauses gefunden hatte. Lecker.

»Sehr gut, mein Bester. Ich hab einen Transporter gemietet und werde hier jetzt die Wohnung der beiden gründlich leer räumen. Ich hab schon mal durchgeguckt und eine ganz schicke Weißgoldkette gefunden. Alleine die ist schon ein Vermögen wert. Ich hab hier bei den beiden gleich so ein gutes Gefühl gehabt.«

»War hier wirklich alles ganz einfach«, brummte Stavros zufrieden.

»Wird es hier jetzt auch«, erklärte seine Schwester. »Ich habe ja Zeit. Und ich sagte dir doch: Vertrau mir.«

DAS »GERICHT« ZUM GRIECHENLAND-KRIMI

Zaziki ist *die* griechische Beilage schlechthin. Zaziki ist inzwischen sogar im Supermarkt zu haben, gerne mit griechischen Säulen und der Akropolis auf der Verpackung.

Aber so richtig gut schmeckt Zaziki selbst gemacht! Und das geht ziemlich einfach so:

Zutaten:

- 500 Gramm Joghurt »nach griechischer Art« (Fettgehalt mindestens 10 Prozent, damit das Zaziki hübsch fest und nicht so flüssig wird)
- 2 mittelgroße Knoblauchzehen
- eine halbe Gurke
- 2 Esslöffel Olivenöl
- eine Hand voll frische Dillblätter, gehackt
- Salz, Pfeffer

Die Gurke schälen und grob reiben. In ein feines Sieb geben, reichlich salzen, gut umrühren und mindestens 30 Minuten stehen lassen, damit das überflüssige Wasser, das in der Gurke erhalten ist, abtropfen kann. Den Knoblauch schälen und mit der Knoblauchpresse auspressen. Gurke, Knoblauch und die übrigen Zutaten zum Joghurt geben und gründlich mischen. Mit Salz und Pfeffer abschmecken. Das Zaziki mindestens 2 Stunden im Kühlschrank ruhen lassen, damit es ordentlich zieht – vor allem der Knoblauchgeschmack braucht etwas länger, um sich zu entfalten.

Zur Grillsaison passt Zaziki am besten: Es ist eine tolle Sauce für gegrillte Würste oder Steaks, eignet sich als Vorspeise auf frischem oder getoastetem Brot und als Dipp für Grissini und Cracker.

Und: schützt auch vor Vampiren!

ITALIENISCHER TOD

Na klasse!«

Kriminalhauptkommissar Struhlmann, genannt Struller, zerquetschte giftig eine Zigarettenkippe im Aschenbecher. Es wurde immer doller. Jetzt trieb ihn sein Job bei der Düsseldorfer Mordkommission schon während der Dienstzeit in die Stammkneipe.

»Du hast in letzter Zeit ja ganz tolle Gäste ...«

Krake, der einarmige Wirt auf der anderen Seite des Tresens, schnaufte. »Die waren alle ganz normal.«

»Nun ja. Einer ist nicht mehr *ganz normal*.« Er nickte rüber zum Tisch in der Ecke. »Man hat ihm ein Messer in die Brust gerammt, und jetzt ist er tot.«

»Da kann ich ja nicht für.«

»Du bist der Wirt, du bist für deine Gäste verantwortlich.«

Struller strich mit vorwurfsvollem Blick über seine dunkelbraune Häkelkrawatte. Böse Stimmen im Polizeipräsidium behaupteten, dass Strullers Lieblingskrawatte so hässlich war, dass sie nur taugte, sich damit zu erhängen.

Krake protestierte. »Ich kann doch nicht damit rechnen, dass meine Gäste sich gegenseitig umbringen.«

»Guck dich in deiner Kneipe um, Krake. Hier in diesem trostlosen Ambiente kann man schon auf düstere Gedanken kommen. Dann kommen die überhöhten

131

Preise fürs zu warme Bier und die lausige Qualität deiner Frikadellen dazu und rums, rastet einer aus.«

»Ich raste auch gleich aus«, bellte Krake. »Die ganzen Vorrundenspiele über sind die hier gewesen und haben zusammen Fußball geguckt. Die Italienspiele.«

»Die?«, fragte Strullers junger Praktikant Christian Jensen, der neben ihnen stand, und zückte einen Schreibblock.

»Vier Italiener«, erklärte Krake und versuchte, die Hände vor der Brust zu verschränken.

Was ja nicht ging. Wie auch? Mit nur einem Arm?

»Sie sind *immer* gemeinsam gekommen, haben *immer* dort in der Ecke am Stammtisch gesessen und sich zusammen das Spiel angeguckt. Sie haben was getrunken, was gegessen und sind gemeinsam so eine Stunde nach dem Ende des Spiels wieder gegangen. Das waren vollkommen problemlose Gäste.«

»Jaja. Erst sind sie immer problemlos und zack, haben sie ein Messer in der Brust. Und wer hat dann das Problem? Ich!«

Krake räusperte sich. »Der Tote ist wahrscheinlich mit der Gesamtsituation auch nicht so ganz zufrieden. Messer in der Brust? Ist auch nicht schön.«

Struller verdrehte die Augen. »Wo hättest *du* das Messer denn stattdessen gerne hingehabt?«

»Am liebsten in *deine* Brust, Struller. In deine. Und zwar ganz tief drin.«

Struller blickte rüber zum runden Stammtisch. Drei freie Stühle, einer war besetzt. Da saß der Tote. Der Mann war um die dreißig Jahre alt und trug ein blaues Trikot der italienischen Fußballnationalmannschaft.

Ums Loch herum im Brustbereich natürlich blutverschmiert. Meine Güte, das hatte aber auch übel gesaftet.

Krake seufzte. »Tja, und so war das auch heute. Italien gegen Uruguay. Ein Unentschieden hätte den Italienern fürs Weiterkommen gereicht. Aber dann fliegt einer vom Platz, und schließlich fällt das Tor für die Südamerikaner. Ende im Gelände, die Italiener müssen heimreisen. Auf einmal …«

Krake hielt irritiert inne und blickte Jensen an. »Was *machst* du denn da?«

»Ich schreibe mit«, erklärte Jensen überrascht.

»Alles?«, fragte der Wirt.

»Ja, deine Aussage, für den Bericht.«

»Soll ich langsamer sprechen?«

»Nicht nötig. Ich kann Steno.«

Krake und Struller wechselten einen Blick.

Struller schüttelte den Kopf. »Steno? Das darf doch nicht wahr sein. Bist du ein Polizist oder eine Tippse? Cops treten Türen ein, tragen Schusswaffen, essen morgens um vier Curryfrikadellen im Hafen. Mit Zwiebeln und Majonäse! Aber können doch kein Steno! Steno ist was für Sekretärinnen.«

Jensen blieb locker. »Krake, erzähl bitte einfach weiter!«

»Plötzlich springen alle vier auf. Einer hat ein Messer in der Hand und zack, rammt er es einem anderen in die Brust. Mit Schmackes. Dann zieht er es raus, und eigentlich ganz langsam verlassen drei von denen meine Kneipe. Der mit der Stichwunde röchelt, sackt in sich zusammen und fällt rückwärts in den Stuhl. Blutend wie Sau. Ich ruf den Notarzt und die Polizei.«

»Tja, aber unser Tifosi ist tot«, fasste Jensen zusammen.

Struller zog die Augenbrauen hoch. »Tifosi?«

»So nennt man die italienischen Fußballfans«, erklärte Jensen.

Struller schniefte. »Ich interessiere mich nicht für Fußball. Die gehen mir mit ihrem lärmigen Autocorso jedes Mal mehr auf die Eier. Weltmeisterschaft. Jedes Jahr die gleiche Scheiße!«

»Weltmeisterschaften finden nur alle vier Jahre statt«, erklärte Krake.

»Ach?«

»Krake, kannst du den Messerstecher ein bisschen genauer beschreiben?«, hakte Jensen nach.

Der Wirt kratzte sich mit der rechten Hand am Kopf. »Italiener, auch um die dreißig Jahre alt, längere, braune Haare, ziemlich große Nase im Gesicht. Er trug Cowboystiefel und hatte natürlich wie alle anderen auch ein Italientrikot an. Ach ja, seines hat mal Francesco Totti gehört. Stand zumindest hinten drauf. Und ich glaube, es war übersäht mit Autogrammen.«

»Interessant«, murmelte Jensen.

Struller verdrehte wieder die Augen. »Autogramme. Auch eine selten dämliche Unsitte. Da kaufen die Fußballspinner sich ein schweineteures Sporthemd, um es sich dann von Fußballern vollkritzeln zu lassen. Mit Unterschriften, die eh keine Sau lesen kann! Wie dämlich muss man eigentlich sein?«

»Tja, der verletzte Totti hat den Italienern bei diesem Turnier an allen Ecken und Enden gefehlt«, sinnierte Jensen.

»Und dabei ist der immer noch topfit«, stimmte ihm Krake zu.

»Mit AS Rom Zweiter in der Serie A.«

»Der hat es immer noch drauf!«

»Andrea Pirlo und Buffon alleine können es auch nicht jedes Mal rausreißen.«

Struller drehte sich kopfschüttelnd weg. Pirlo? Buffon? Er tippte sich mit dem Zeigefinger an die Stirn. Die beiden hatten doch Pirlo-Pirlo im Kopf!

Er schritt rüber zur Spurensicherung. Faserspuren-Harald im weißen Overall war mit seinem Team dabei, den Tatort zu sichern.

»Und? Wie heißt unser löchriger Freund?«

Der Kollege erhob sich. »Keine Ahnung. Er hat keinen Ausweis dabei. Die Tat liegt ja erst wenige Minuten zurück, vermisst gemeldet wurde noch keiner.«

»Todesursache?«, knurrte Struller.

»Man hat ihn mit einer Axt enthauptet«, knödelte der Spurenchef. »Vermutlich Selbstmord! Wonach sieht es denn aus, Mann? Tod durch Messerstich. Der Stich ging in die Brust, genau zwischen zwei Rippen durch ins Herz. Wahrscheinlich hat er drinnen eine Aorta durchtrennt, deshalb diese abartige Sudelei!«

»Kannst du was zum Messer sagen?«

»Ich tippe auf ein längliches Spitzmesser, vielleicht ein Springmesser.«

»Oh. Standesgemäß. Ein wahrhaft italienischer Tod«, flüsterte Struller mit heiserer Stimme wie einst Marlon Brando als *Pate* und rollte wild mit den Augen.

Harald lachte bleckend. »Italienischer Tod ist gut!«

Struller sammelte sich. »Fingerabdrücke wären jetzt wichtig. Wir müssen rauskriegen, wer hier gewesen ist und wer genau *wo* gesessen hat.«

»Also das übliche Programm.«

»Genau. Und arbeite ausnahmsweise mal so richtig schnell. Und gut. Nicht so oberflächlich und nachlässig wie sonst, gib dir mal Mühe! Je eher wir die Personalien haben, desto weniger Möglichkeiten hat der Täter, Spuren zu beseitigen.«

»Ach ja? Ist das so?«, fragte Harald säuerlich, der es nicht leiden konnte, wenn man ihm Selbstverständlichkeiten unter die Nase drückte.

Struller grinste seinen Kollegen zufrieden an. So eine kleine, respektlose Bemerkung gehörte zu einem guten Gespräch einfach dazu.

Jensen trat an den Tisch. Mit grüblerischer Miene. »Ich würde zu gerne wissen, warum einer der Jungs seinem Fußballkumpel ein Messer in die Brust jagt.«

»Fußballfans sind komische Leute. Deshalb sind es ja welche. Können nur bis elf zählen und interessieren sich für verschwitzte Männer in kurzen Hosen, die Kniestrümpfe tragen. Denen ist immer alles zuzutrauen!«

Jensen beobachtete, wie Faserspuren-Harald einen klebrigen Zettel aus der Blutlache zupfte und in eine Klarsichtfolie schob. »Was ist das für ein Zettel?«

»Ein Wettschein. Fußballtoto.«

»Ach«, freute sich Struller. »Der könnte hilfreich sein. Los, Harald, schaff Fingerabdrücke ran! Ich brauche einen kurzen Bericht. Lass die Tippfehler weg und fax mir das Ganze ins Büro.«

»Natürlich. Wie immer.«

Struller blickte auf den blutverschmierten Toten. Sah wirklich nicht schön aus. Eher: eklig.

»Los, Jensen, hol schon mal den Wagen. Ich brauch irgendwoher noch was zu essen.«

* * *

Eine knappe Stunde später leckte Struller sich im Büro einen letzten Rest Dönersauce aus dem Mundwinkel, furzte gesättigt, wankte zum Faxgerät und rupfte einen Bericht aus dem Faxgerät. »Na also. Wir haben einen Namen. Michele Pasquesi.«

»Der Tote?«, fragte Jensen.

»Nee, aber von einem, der mit am Tisch saß. Und wir können uns den italienischen Vogel ja mal ansehen. Er wohnt auf der Heyestraße, das ist in Gerresheim. Vielleicht passt Krakes Beschreibung. Große Nase, lange braune Haare und so.«

Jensen nickte. »Gut. Ich springe noch mal eben bei der Spurensicherung vorbei.«

»Warum?«

»Ich hab eine Idee. Fahr du schon mal den Wagen vor!«, rief Jensen, duckte sich und flüchtete hastig aus dem Büro.

* * *

Struller parkte den Dienstwagen in einer kleinen Seitenstraße, die von der Heyestraße abging. Pasquesis Haus war das dritte auf der linken Seite. Unten im

Erdgeschoss befand sich eine Eisdiele. In jedem zweiten Fenster des mehrstöckigen Hauses hingen trotz des Ausscheidens der italienischen Nationalmannschaft nach wie vor rot-weiß-grüne Fahnen im Fenster. Das musste hier im Viertel so sein. Gerresheim wurde aus gutem Grund von den Düsseldorfern Klein-Italien genannt. Die vielen italienischstämmigen Bewohner des Ortsteils waren sehr präsent und pflegten gerne und sichtbar ihr mediterranes Image.

Struller quetschte einen Daumen auf die Klingel, ein Türöffner summte. Die beiden Cops kletterten in die erste Etage, wo ihnen ein Namensschild an der Wohnungstür verriet, dass auf der linken Seite des Flurs *Michele Pasquesi* wohnte.

Der war es dann auch, der ihnen die Tür öffnete. »Hallo?«

»Polizei«, stellte Struller sich vor. »Wir müssten Sie mal sprechen.«

»Warum?«

»Bestimmt nicht nur so«, knurrte Struller und drückte sich an Pasquesi vorbei in die Wohnung, von der Struller nach einer entsprechenden Überprüfung des Datensatzes beim Einwohnermeldeamt wusste, dass Michele Pasquesi sie alleine bewohnte.

Jensen spannte sich an. Pasquesi war ausgesprochen kräftig. Er trug zwar weder Cowboyschuhe noch Italientrikot, aber sein Gesicht zierte eine riesige Nase. Seine langen, braunen Haare hingen nassfeucht am Kopf.

Struller kam gleich zur Sache. »Ich verhafte Sie wegen Mordes an einem Fußballfreund.«

»Hä?«

»Sie waren heute Abend in der Gaststätte *Aquarium*, Sie erinnern sich? Fußballspiel gucken, blah, blah, der Wirt hat nur einen Arm, nicht schön, unsymmetrisch, kann man aber nichts machen. Uruguay hat gewonnen.«

Der Italiener schnaufte, stabile Oberarme zuckten. »Und wenn?«

»Nach dem Spiel hat der Wirt beobachtet, wie Sie einem anderen Gast ein Messer in die Brust gerammt haben.«

»Ist er da ganz sicher? Maximal hat er doch wohl gesehen, dass jemand, der in etwa so aussieht wie ich, dem Typen ein Messer in die Brust gerammt hat.« Pasquesi pumpte Luft in seinen mächtigen Brustkorb. »Und darüber hinaus mache ich von meinem Zeugnisverweigerungsrecht Gebrauch. Ich bin in Deutschland geboren, ich kenne meine Rechte.«

Struller blinzelte. In Deutschland geboren? Als ob das an sich ein Qualitätsmerkmal wäre. Oder gar einen Unterschied machen würde! »Wir haben dich beim Kacken erwischt, Bursche!«

»Dann zeigen Sie mir mal die Tatwaffe«, fuhr Pasquesi fort und verschränkte seine Arme über der breiten Brust.

Ein spack sitzendes, weißes Unterhemd konnte dort die üppige, schwarze Haarpracht nur hinlänglich verdecken.

»Frisch geduscht«, stellte Struller fest.

»Ich dusche regelmäßig. Kann ich nur empfehlen. Hat sich bewährt.«

»Aha«, murmelte Struller und deutete auf ein Foto an der Pinnwand, dass Pasquesi auf einem Motorrad zeigte. An seinen Füßen frisch gewichste Cowboystiefel. »Schicke Stiefel.«

»Ja, nicht? Leider kaputt. Hab ich vor einiger Zeit weggeworfen. Ich besitze keine Lederstiefel mehr«, grinste der Typ.

»Sie sind ein richtiger Fußballfan?«, mischte Jensen sich ein und deutete auf verschiedene Poster, Wimpel und Flaggen, die an den Wänden hingen.

Viel Italien, ein bisschen Juventus Turin.

Pasquesi nickte. »So gehört sich das auch.«

»Wie auch immer«, erklärte Struller, bevor die beiden trottelig anfangen würden zu fachsimpeln. »Mein junger, sportlich interessierter Kollege und ich haben uns gleich gedacht, dass wir hier in der Wohnung auf einen frisch geduschten und von allen Blutspuren gesäuberten Mann treffen würden. Nach einem Messer als Tatwerkzeug brauchen wir hier gar nicht erst zu suchen. Nach Stiefeln mit Blutspritzern auch nicht.«

Pasquesi grinste.

Struller grinste zurück. »Tun wir deshalb auch nicht. Ich kann es nicht nachvollziehen, aber mein Kollege, gar kein richtiger Polizist, sondern nur Praktikant und noch grün hinter den Polizeiohren, meint aber Folgendes.«

Jensen räusperte sich. »Sie trugen bei der Tatbegehung ein Italientrikot. Mit vielen Originalunterschriften. Ich nehme an, von der gewonnenen Weltmeistermannschaft 2006, weil seinerzeit Francesco Totti mit im Team war. Sich von einem Messer und einem Paar Stiefel zu trennen, ist die eine Sache, kein Thema. Aber wie ich das einschätze, werden Sie das Trikot mit den Originalunterschriften nicht weggeworfen haben. Und genau dieses Trikot werden wir suchen. Und finden.«

Pasquesi blinzelte kaum merklich. »Aber ... Warum hätte ich ihn umbringen sollen?«

Jensen friemelte einen schmalen, länglichen Klarsichtbeutel aus seinem Hemd, drin steckte der blutverschmierte Wettschein vom Tatort. »Das Motiv ist klar, liegt auf der Hand. Sie gehen gemeinsam mit ihren italienischen Freunden Fußball gucken. Sie drücken selbstverständlich den Italienern die Daumen. Doch die verlieren gegen Uruguay und scheiden in der Vorrunde aus. Sie haben natürlich auf die italienische Mannschaft gewettet, egal, wie die Chancen standen. Wenn man tippt, muss man immer auf die eigene Mannschaft wetten, das ist Ehrensache. Aber der Tote ...« Jensen wedelte mit dem Beutelchen samt Tippschein. »Der Tote hat 200 Euro gegen Italien auf die Südamerikaner gesetzt. Und gewonnen.«

Pasquesis Gesicht verzog sich zur hässlichen Fratze. Er sah jetzt schlimmer aus als Gennaro Gattuso. »Das miese Schwein!«

»Er hat Ihnen unvorsichtigerweise den Tippschein gezeigt, es raubt Ihnen den Verstand. Sie zücken ein Messer und stechen zu.«

Pasquesi sah aus, als ob er jeden Moment ausspucken würde. »Das hätte jeder gemacht! So ein Verräter!«

Jensen nickte und zückte seufzend seine Handschellen. »Das kann ich verstehen, ehrlich. Da wäre ich auch sauer gewesen. Enttäuscht, ehrlich. Aber ihn abzustechen ... Das ist schon ein ganz, ganz ... ein ganz klein bisschen übertrieben.«

*Mit heiserer Stimme wurde mir diese
haarsträubende Geschichte am 25.07.2013
im Zimmer 33 des Krimi-Hotels in Hillesheim
von Edward G. Robinson zugeflüstert.*

TÖDLICHES FLAIR

Ich will doch nur, dass wir *mal* was Gemeinsames machen«, schmollte meine Frau, die Hilde.

»Aber du interessierst dich doch gar nicht für Kriminalromane.«

»Das ist ein Krimi-*Hotel*. Da gibt es sicher noch mehr als nur diesen Hollems mit seinem merkwürdigen Hilfsarzt.«

Ich blinzelte irritiert, ahnte aber, wen meine Gattin meinte. »Schon, aber in der Hauptsache dreht es sich in dem Hotel um Krimis.«

»Bestimmt treffe ich wen Lustiges!«

Wen Lustiges? Ich war jetzt echt in Sorge. Ich liebe meine Kriminalromane. Die Cops in L.A., meine *Baker Street* und die Romane von Agatha Christie.

Meine Frau war da anders. Die las nur Fernsehzeitungen. Die durfte sich nicht aufregen, sie hat ein schwaches Herz. Ihr ist der Vorspann zum *Tatort* schon zu gruselig. Da schnappt sie nach Luft und schaltet schnell um.

Aber für mich? Einmal im Jahr Krimi-Hotel, da freue ich mich das ganze Jahr drauf.

»Schatz, ich fahre zum vierten Mal nach Hillesheim. Wenn man sich nicht für Krimis interessiert, ist das nicht dasselbe.«

»Aber ich will doch *mal* was Gemeinsames mit dir machen. Du hast gesagt, dass es da toll ist.«

»Für Krimi-Fans.«

»Das Frühstücksbuffet ist klasse, hast du gesagt.«

»Da sind nur Krimi-Fans!«

»Es gibt bestimmt auch lustige, fröhliche Krimi-Fans. Die sind ja nicht alle so langweilig wie du.«

Ich entschied, den kleinen, versteckten Vorwurf zu überhören. »Du kannst doch mit den vielen, hintersinnigen Krimi-Gimmicks gar nichts anfangen. Und dann gibt es noch eine Krimilesung, einen Autor zum Anfassen…«

»Zum Anfassen klingt gut.«

»Hilde, bitte! Das ist viel zu aufregend für dich!«

»Einen Autor anfassen?«

»Die Krimis und das ganze Ambiente!«

»Klaus«, bockte Hilde final. »Ich will da mit hin!«

* * *

Zwei Monate später hatte ich unsere Koffer voller Vorfreude kaum auf die finster-rustikale Anrichte gewuchtet, da fing Hilde schon an zu nölen. »Was ist das für ein Zimmer?«

»Zimmer 33«, verstand ich ihre Frage nicht.

»Nein, nein. Was ist das für ein düsterer Mann auf dem Foto?«, fragte sie und deutete auf das großflächige Schwarz-Weiß-Poster an der Wand.

»Das ist Marlon Brando. Als Pate. Eine legendäre Filmszene.«

»Das Foto macht mir Angst. Häng es ab!«

»Hilde …«

»Ich werde niemals mit so einem finsteren Kerl überm Bett einschlafen. Und stell die Schuhe raus!«

»Die Schuhe?«

Hilde stemmte die Hände in die Hüfte. »Schon merkwürdig, dass in unserem Zimmer gebrauchte Schuhe herumstehen. Sehr merkwürdig!«

Ich schüttelte den Kopf. »Gebrauchte Schuhe? Dir ist schon aufgefallen, dass die Schuhe einbetoniert sind.«

»Das macht es nicht besser. Ich mag keine fremden, gebrauchten Schuhe in meinem Schlafzimmer. Mit Beton oder ohne! Aus hygienischen Gründen!«

»Hilde«, brummte ich vorsichtig und spürte jede Menge Kreislauf. »Das ist Dekoration. Das gehört zum Flair.«

»Schuhe in Beton?«

»So pflegten die Mafiafamilien ihre Gegner zu entsorgen. Im Hudson River. Siehst du, das Foto hinter den Schuhen zeigt New York und die ganze ...«

»Stell die Schuhe raus! Und mach den Fernseher an! Heute kommt eine gemütliche Rosamunde-Pilcher-Verfilmung. Das wird ein schönes, beschauliches Wochenende.«

»Äh ...«

Sie riss die Tür zum Badezimmer auf. »Ich geh schnell duschen.«

Ich zuckte erschreckt zusammen. Duschen? Das ist ... Der Duschvorhang. Ich sollte sie warnen ...

Ein gellender Schrei!

Der hätte sogar Janet Leigh zur Ehre gereicht. Ihrer schaurig-legendären Filmszene aus *Psycho* waren die gruseligen Duschvorhänge in den Bädern des Hotels nämlich nachempfunden, wie ich von meinen vorherigen Aufenthalten wusste.

Ich sprang ihr nach, aber Hilde lag mit weit aufgerissenen Augen tot auf den Fliesen.

Das schwache Herz.

Ich hatte ihr ja gesagt, dass ein Aufenthalt im Krimi-Hotel ein bisschen zu aufregend für sie sein könnte …

GLÜCK RAUF

Bruno fuhr zurück. »Verdammt. Da stehen Bullen am Zug.«

Ich warf einen Blick auf den Bahnsteig. Richtig. Direkt vor dem Zug, der uns hier aus Oberstdorf hätte wegbringen sollen, standen zwei blau Uniformierte. Einer der beiden hielt eine Leine in der Hand, an deren anderem Ende ein Schäferhund seine Zähne fletschte.

»Was jetzt?«, brummte Bruno.

Ja, Scheiße, was jetzt, hätte ich am liebsten geknurrt, aber an Brunos kantigem Schädel pochte schon wieder die Ader, mein Partner war angespannt. Was immer schlecht war. Pochte die Ader rot, hieß das Obacht. Changierte sie ins Purpurne: Alarm! Schlug die Farbe in ein dunkles Blau um, war es zu spät für Deckung.

In meiner rechten Hand kribbelte ein alufarbener Koffer. Das letzte Mal hatte ich den Blauton bewundern dürfen, als Bruno dem Juwelier in der Walserstraße zwei Kugeln in die Brust geballert hatte, weil der die Uhren und Klunker nicht schnell genug eintüten wollte. Bruno hat eine extrem kurze Zündschnur.

Das Geballere hatte man bis hoch aufs Nebelhorn hören können. War also Brunos Fehler, dass es hier von Cops wimmelte. Aber mit Blick auf seine pumpende Ader entschied ich mich, das Thema noch nicht anzuschneiden.

»Wohin jetzt?«

Ich wurde auf eine Menschentraube aufmerksam, die sich am gegenüberliegenden Busbahnhof in den Kleinbus einer Linie acht quetschte. An der Fahrzeugfront befand sich eine Leuchtschrift.

Ich tippte meinem Partner auf den kräftigen Oberarm. »Nach Spielmannsau.«

* * *

Zwanzig Minuten später rammte ein bärbeißiger Opa direkt nach dem Aussteigen Bruno zur Seite. Sein Gesicht hatte mehr Falten als die Zugspitze, in manchen lag Gletscherschnee.

»Gottsak Bruaschdi Gnumba Seitado … Bazi«, grunzte der verwitterte Alte in einer Sprache, die wohl nur Angehörige seiner Sippe in einem besonders abgelegenen Tal Österreichs sprachen.

Bevor ihn mein Partner, der sich ungern schubsen ließ, mit einem Faustschlag öffentlichkeitswirksam und mutmaßlich final zu Boden strecken konnte, zog ich Bruno ein paar Schritte zur Seite, sodass die gut fünfzehn Personen den Kleinbus verlassen konnten.

»Spielmannsau«, knurrte der. »Vier Häuser und ein Gasthof? Wir sind hier am Arsch der Welt.«

»Auf jeden Fall raus aus Oberstdorf«, raunzte ich zurück und war im Grunde zufrieden, ein paar Kilometer zwischen uns und dem Scheiß-Tatort gelassen zu haben.

»Wir kommen hier nicht weg. Die Zufahrtsstraßen sind gesperrt, der Bahnhof ist dicht, die Taxifahrer haben bestimmt eine Beschreibung von uns, Ringalarmfahndung, Kacke. Wir sitzen in der Falle. Die Bullen grasen auch die kleineren Ortschaften ab und brauchen uns hier nur einzusammeln.«

In Brunos natürlich korrekter Beschreibung unserer Lage war nicht der geringste Hinweis darauf zu erkennen, dass sein cholerisches Verhalten für unsere missliche Situation verantwortlich war. Den Juwelier zu fesseln, zu knebeln und ihn in einen Besenschrank zu sperren, wie es der Plan gewesen war, hätte uns ausreichend Zeit gegeben, unbehelligt und in aller Ruhe die Flucht anzutreten.

Bruno war nicht das heißeste Gericht auf der Speisekarte. Der durchgeknallte Psychopath hatte sich einfach nicht unter Kontrolle. Von drei Kindern war er das vierte. Aber ich hatte für diesen Job einen zweiten Mann gebraucht und daher den Kerl ausgewählt, mit dem ich in den vergangenen zwei Jahren in Memmingen eine Gefängniszelle geteilt hatte. Auch wenn ich jetzt einen prallvollen Koffer mit Schmuck und Uhren in der Hand hielt, war das im Nachgang keine ganz glückliche Personalentscheidung.

Einige der Fahrgäste hatten sich, kaum dem Kleinbus entstiegen, sofort aufgemacht. Ein Hinweisschild verriet, dass die Kemptner Hütte (1846 m) ihr Ziel zu sein schien. Andere sammelten sich an einem Schild mit der Aufschrift Treffpunkt.

Treffpunkt?

Ich entdeckte das Hinweisschild über der Eingangstür eines der vier Gebäude. Fredl Geiger. Geführte Bergtouren.

»Wohin jetzt, Mann? Links oder rechts?«

Ich schüttelte den Kopf. »Weder noch. Nach oben!«

* * *

Der Mann mit der sonnengegerbten, dunkelbraunen Haut schüttelte ungehalten den Kopf. Die Menschen im Allgäu sahen alle so unangenehm gesund aus. »Keine Chance, da brauchen Sie fei nicht noch mal zu fragen. Der Aufstieg zur Kemptner Hütte ist anspruchsvoll, zumal's gestern heftig geregnet hat. Die Gruppe ist voll, ich muss die Teilnehmer im Auge behalten. Hätten Sie sich früher überlegen müssen.«

»Äh …«

Der Bergführer drückte sein beachtliches Gipfelkreuz durch und schob mich sacht, aber bestimmt Richtung Ausgang. »Ich muss jetzt auch los.«

Bruno ging dazwischen, die Ader pochte.

»Nicht!«, rief ich.

Aber da hatte Bruno den Kerl schon an der Schulter gepackt und herumgerissen. Allerdings mit derartig viel Schmackes, dass es den Mann der Berge rumriss. Der Hüne strauchelte, taumelte und schlug mit überraschtem Gesichtsausdruck rücklings gegen die Heizung. Heizung, ja. Aber nichts Modernes. So ein altes Stück, mit Eisenröhren.

Hui, war das ein fieses Geräusch, als mit dumpfhohlem Knacken sein Genick brach.

»Hoppla«, entfuhr es Bruno.

»Musst du immer alles kaputt machen?«, fragte ich verärgert.

Bruno zuckte entschuldigend mit der Schulter. »Und jetzt?«

Ich nickte zunächst in Richtung einer kleinen Auslage mit Wanderbedarf und dann auf das Werbeplakat neben der Eingangstür. »Kemptner Hütte.«

* * *

Hinter der Brille des Mannes in der dunkelgrünen *Jack-Wolfskin*-Jacke blinzelte es misstrauisch. »Sie sind aber nicht der Herr Geiger!«

Seine Partnerin im Partnerlook nickte heftig. Und giftig.

»Nein. Mein Name ist Franz. Ich bin als Bergführer für Herrn Geiger eingesprungen, der unabkömmlich ist.«

Hinter mir gluckste Bruno, der Idiot.

»Kennen Sie die Strecke?«

»Ich führe nicht zum ersten Mal eine Gruppe«, behauptete ich entschieden, was ja auch irgendwie stimmte.

»Warum heißt der Große Krottenkopf eigentlich Großer Krottenkopf?«, fragte eine junge Frau mit Reiseführer in den Fingern, um den Hals ein buntes Mandala-Batik-Tuch.

Ich nahm instinktiv an, dass die Halbschlauen mit den Reiseführern die Schlimmsten waren.

»Weil er größer als der Kleine Krottenkopf ist«, spielte ich allerdings solide meine alpine Kompetenz aus.

In unserer Gruppe befand sich auch ein junger Asiate. Der machte ein Foto.

»Bist du sicher, dass du hier richtig bist?«, sprach ein junger Schnösel, der aussah wie ein Hipster und wahrscheinlich einer war, Bruno schräg an. »Is ne anspruchs-volle Tour. Da merkst du jedes Kilo. Gut, dass du Wal-king-Stöcke dabeihast. Bei deinem Gewicht brauchst du die Dinger, sonst kommst du schon mal gar nicht oben an.«

Bruno schnappte nach Luft, die Ader pochte.

Des jungen Mannes schlankgemergelte Hipster-Be-gleiterin zog ihn hastig zur Seite. Sie trug eine schwar-ze Nerd-Brille, am Arm schaukelte ein Jutebeutel mit der Aufschrift *Greta hat recht.* »Lass den dicken Mann in Ruhe.«

»Hast du die Wampe gesehen? Und die Oberschen-kel?«

»Vielleicht ist er ja krank …«

»Der Dicke schafft es nie bis zur Hütte.«

Bruno schnaufte. Ich ging hastig dazwischen und zischte: »Kein Aufsehen.«

Bruno ließ einen der beiden Walking-Stöcke pfeifend durch die Luft zischen. »Ich weiß, wer hier auf jeden Fall die Hütte nicht erreicht.«

»Reiß dich zusammen.«

»Nicht zusammen, auseinander. Auseinander reiß ich den!«

»Mensch, nur bis zur Hütte. Da schütteln wir die Mischpoke ab. Bis zur Grenze nach Österreich ist es von dort aus nur noch ein Kilometer. Einmal in Österreich, sind wir so gut wie sicher.«

»Ich mach den platt.«

»Kein Aufsehen!«

»Komplett platt!«

Ich checkte die Teilnehmerliste, die ich beim tragisch verblichenen Fredl Geiger auf dem Schreibtisch gefunden hatte, und verglich sie mit der Truppe, die sich hier eingefunden hatte.

Das schnöselige Hipsterpaar, der nuschelnde Alte, das *Wolfskin*-Ehepaar im Partnerlook. Zwei mittelalte Freundinnen mit finsterem Blick – eine mit grüner, eine mit lilafarbener Strähne im ergrauten Haar –, die permanent über abhandengekommene Ex-Männer fluchten. Ein Mann mittleren Alters, der aussah wie einem Bergsteiger-Katalog entsprungen. Die junge Reiseführer-Frau mit dem Batik-Tuch. Der Asiate – er machte gerade ein Foto.

»Zehn«, zählte ich auf der Liste, aber vor mir standen elf Personen, von denen mich jetzt eine ansprach.

»Hallo, ich bin Petra. Ich bin nicht angemeldet, aber darf ich mich trotzdem spontan deiner Gruppe anschließen?«

Sich anschließen dürfen? Durfte morgens die Sonne aufgehen? Mein lieber Scholli! Vor mir stand der Traum meiner schlaflosen Knast-Nächte. Eins fünfundsiebzig, athletische Figur, eine Silhouette, scharf wie das Jüngste Gericht. Sie trug eine pfiffige, eng anliegende, schreiend rote Kurzhaarfrisur und eine weiße Bluse, die keinen Raum für Spekulationen duldete. Ihre Augen leuchteten in einem hellen Grün, an das der liebe Gott gedacht hatte, als er seinerzeit den jungfrischen Weißtannen die strahlenden Spitzen anmalte. Die Frau hatte die Wucht eines Gletschers, das Edle vom Enzian und war frisch wie der morgendliche Frühtau.

»Natürlich, äh, kein Problem.«

Von hinten nölte der *Wolfskin*-Mann: »Ich hoffe, der Beitrag wird aber noch gezahlt, sonst wäre das unfair. Wir haben ja schließlich alle für die Tour bezahlt.«

Seine Partnerin im Partnerlook nickte heftig. Und giftig.

»Das verrechnen wir nachher, am Ende der Tour.«

Petra kniff mir ein Auge, was sündiger aussah als die Alm. »Nachher verrechnen klingt spannend. Bin neugierig, mit was.«

Der Hipster meldete sich. »Können wir jetzt los?« Seitenblick auf Bruno. »Wer weiß, was uns alles noch aufhält …«

Die Ader pochte.

»Nuganscho Dozakra, gnuffa … Bazi«, knurrte der verwitterte Alte.

Der Asiate machte ein Foto.

* * *

Während Bruno die Leiche vom Fredl Geiger hinten im Büro verstaute, hatte ich meinem Koffer den Schmuck und die Uhren entnommen und in einen unauffälligen Marken-Rucksack gepackt. So einen, den jeder hatte, viel unauffälliger als ein Alukoffer. Anschließend wechselten wir unser Outfit ins Bergtaugliche, und ich las mir dabei in einem Werbeflyer die Details zur Tour an. Schließlich war ich der neue Guide und für meine Anvertrauten verantwortlich.

Deshalb wusste ich, dass anspruchsvolle 860 Höhenmeter in äußerst reizvoller Umgebung und mit durchaus alpinem Anspruch vor uns lagen. Geschätzte dreieinhalb Stunden würde der wildschöne Anstieg zur Hütte dauern.

»Glück rauf!«, donnerte Bruno zum Abmarsch.

Wir marschierten los und ließen nach kurzer Zeit die letzte Sennalpe vor dem Ende der Welt hinter uns. Mir fiel plötzlich auf, dass Bruno inzwischen allein am Ende unserer Gruppe lief.

»Warum läufst du hinten?«

»Ich hatte was zu erledigen«, knurrte Bruno tonlos, sein Hemd war bereits dunkel durchgeschwitzt.

Die Art, wie er das sagte, also … – ich zählte sicherheitshalber durch. »Zehn. Da fehlt einer.«

»Der Alte hat mich beleidigt.«

»Der Alte? Den Nuschler konnte man doch gar nicht verstehen. Wie kann der dich beleidigen?«

»Er hat mich Krottenkopf genannt.«

»Nur Krottenkopf?«

»War das Einzige, was ich verstanden habe. Ich bin kein Krottenkopf! Niemand sagt Krottenkopf zu mir.«

Herr im Himmel! »Krottenkopf, so heißt der Berg da vorne.«

Bruno geriet für einen Moment aus dem Tritt. Nur für einen Moment, einen kurzen. »Ich hab ihn vorhin hinter die Holzhütte gezerrt und eins auf die Nase gegeben. Er wollte nicht mehr mit uns weiterlaufen und ist umgekehrt. Warum quatscht der mich auch an?«

Mann, Mann, Mann. Das fing ja gut an …

Nach einer Viertelstunde ging es an einem Materiallift nach rechts in einen Wald und nunmehr zügig bergauf. Rechts von uns plätscherte heiter die Trettach. Sonst herrschte eine friedliche Stille. So eine friedliche Stille ist aber nicht immer gut. Man hört zum Beispiel jedes Wort, was gesprochen wird. Jeden Satz. Zum Beispiel jeden Satz, den die beiden verhärmten Gewitterfreundinnen von sich gifteten.

»Nur Pfeifen«, maulte die mit der grünen Strähne. »Guck dich um, auch heute wieder: nur Pfeifen.«

»Echte Männer? Fehlanzeige«, gab ihr die mit der violetten Strähne recht.

»Schlappschwänze. Schattenparker.«

»Couchpotatoes.«

»Mein Karl war am Ende so bräsig, dem hab ich die Chipsreste direkt von der Brust weggestaubsaugt.«

»Sie krümeln immer alles voll.«

»Da fiel dann wenigstens nichts auf den Boden.«

»Außer die Hoden.«

Beide kicherten fies. Murmeltiere zogen den Kopf ein, der über uns kreisende Steinadler suchte mit kräftigem Flügelschlag das Weite.

Die Grüngesträhnte visierte Bruno an. »Wenn die Glocken tiefer hängen als das Seil, kannste alle Erotik vergessen.«

»Ist bei dem Dicken bestimmt auch so.«

»Jede Wette!«

Hinter mir atmete Bruno tief durch. Ganz schlechter Ansatz, wusste ich, sich über die Genitalien meines Partners abfällig zu äußern. Keine gute Idee.

Der Asiate machte ein Foto.

Ich brachte mich nach und nach an die Spitze meiner Gruppe und erreichte als Erster eine schmale, provisorische Brücke, über die wir den fröhlich unter uns sprudelnden Bach queren mussten. Das Ding sah wackelig aus.

»Bitte nur einzeln betreten«, las der Mann aus dem Bekleidungskatalog für Bergfreunde laut von einem amtlichen Hinweisschild ab.

»Wird seinen Grund haben«, zischte der Hipster und stupste seiner Hipsterfreundin in die Seite, den Blick inzwischen hinterhältig auf Bruno gerichtet. »Is ja immer mal damit zu rechnen, dass Jumbo einen Ausflug macht.«

»Bei dem wäre für eine zweite Person ja auch gar kein Platz auf der Brücke«, kicherte die Doofe zurück.

Nacheinander schritten die beiden einzeln über die Brücke. Ich rechnete jeden Moment damit, dass Bruno mit pochender Ader nach vorne schnellen würde, um einen der beiden Hipster in die Tiefe zu stürzen, aber mein Partner verzog keine Miene.

»Gut gemacht«, lobte ich auf der anderen Seite. Brunos latenter Tötungswunsch schien gedrosselt. »Wir können kein Aufsehen gebrauchen. Lass dich nicht provozieren.«

Er verzog keine Miene und flüsterte: »Später.«

Hinter der Brücke wurde der Pfad schmaler, und es ging steil bergauf. Von links und rechts ragte die wildschöne Flora in die Strecke. Es war feucht, es war heiß, es war eng. Millionen von Mücken stürzten sich erfreut auf uns und schlugen gierig ihre Saugschnorchel in unsere verschwitzte Haut.

In einer der nächsten Kehren reckte sich Bruno zu mir hoch und flüsterte: »Ich verspreche es dir, den beiden Emanzen dreh ich gleich die Gurgel um.«

»Was haben die dir getan?«, flüsterte ich überrascht zurück.

Brunos Ader pumpte. »Die Violette fragte mich, ob ich nach dem Sport dusche. Sag ich Ja. Sagt die mit dem grünen Streifen, dann sollte ich mehr Sport machen.«

»Oh.«

»Sagt die Violette: Lass doch, mit seinem Gestank hält er uns die Mücken vom Leib.« Wild flitschte Bruno ein Stechvieh vom kräftigen Unterarm. »Ich bring sie um.«

»Du kannst sie nicht alle töten.«

»Doch. Kann ich. Nur über die Reihenfolge bin ich mir noch nicht ganz im Klaren.«

Eine Kurve weiter drehte die feuerrothaarige Petra sich zu mir um. Als sie sich vorhin im Wald mit dem Hipsterpaar unterhielt, hatte ich aufgeschnappt, dass sie als Krankenschwester in Düsseldorf arbeitete und aus Erkrath-Unterfeldhaus stammte. »Dein Kumpel ist aber ganz schön unentspannt.«

»Nun ja, die Hitze setzt ihm zu …«

»Ich könnte ja was machen, gegen die Anspannung, aber der ist echt nicht mein Typ.«

Ich blinzelte. Sie lächelte verwegen. Ihre Bluse lächelte mit. Es leuchtete grün. Also, nicht in der Bluse. In den Augen.

»Reg du dich doch mal auf. Damit käme ich klar.«

Die Reiseführerfrau mit dem Batiktuch schob sich von hinten an meine Seite. »Entschuldigung, ist das da drüben der Vordere oder der Hintere Wildgrundkopf?«

Ich schluckte. »Das kann man so nicht sagen, das wechselt. Je nachdem, von wo man guckt.«

Die Reiseführerfrau mit dem Batiktuch nestelte skeptisch übers Mandala. »Für einen Reiseführer haben Sie erstaunlich wenig Ahnung.«

Der Hipster quetschte sich zwischen uns. »Wann machen wir endlich mal eine Pause?«

Oh, dachte ich, eine gute Idee, zumal sich gerade eine Ausbuchtung in der Felswand zum Verweilen anbot, und rief: »Kleine Pause!«

»Hier?«, fragte Jack Wolfskin. »Da kommt hinter der nächsten Kehre doch die Wallfahrtsstation Maria am Knie. Da ist doch für uns alle viel mehr Platz.«

»Ja«, sagte ich. »Äh, das ist auch eine gute Idee.«

»Sind Sie die Strecke überhaupt schon mal gelaufen?«, zankte Jack Wolfskin.

Seine Partnerin nickte heftig. Und giftig.

»Ja, natürlich. Aber ich habe meistens die Nachtschicht. Da ist eine gute Aussicht natürlich relativ.«

Ich konnte hören, wie selbst Bruno die Stirn runzelte. Weiter! Die grob in den Fels geschlagenen Stufen lagen in diesem Teil der Strecke unangenehm weit auseinander und machten raumgreifende, lange Schritte erforderlich. Die neuen Wanderschuhe quetschten mir schmerzhafte Druckstellen in die Hacken. Hölle! Nur der Inhalt meines dunkelblauen Rucksacks ließ mich motiviert weiterlaufen.

Knappe fünfzig Meter weiter erreichten wir die geistliche Raststation mit Kapelle. Die Aussicht über das Trettachtal war atemberaubend, da konnte man nichts sagen.

Die Reiseführerfrau stellte sich neben mich und winkte vielsagend mit ihrem Heftchen. »Kann man in jedem

Reiseführer lesen, dass man bei Maria am Knie die beste Aussicht hat.«

»Ich hab es auch am Knie«, stöhnte Bruno und hinkte den beiden Gesträhnten hinterher, die sich auf die andere Seite der kleinen, schmucken Wallfahrtskapelle begeben hatten, um die Aussicht ins Tal zu genießen.

Der Asiate machte ein Foto.

Der Mann im Katalogdress tippte mir sacht auf die Schulter, nickte gen Himmel und mahnte mit leiser Stimme: »Wir sollten uns ein wenig beeilen.«

»Wieso?«

Ich sah nach oben und dort nur wolkenfreies Blau. Gut, ganz am Ende des Tals, irgendwo über Italien, da wurde es dunkel …

»Wie, wieso? Was sind Sie denn für ein Bergführer? Die Wolken da oben, die sehen nach Gewitter aus.«

Ich nickte. Ja, das hörte man ja häufig, das mit den rasanten Wetterwechseln in den Alpen. Das ging in den Bergen ja manchmal schneller, als die Gams furzt.

»Okay, Aufbruch, Leute!«

»Wir haben gerade die Brötchen ausgepackt«, maulte Frau Wolfskin.

»Wenn die Pausen zu lange dauern, wird's uncool«, summte Petra fröhlich und richtete ihre Bluse, was an und für sich nicht erforderlich gewesen wäre.

Der Asiate machte ein Foto.

»Was ist das denn?«, rief der Hipster plötzlich.

Ein Hubschrauber knatterte erstaunlich tief durchs Tal.

»Das ist ein Polizeihubschrauber«, stellte seine Hipsterbraut fest.

»Die suchen was«, schlussfolgerte der Katalogmann.

Tja, und ich hatte eine vage Ahnung, was die Burschen im Heli suchten. Beziehungsweise wen. Ich trat in den Schatten der Wallfahrtskapelle, der Rucksack brannte in meinem Rücken. Der Helikopter schrabberte über uns hinweg.

Die Wolfskins winkten hoch. Der Asiate machte ein Foto.

»Angst vorm Fliegen?«, fragte Petra.

Die Krankenschwester aus Unterfeldhaus bekam offensichtlich mehr mit, als man meinte.

»Kindheitstrauma«, blieb ich vage.

»Vom Kinderkarussell?«

»Exakt. Ganz schlimme Phase in meinem Leben. Seitdem hasse ich Schwäne, Feuerwehrautos und Kutschen.« Ich drehte mich zur Gruppe. »Aufbruch!«

Hm. Da fehlten noch …

In diesem Moment erschien Bruno von der anderen Seite der Kapelle. Er trat neben mich, strich sein Hemd glatt und flüsterte: »Die beiden Damen haben sich entschieden, nicht mit weiterzugehen. Sie lassen ausrichten, wir sollen vorgehen. Quasi.«

»Du hast sie nicht …?«

»Ist besser für alle.«

Auf den nächsten hundertfünfzig Höhenmetern war ich … abgelenkt. Mein Psychopartner hinterließ eine blutige Spur der Verwüstung, die uns im schlimmsten Fall für immer in den Knast bringen würde. Hoffentlich war der Trip bald zu Ende.

Es ging rauf und wieder runter. Eine weitere Pause bot sich an, als wir den kleinen Bach zum zweiten Mal überqueren mussten, um wieder auf die linke Talseite zu kommen.

Ich tröpfelte mir kühlendes Bergwasser an die Schläfen.

»Du siehst blass aus«, stellte Petra fest.

»Ich hab ein bisschen Kreislauf.«

»Mach mir nichts vor«, sagte sie und deutete Richtung Himmel. »Die Wolken machen dir Sorgen.«

Ich schaute gen Himmel, wo sich von Süden her kommend der Himmel tatsächlich langsam zuzog.

»Am besten gehen wir weiter. Ist nicht mehr so weit«, murmelte Petra nachdenklich. »Ich bin die Strecke schon mal gelaufen.«

Dass das Hipsterpaar nicht mehr bei uns war, fiel mir erst nach der übernächsten Kehre auf.

Genau wie dem Wolfskin-Mann. »Da fehlen doch welche?«

»Ähm …«, mischte sich Bruno von hinten ein. »Die anderen haben vorhin kehrtgemacht. Bis zur Hütte, das war denen zu weit.«

Jack Wolfskin zuckte mit den Schultern. »Ja, dann.«

Der Asiate machte ein Foto.

Es ging jetzt direkt in die karge Felswand. Unsere Schuhe schlidderten über feuchtglitschigen Stein, die Wanderstöcke fanden selten Halt. Rechts unter uns tobte der Sperrbach, der immer wieder unter Gletscherzungen verschwand. Um besonders rutschige und enge Stellen passieren zu können, an denen Gebirgswasser die Felswand herabfloss, waren im Gestein Stahlseile befestigt, an denen wir uns entlanghangeln konnten.

Hinter mir keuchte Bruno. Die Erlösung tat sich hinter der nächsten Kehre auf, wie aus dem Nichts.

»Das ist sie«, jubelte der Katalogmann und deutete nach vorn. »Die Kemptner Hütte.«

In einem imposanten Talkessel, inmitten grünsaftiger Wiesen voller tanzender Schmetterlinge, eingerahmt durch felsig-imposante Berggipfel, deren Namen – in Fredl Geigers Werbeflyer gelesen – ich mir nicht hatte merken können, lag die beeindruckende Schutzhütte vor uns.

»Pinkelpause!«, rief Bruno, ob der Schönheit des Anblicks ein wenig unpassend in den berauschenden Augenblick hinein.

Aber auch ich verspürte euphorischen Blasendruck, streifte meinen Rucksack vom Rücken und stand kurz darauf ein wenig abseits zwischen ihm und dem Katalogmann, um hinterm einzigen Gebüsch der Gegend zu verrichten, was zu verrichten war.

»Wie geht's weiter?«, zischte Bruno, als der Katalogmann sich, als Erster fertig, entfernt hatte.

»Ich kümmere mich kurz um die Blasen an meinen Füßen, und dann geht's sofort weiter Richtung Österreich.«

»Bin ich froh, wenn die Scheiße vorbei ist«, knurrte Bruno und ratschte den Reißverschluss zu.

Ich tat es ihm nach, drehte mich rum ... und fuhr zusammen. Bruno schnappte nach Luft.

Der Katalogmann stand mit dem Rücken zu uns. In der einen Hand baumelte mein blauer Rucksack, geöffnet, in der anderen funkelte eine Rolex. Er fuhr herum, Erschrecken im Gesicht.

»Ähm …«, produzierte er ein hilfloses Geräusch. »Ich habe unsere Rucksäcke vertauscht und versehentlich deinen geöffnet.«

Er nickte ein paar Meter zur Seite, wo ein tatsächlich farb- und baugleicher Zwillingsbruder an einem Felsbrocken lehnte. Unglücklich gelaufen, dachte ich.

»Er weiß zu viel«, knurrte Bruno und schnellte mit einer Geschwindigkeit nach vorn, die man seinem massigen Körper niemals zugetraut hätte.

Selbst die Ader an seinem Schädel hatte keine Zeit anzuschwellen.

Eine Hand auf des verdutzten Katalogmannes Mund zu pressen und die andere um seinen Nacken zu schrauben, war eins. Ich mochte gar nicht hinsehen, wie Bruno ihm mit einem entschlossenen Ruck den Hals umdrehte, und ließ stattdessen meinen Blick über die Allgäuer Alpen schweifen. *Mädelegabel* und *Kratzer* fielen mir die Namen der zwei Berge jenseits der Kemptner Hütte plötzlich wieder ein. In meinem Rücken schleifte Bruno den Toten hinter das Gebüsch.

»Weiter geht es«, knurrte ich Sekunden später zur Gruppe.

»Da fehlt noch einer«, bemerkte Petra.

»Der kommt nach. Pinkelt etappenweise. Prostata.«

Mit dem Ziel vor Augen war der moderate Aufstieg bis zur Hütte schnell bewerkstelligt. Ich setzte mich sofort nach drinnen ins Gebäude ab, suchte mir einen Waschraum und widmete mich dem Massaker, das die neuen Wanderschuhe an meinen Hacken angerichtet hatten. Mein lieber Herr Gesangsverein!

Vor dem Waschraum stieß ich auf Bruno.

»Wo warst du?«, herrschte der mich an.

»Körperpflege.«

»Ich hab mich um den Asiaten gekümmert.«

Mir wurde schwindelig. Nahm das nie ein Ende? »Warum?«

»Der hat ständig fotografiert. Auf den Bildern sind wir alle drauf. Wir beide. Und die ganzen Opfer.«

Ich zog meinen Partner auf die Seite und ging ganz nah ran. Der Psycho machte mich wütend. »Mensch, du kannst nicht allen Leuten einfach so den Hals umdrehen!«

»Bist du bekloppt?«, echauffierte sich Bruno. »Ich bringe doch nicht grundlos irgendwelche Leute um! Der Asiate hat mir doch gar nichts getan.«

»Äh …«

Er wedelte mit einer Spiegelreflexkamera. »Ich hab ihm den Fotoapparat geklaut. Was denkst du denn?«

Ohne zu antworten, warf ich mir entschlossen den Rucksack auf den Rücken. »Wir müssen hier weg. Ohne die anderen. Sofort.«

Die Kemptner Hütte hatte jenseits der Terrassen einen zweiten Ausgang, der uns wieder auf den Wanderweg Richtung Lechtal und damit über die österreichische Grenze führen würde. Vorerst würde uns sicher keiner der Bergfreunde vermissen.

»He, Franz! Wo willst du hin? Und vor allem wohin ohne mich?«

Bruno und ich zuckten zusammen. Petra aus Erkrath-Unterfeldhaus! Wo kam die denn jetzt her?

Ich stotterte. »Wir, äh, wollten schon mal …«

Sie stemmte energisch ihre Fäuste in die Wespentaille, in den Augen zuckte es weißtannengrün. »Aber doch nicht ohne mich! Bist du bescheuert? Ich latsche dir und deinem scharfen Arsch doch nicht knappe tausend Höhenmeter hinterher, um mich dann abstreifen zu lassen. Ich denke seit der Wallfahrtskirche an nichts anderes mehr als an Sex mit dir.«

Wallfahrtskirche war in diesem Zusammenhang sicher ein wenig unpassend …

»Äh …«

»Nix da, ich komm mit. Und damit das klar ist: Wenn wir in Österreich angekommen sind, möchte ich fachmännisch durchgerangelt werden. Und dabei jeden gelatschten Höhenmeter spüren!«

Bruno und ich schauten uns an. Das klang nicht wie eine Frage oder ein Vorschlag.

»Dann mach hin«, gab ich mich kampflos geschlagen, ahnend, dass Bruno sich irgendwann des feuerrothaarigen Problems würde annehmen müssen.

Der Anstieg zum Mädelejoch war gemütlich und trotz der schmerzenden Muskeln gut zu schaffen. Nach kurzer Zeit erreichten wir die Grenze samt Grenzschild. Unter Aufklebern aller Art war der schwarze Adler auf gelbem Grund kaum mehr zu erkennen.

Petra streifte ihren Rucksack vom Rücken und deutete auf den größten aus einer Reihe von umherliegenden Steinfelsen. »Ich muss mal schnell für kleine Mädchen.«

»Okay.«

Sie zwinkerte mir zu. »Und danach unterhalten wir uns mal über den Inhalt deines Rucksacks.«

Mein Herz stolperte.

»Sie weiß Bescheid«, sprach Bruno das Offensichtliche aus.

Ich sah mich um. Vor uns, hinter uns. Weit und breit war niemand zu sehen. Aus den Augenwinkeln sah ich, dass Bruno sein Schießeisen hinten aus dem Hosenbund zog.

»Nicht mit der Knarre, das ist zu laut!«, mahnte ich, das Unvermeidliche akzeptierend.

Bruno warf mir einen Blick zu, der das Zeug zur klatschenden Ohrfeige hatte. »Ich werde mit der Knarre nicht schießen, du Trottel.«

Sprach es und schlich entschlossen der Krankenschwester hinterher. Ganz ruhig, konzentriert. Nicht mal die Ader an seiner Stirn pochte. Ich atmete tief durch und wollte mir nicht vorstellen, wie ein rothaariger Schädel von hinten mit dem Knauf einer Knarre gespalten wurde, Blut spritzte, wie der bildhübsche Frauenkörper leblos zur Seite kippte und ein letzter, überraschter Atemzug ins frischsaftige Gras gehaucht wurde.

Das Erste, was ich wenige Sekunden später sah, war die Knarre.

»Äh …«

Und dass die Mündung der Pistole direkt auf mein Herz gerichtet war.

»Hallo, Franz. Überrascht?«

Das hätte ich bejahen können, denn es war Petra, die den Ballermann fest in ihren Fingern hielt.

»Wo ist, äh, Bruno?«

»Ich besitze ein für solche und ähnliche Zwecke recht geeignetes Fahrtenmesser. Brunos Hals war ein leichtes Ziel, er hat ja viel davon. Und jetzt stell den Rucksack vor dir auf den Boden!«

»Woher weißt du …?«

»Bevor ihr an der Spielmannsau aufgetaucht seid, hatte dort schon eine Polizeistreife nach den Räubern gefahndet. Ich habe zufällig die Täterbeschreibung am Funk mitgehört. Als ihr aus dem Bus gestiegen seid, hab ich euch sofort erkannt. Tja, ich musste dann nur noch lange genug am Leben bleiben, um euch die Beute abzujagen.«

Hm, so ganz professionell und handlungssicher sah das nicht aus, also, sie mit der Knarre in ihren hübschen Fingern. »Kannst du mit dem Ding überhaupt umgehen?«

»Ich habe jahrelang in Düsseldorf am Wochenende in der Notaufnahme gearbeitet und so viele Schusswunden gesehen, dass ich problemlos selbst welche machen kann. Du gehst jetzt brav zurück zur Hütte. Und vorher stellst du den Rucksack ab!«

Es lag etwas sehr Entschlossenes in ihrem weißtannengrünen Blick. Ich stellte den Rucksack ohne zu zögern vor mir ins Gras, drehte mich um und trat unverzüglich den Rückweg an.

Okay, ohne Beute.

Aber als sich in diesem Moment das sanfte Licht der untergehenden Sonne orangefarben und weich in den Talkessel vor mir ergoss, fand ich, dass der Aufstieg zur Kemptener Hütte sich irgendwie doch gelohnt hatte.

ALTBIER-BLUES

Vorsichtig. Ganz langsam. Erst mal nur *ein* Auge! Halb. Oh Mann. Gleißendes Sonnenlicht, bereit den Augapfel zu verglühen, alle Sehkraft zu nehmen.

Schnell wieder zumachen! Ich hatte genug gesehen und die weiß gestrichene Zimmerdecke als die meinige erkannt. Das war die halbe Miete. Ich lag zu Hause im Schlafzimmer.

Aber auch im Bett?

Vorsichtig fuhr ich die Fingerspitzen aus und ertastete das grobe Fortuna-Düsseldorf-Frottee-Spannbettlaken unter meinem Körper.

Und …

Hektisch riss ich meinen Kopf nach links und beide Augen auf. Fanfaren dröhnten, ein Presslufthammer presste, hinten im Kopf detonierte krachend eine Granate.

Eine Frau! Neben mir lag eine Frau. Ein nackter Rücken, eine nackte Hüfte … Die Frau war nackt!

Hastig schloss ich die Augen und versuchte, die den Verstand raubende Kakophonie in meinem Schädel unter Kontrolle zu dirigieren.

Eine nackte Frau. Okay, es gab Schlimmeres. Nackte Frauen neben mir im Bett, das kam vor. Der Punkt war aber doch, wie war die hierhingekommen?

Vorsichtig riskierte ich einen zweiten Blick. Lange, dünne, blonde Haare, auf dem Rücken ein Tattoo. Mir unbekannte Schriftzeichen buchstabierten irgendetwas die Wirbelsäule runter. Das Bettlaken verhüllte weitere Details. Um den Hals trug die Frau ein eng anliegendes, rotes Halsband.

Okay. So weit so gut.

Und ich selbst? Ich spürte, dass ich oben nackt war, aber untenrum? Meine Fingerspitzen ertasteten die Jeanshose, was ich unter den gegebenen Umständen als positiv bewerten wollte. Ich blinzelte vorsichtig neben mir auf die recht angenehm geformte Ausbuchtung unter dem Bettlaken. Nicht, dass es in Abwesenheit jeglichen Verstandes zum Äußersten gekommen war …

Dunkel erinnerte ich mich, durch den Flur ins Schlafzimmer gestolpert zu sein und mich auf die Matratze geworfen zu haben. Licht hatte ich keines gebraucht, dudelblau wie ich gewesen war. Hatte die da etwa schon in meinem Bett gelegen?

Moment, Moment. Ganz falscher Ansatz. Wie war das jetzt losgegangen?

Genau. Gestern. Der Anruf.

* * *

Umständlich friemelte ich das Mobile ans Ohr. »Hallo?«

»Hi Spider! Du rätst nie, wer dran ist!«

Ich runzelte überrascht die Stirn. Spider hatte mich schon lange keiner mehr genannt. Genau genommen, seit der Schulzeit nicht mehr. Womit ich übrigens ganz zufrieden war, denn der wenig charmante Spitzname bezog sich auf meine seinerzeit streichholzdünnen Ärmchen und Beinchen. Ansonsten hatte der Anrufer recht, die abgetretene Reibeisenstimme sagte mir nichts.

»Olli«, half mir mein Gesprächspartner auf die Sprünge. »Olli Kulmbach. Alter, Goethe-Gymnasium?«

»Olli«, erkannte ich tatsächlich einen alten Schulkameraden. »Wir haben uns ja ewig nicht gesehen.«

Genau genommen hatte ich den hünenhaften Kerl mit Bestehen des Abiturs komplett aus den Augen verloren. Olli war erst in der Elften zu uns in die Stufe gestoßen, weil er auf der Marie-Curie in Gerresheim einem Mathelehrer was auf die Zwölf gestuppt hatte. Das stellte damals eine ziemlich coole Visitenkarte dar. Eine Zeit lang hatten wir nebeneinander gesessen und während des Unterrichts heimlich Dosenbier gesoffen. Ich hatte mich immer mal gefragt, was aus dem Kerl geworden war.

»Alter, ich bin gerade in Düsseldorf und da dachte ich, wir könnten an der längsten Theke der Welt spontan ein paar schnelle Altbier zischen gehen.«

»Äh«, fühlte ich mich leicht überrumpelt, aber andererseits … »Ja, sicher. An wann hast du gedacht?«

»An heute Abend.«

»Heute?«

Olli lachte. »Zeig dich geschmeidig, Alter. Wir treffen uns um acht auf der Ratinger vorm *Füchschen*.«

»Okay«, stimmte ich kurzweg zu, fühlte mich wieder ein bisschen wie Spider und legte auf.

* * *

Genau. So war das gestern Nachmittag gewesen. Olli Kulmbach. Ich blinzelte noch mal rüber zum Rücken. Aber das erklärte ja noch nicht meine blondhaarige Bettpartnerin. Okay. Weiter!

* * *

Die ersten frech-fröhlichen *Füchschen*, das war ja bekannt, tranken sich gerade bei strahlendem Sommerwetter immer von ganz alleine. Für Nachschub sorgte ein notorisch schlecht aufgelegter Köbes, da musste man sich keine Sorgen zu machen.

»Was hast du denn nach dem Abi gemacht?«, wollte ich wissen und nippte am Gerstensaft.

»Erst mal Ausland«, antwortete Olli Kulmbach. »Ein paar Jahre raus aus Deutschland. Georgien, Russland, Griechenland, Neuseeland. War irgendwie alles dabei.«

Ich nickte. Gut sah er aus, der Olli. Rau wie Russland, ein bisschen verwegen-fransig wie Griechenland und kräftig-kernig wie ein Neuseeländer. Ein kleines Bäuchlein schien sich anzudeuten, aber die langen Haare konnte er tragen und waren nur an den Schläfen leicht silbergräulich.

»Bist du verheiratet?«, fragte Olli dann im *Kreuzherreneck*, wo zum frisch-würzigen *Schlösser* natürlich ein *Salmiakki*, ein finnischer Kräuterschnaps, dazugehörte.

»Ne«, konnte und musste ich verneinen.

»Das hab ich mir gedacht«, lachte Olli.

»Wieso das denn?«

»So ein bisschen Nerd warst du damals schon.«

»Als wir Abi gemacht haben, gab es noch keine Nerds«, behauptete ich.

Hm, wo wir jetzt schon ein gutes Stündchen aufeinanderhingen, fiel mir ein, dass mich der holzklotzige Olli Kulmbach mit seiner großspurigen Art bei aller Coolness damals bereits sehr stark ans Neandertal erinnert hatte. Kam der nicht sogar ursprünglich von da?

Olli beugte sich zu mir rüber. »Lass mich raten: Eine feste Freundin hast du zurzeit auch nicht. Du wohnst alleine.«

»Hast du eine Schwester, mit der du mich verkuppeln möchtest?«, fragte ich und freute mich, dass es in Ollis Augen überrascht geflackert hatte.

Jaja, mein Steinzeitkumpel, der alte Spider war zwar noch nie in Neuseeland, hatte sich in den letzten zehn Jahren aber durchaus weiterentwickelt.

»Seit wann hat denn die *Zwiebel* zu?«, wollte Olli eine halbe Stunde später wissen.

Wir standen schräg gegenüber draußen vor dem *Nasebands*, ein leckeres *Schlüssel* in den Fingern.

»Zwei Jahre bestimmt schon«, musste ich raten.

»Schade, da bin ich immer gerne gewesen. Gute Musik, gutes Bier. Draußen hing ein Zigarettenautomat, da hatte ich meine erste Schlägerei.«

»Das waren wilde Zeiten damals«, stimmte ich zu.

»Für dich ja weniger. Du warst ja immer ein Braver. Trotzdem …« Olli musterte mich von oben bis unten. »Du hast dich ganz brauchbar gemacht. Du bist jetzt keine Kante geworden, aber hast ne gute Körperspannung, drahtig. Was machst du eigentlich beruflich?«

»Ich hab nach dem Abi …«

»Hast du den Hintern gesehen?«, brüllte Olli und nickte heftig einer Dunkelhaarigen hinterher, die ihr tatsächlich recht ansehnliches Gesäß in eine enge schwarze Kunstlederleggins gedrängt hatte. »Hammer, Hammer, Hammer!«

Mehrere Frauen vom Nebentisch drehten pikiert ihre Köpfe zu uns rüber, mein alter Schulkamerad wurde langsam peinlich.

»Düsseldorf hat definitiv seine guten Seiten. Was für ein Arsch!«, jauchzte Olli.

Das dachten im gleichen Moment – ihren Blicken nach zu urteilen – offensichtlich die besagten Frauen ebenfalls, wobei sie es sicher ganz anders meinten als mein Schulkumpel.

Mein Magen hatte zwischenzeitlich besorgt angeregt, es bei einer Biersorte zu belassen, aber die übrige Körperschaft hatte vehement abgelehnt. Warum sich auf eine gerstensaftbraune Köstlichkeit beschränken, wo man in der Düsseldorfer Altstadt doch alle im Angebot hatte? Die Leber behauptete steif und fest, dass sie mit der Artenvielfalt super klarkäme. Komm, laufen lassen! Die Zunge: Ich mach sowieso gleich Feierabend. Und der Darm meinte, er freue sich schon auf morgen Vormittag.

Um den Abend allerdings ein wenig zu beschleunigen, schlug ich nach dem *Knoten*, dem *Tube* und dem *Kürzer* vor, zwei kleine *Killepitsch* zwischenzuschieben. Durch den blutroten Kräuterlikör auf hohe Taktung gebracht, schwankten wir dann rüber ins *Uerige*, denn ohne ein leckeres Dröppke von der Rheinstraße wäre das ja gar kein richtiger Altstadtbummel gewesen.

* * *

Bis hierhin ließ sich der gestrige Abend problemlos rekonstruieren. Ich reckte mich leise in die Höhe. Wenn mir jetzt allerdings die nackte Schönheit immer noch nichts sagte, konnte es natürlich sein, dass ich Olli mit zu mir nach Hause geschleppt und der wiederum die mir bis dato unbekannte Nackte ins Bett drapiert hatte.

Konnte sein ... Also nachgucken!

Kumpel Olli vermutete ich am ehesten in meinem Gästezimmer. Auf dem Weg dorthin wunderte ich mich im Flur über eine umgestoßene Blumenvase, deren feuchter Inhalt sich über das gute Holzparkett ergossen hatte.

»Schlecht das!«

Ich bog ab in die Küche, um mir einen Aufnehmer zu schnappen, und stutzte. »Verdammt!«

Was war das? Auf dem Küchentisch lag ... eine Knarre. Eine Pistole. Ich ging näher ran, brachte meine Nase ganz nah dran an die Waffe. Eine dunkelgraue Pistole mit Schalldämpfer. Sah echt aus.

»Was ...?«

Der Fund drückte in meinem Körper den größten Teil der restlichen Promille zur Seite. Mit spitzem Finger tippte ich ihn an. Waffen konnte ich nicht leiden. Welche mit Schalldämpfer schon gar nicht. Ich hob sie auf, riss den Schlitten nach hinten. Eine Patrone flog mir entgegen und landete klimpernd unterm Küchenschrank.

»Oha.«

Geladene Waffen konnte ich noch viel weniger leiden! Nachdenklich legte ich die Pistole zurück auf den Tisch und schritt nunmehr entschlossen Richtung Gästezimmer. Zeit, meinem weltgereisten Schul-Asi ein paar scharfe Fragen zu stellen.

Ich hatte die Klinke schon in der Hand ... und hielt inne. Was war das für ein Fleck vor mir auf dem Parkett? Rotbraun, verschmiert. In Schlieren verschwand der Placken unter der Tür zum Gästezimmer. Ich ging in die Knie. War das eine Wischspur?

Ich spürte eine Gänsehaut auf meinem nackten Oberkörper. Das sah nicht gut aus, das sah ... ganz und gar nicht gut aus. Was lief hier gerade für ein Film ab?

In diesem Moment klingelte es an der Haustür. Das Bimmeln war geeignet, meinen Puls in den alarmroten Bereich zu jagen. Ich taumelte zur Haustür.

»Guten Morgen, Herr Jansen!«, schnaufte eine sichtlich angespannte Frau Pogrebnyak aus der ersten Etage.

»Guten Morgen ...«

»Hat mein Mann schon mit Ihnen gesprochen?«

»Äh ... nein.«

»Dann wird er das ganz sicher noch nach der Arbeit tun.« Sie stemmte resolut ihre Hände in die Hüfte. »Wegen heute Nacht – schon mal ein paar Takte von mir vorab, Herr Jansen.«

»Ich ...«

»Mir ist es vollkommen gleich, ob und welche weißrussischen Schlampen Sie sich nachts ins Bett holen. Ob es eine ist oder ob es mehrere sind. Aber mein Mann und ich, wir erziehen unsere Kinder zweisprachig.«

»Das ist gut, aber ...«

»Ihre ordinäre, vulgäre Ausdrucksweise ist – auch mitten in der Nacht – durch nichts zu rechtfertigen. Mit Ihrem Radau haben Sie unsere Kinder geweckt, und die mussten alles mitanhören. Das lässt alles tief blicken, *Herr* Jansen!«

Ich öffnete den Mund.

»Sehr tief!«

Ich schloss ihn wieder. Mir wollte nichts Gescheites über die Lippen kommen.

»Ihre perversen Details dürfen Sie zukünftig sehr gerne für sich behalten. Sie sollten sich schämen! Mein Mann wird sich bei Ihnen melden, und ich sage gleich, er ist auf hundertachtzig!«

»Ähm …«, wollte mir gerade doch etwas einfallen, aber da hatte die erboste Frau Pogrebnyak sich schon umgedreht und schnaufte die Stufen runter.

Behutsam schloss ich die Tür. »Das wird ja immer besser.«

Gut. Immerhin hatte es ganz hinten in meinem Gehirn bei *weißrussische Schlampen* geklingelt …

* * *

Denn nach dem *Uerige* waren Olli und ich noch auf die Bolker gewechselt und hatten uns im *Auberge* und im *Engel* die rockige Dröhnung auf die Ohren gegeben. Ich bin nicht sicher, ob ich anschließend das Schweinebrötchen besonders lange im Magen behalten habe. Ich fürchte nicht.

Jedenfalls – genau – danach war Platz für zwei, drei *Schumacher*, und anschließend im *Spiegel* machte Manni mich auf die beiden schlanken, sehr blonden Schönheiten am anderen Ende des Tresens aufmerksam.

»Alter, sehen die nicht super aus?«

»Sehr professionell sehen die aus«, glaubte ich im alkoholtrunkenen Halbdämmer die beiden im gewerblich-horizontalen Bereich einordnen zu müssen.

»Nix da, die sind klasse. Guck, Spider, die gucken rüber!«

Olli winkte. Ich winkte auch, allerdings ab. Was die beiden blonden Grazien der Nacht allerdings nicht davon abhielt, zu uns rüberzustöckeln.

»Ich bin Nadia«, sagte Nadia.

»Ich bin auch Nadia«, sagte die andere Nadia.

Zufälle gibt's, dachte ich und fragte mich, ob das rote, eng um den langen, schlanken Hals geschlungene Tuch bei einer der beiden Nadias nicht furchtbar unbequem sein musste.

* * *

Frau mit rotem Halstuch? Eine der beiden Nadias hatte es also in mein Bett geschafft. Wie konnte das passieren? Wieder riss an der entscheidenden Stelle meine Erinnerung.

»Olli«, knurrte sich eine Erklärung über meine Lippen, dahinter musste Schulfreund Olli stecken, wer sonst?

Fleck auf dem Boden her oder hin, ich riss die Tür zum Gästezimmer auf.

Es raubte mir die Luft. Im Bett: Die langen, blonden Haare ergossen sich blutverschmiert über Kissen und Laken. Wie in einem schrecklichen Tunnel wurde mein Blick auf das Gesicht getrichtet, in dem sich jemand ausgetobt und jedes Leben herausgeschlagen hatte. Blutspritzer auf dem Bettzeug, an den Wänden, überall!

Ich taumelte zurück. Das war ... wie in einem Horrorfilm. Ich schnappte nach Luft, würgte. Verdammt, ich hatte Nadia gefunden, auf dem Rücken liegend, die Beine verdreht. Eine der Nadias. Grob kämpfte sich die Übelkeit meine Speiseröhre nach oben.

Von Olli keine Spur, aber – mein Gott – was hatte dieser offensichtlich vollkommen durchgeknallte Typ angestellt? Das sah ja aus wie auf einem Schlachtfeld!

»Nadia.«

Ich taumelte durch den Flur zurück in mein Schlafzimmer. Hätte die andere Nadia von Nachbarin Pogrebnyaks Gekeife nicht wach werden müssen? Hatte ich erwähnt, dass das rote Tuch um ihren Hals sehr, sehr eng ...?

Sie lag unverändert in meinem Bett, ich umrundete es und beugte mich auf der anderen Seite über die Schlafende, schluckte und ...

Mein Herzschlag stolperte. Das war keine Schlafende! Das Weiße in den Augen der Frau war blutig gesprenkelt, der Blick starr und leer gen Schlafzimmerwand gerichtet. Eine lange, blaue Zunge ...

Vorsichtig legte ich die Fingerspitzen meiner Rechten über dem Tuch an ihren Hals. Da, wo ein weißrussisches Herz einen Puls hätte pumpen sollen, pumpte nichts mehr! Entsetzt zuckte meine Hand zurück. Jetzt wäre eine erklärende Erinnerung aus dem großen, dunklen Nichts hilfreich gewesen!

»Bad«, stieß ich gallig hervor.

Ich drückte mir eine Hand vor den Mund und wankte ins Badezimmer. Wie im Wahn drehte ich am Waschbecken den Wasserhahn auf und schaufelte mir kaltes Wasser ins Gesicht. Das tat gut, das tat so was von gut.

Ich klammerte mich mit beiden Händen fest an die Keramik, atmete tief durch, Tropfen rannen mir über Stirn und Wangen. Das Karussell in meinem Kopf drehte sich ein klein wenig langsamer, das Rauschen in den Ohren wurde leiser. Mein feucht-roter Blick fand im Spiegel ein kalkweißes Gesicht. Der Typ sah mich entsetzt fragend an. Was zum groben Henker war hier passiert?

Ich wischte mir Wassertropfen aus den Augenwinkeln, presste die Fäuste an meine Schläfen, schloss die Augen. Mühsam ließ sich die aufkommende Übelkeit unterdrücken.

Augen auf!

Der Spiegel. Mein Hals! Vorsichtig berührte ich die gerötete Stelle an meinem Hals. Ich stutzte. War das ein Knutschfleck?

»Carmen?«

Ja, sicher: Carmen … der Knutschfleck. Das bedeutete …

* * *

Genüsslich schnurrte sich Carmen über meinen schweißwarmen, nackten Oberkörper. »Schön, dass du mich noch nach Hause gebracht hast.«

»Ich hoffe, nicht nur das Nachhausebringen war angenehm«, brummte ich bärig zurück.

Carmen kniff mir frech in die Seite. »Nö, war okay. Allerdings riechst du wie eine Altstadtkneipe sonntagmorgens um fünf.«

»Ich habe mehr Biersorten im Angebot.«

Carmen rutschte ein Stück höher und hauchte mir ins Ohr. »Und dann überlässt du deinem Schulkumpel, den du zehn Jahre lang nicht gesehen hast, einfach so deinen Haustürschlüssel? Hast du keine Sorge, dass der in deiner Bude irgendwas anstellt?«

»Die beiden Blondinen werden ihn beschäftigen«, blieb ich ganz beruhigt. »Ich hab ihm gesagt, dass ich mit zu dir gehe und ihm bis mittags sturmfrei gebe.«

Carmens freche, kleine Zähnchen fanden meinen Hals. »Oh, da muss ich euch beide enttäuschen. Ich werfe dich nämlich gleich raus. Mutter kommt zum Brunchen. Deine Anwesenheit würde sie verunsichern.«

»Oha«, runzelte ich die Stirn. »Das kommt jetzt ungelegen.«

»Du kannst mich ja heiraten«, surrte Carmen, und ich spürte ihre Lippen auf meiner Haut. »Das würde einiges vereinfachen.«

Oh. Vorsichtig jetzt, ganz dünnes Eis! Andererseits würde ich zu gerne liegen bleiben, auf Olli und seine Grazien hatte ich gerade mal überhaupt keine Lust.

Ich versuchte es ganz vorsichtig mit einem Sachargument. »Hoffentlich wird Olli überhaupt wach, wenn ich klingle.«

»Du hast doch den Notfallschlüssel hinterm Namens-schild versteckt. Nimm dir noch ein, zwei frische Heim-wegbierchen ausm Kühlschrank und dann geht's ab nach Hause.«

Schmatz und flopp!

»Sag mal, hast du mir da gerade einen Knutschfleck an den Hals geflanscht?«

* * *

Ich guckte noch mal genauer hin, in den Spiegel. Ja, hatte sie. Dabei wusste sie doch, wie sehr ich Knutsch-flecke hasste. Okay, mahnte ich mich, der Flatschen war im Moment eines meiner kleineren Probleme. Die deut-lichen größeren hatte der irre Olli mir blond und tot ins Gäste- und Schlafzimmer gelegt.

Mein Blick wanderte fröstelnd meinem Spiegelbild über die Schulter ... und verhakte sich an der Duschtasse. Der Vorhang hing schief. Was lugte da unten raus? War das ein Schuh?

Ich fuhr herum. Ein Schuh, ein Männerschuh. Mit Fuß drin!

»Olli ...«

Eiskalt schoss es mir durch den Kopf. Um Himmels willen. Ein Männerschuh. Das änderte alles!

Wenn nicht Olli für dieses grässliche Massaker verant-wortlich war, sondern er stattdessen dort leblos in der Duschtasse lag, dann blieb als Verursacher dieses gan-zen tödlichen Dramas nur einer übrig.

Herrgott, was hatte ... *ich* ... angerichtet?

Das war nicht mein erster Filmriss, und ja, da waren ein paar Stories dabei, die wirklich … Aber das hier?

Benommen torkelte ich nach vorne, ergriff den Duschvorhang und riss ihn mit einem Ruck zur Seite. Ich schwankte krachend gegen die Duschumrahmung.

Hatte ich mich über die Pistole in der Küche gewundert, über das Ding mit dem Schalldämpfer? Hier hatte die Knarre ganze Arbeit geleistet. Sie hatte ein fransiges Loch in die Stirn und jedes Leben aus dem Mann gestanzt, der zusammengesunken in der Duschtasse lag.

Ich schluckte.

Jemand würde auf der Arbeit Karel Pogrebnyak vermissen …

Erleichterung und Wut balgten sich gleichzeitig durch meinen Körper. Nicht ich hatte hier wie ein Berserker gewütet, sondern doch mein Schulkumpel Olli!

Ich musste die Polizei informieren. Jetzt. Sofort. Mein Handy lag im Flur auf der Kommode. Hin! Äh … was war das für eine große Tragetasche, die dort mitten im Flur auf dem Boden stand? War die eben schon da?

Die Erklärung zur Tasche trat im gleichen Moment aus der Küche dazu.

»Mensch, Spider«, knurrte Olli Kulmbach. »Was machst du denn schon hier?«

In seiner rechten Hand hielt er die Pistole, die vorhin noch auf dem Küchentisch gelegen hatte.

Ich wies mit fragendem Blick auf meinen Nachbarn, deutete taumelnd und unbestimmt grob Richtung Gäste- und Schlafzimmer. »Was ist hier passiert?«

Olli nickte zur Tragetasche. »Ich war gerade im Baumarkt, was einkaufen, um dann ein bisschen sauber zu machen. Und hier muss einiges entsorgt werden.«

Ich …

Olli wirkte wirklich niedergeschlagen. »Aber jetzt habe ich wohl einen Müllsack zu wenig gekauft.«

Ich schluckte.

Denn Olli richtete nunmehr den unangenehmen vorderen Teil seiner Waffe auf mich. »Alter, du hast doch gesagt, dass du bei deiner Schnalle aus dem *Weißen Bären* bleibst und erst gegen Mittag nach Hause kommst? Wie zur Hölle bist du ohne Haustürschlüssel in die Wohnung gekommen?«

Ich ertastete in meiner Jeans den Reserveschlüssel.

»Finger aus der Hose!«, kommandierte Olli scharf.

Tat ich. Und hielt ihm den Notfallschlüssel entgegen. »Du wolltest doch wissen, wie ich in die Wohnung gekommen bin. Olli, was zum Teufel war hier los?«

»Die Party ist ein wenig ausgeartet«, schniefte Olli. »Is mir, ehrlich gesagt, schon häufiger passiert.«

Ich machte einen kleinen, unauffälligen Schritt auf ihn zu, leicht nach links versetzt, weg von der Dusche samt Inhalt. »Und was hat mein Nachbar damit zu tun?«

»Als ich vorhin die Haustür aufgemacht habe, stand der draußen im Treppenhaus direkt vor mir. Und guckte an mir vorbei in die Wohnung rein. Da lag eine der beiden Frauen noch im Flur auf dem Fußboden. Der hat natürlich sofort gesehen, was Sache ist. Da musste ich reagieren.« Olli zuckte mit den Schultern. »Falscher Ort, falsche Zeit.«

»Ich kann es nicht fassen. Du hast die beiden Frauen und meinen Nachbarn getötet.«

Olli legte den Kopf schräg. »Ich hab deine dusselige, tollpatschige Art immer gemocht, Spider. War ja auch ein schöner Abend gestern. Eigentlich. Aber jetzt muss ich mich ein bisschen beeilen, ich will ja noch aufräumen. Da hast du sicher Verständnis für. Die Arbeit wird ja nicht weniger.«

Der Pistolenlauf mit Aufsatz fand sein Ziel, es sollte wieder eine Stirn werden. Meine diesmal. Olli krümmte ohne weiter zu zögern den Zeigefinger. Und drückte ab.

Ich spürte den Schlag, spürte, wie die Kugel meine Stirn durchschlug, sich die Patrone heiß durch meinen Schädel bohrte und am Hinterkopf, einen großen, blutigen Krater reißend, wieder austrat.

Nein. Spürte ich nicht.

Klick, machte die Waffe. Was auch sonst? Denn ich hatte ihr vorhin in der Küche die Patronen entnommen. Ich hatte doch gesagt, dass ich geladene Pistolen überhaupt nicht leiden kann.

Olli blickte verwundert, drückte noch mal ab. Meine Linke verschwand in der Jeans. Wieder klickte es. Und noch mal. Klick. Klick.

Ich zog langsam die Patronen aus der Hose und ließ sie durch meine Finger hindurch auf den Boden kullern.

Er verstand. Aber zu spät.

Ich tänzelte einen Schritt nach vorn und trat ihm mit Vollspann die Besinnung aus dem Hirn. Round-house-Kick. Wie mit der Axt gefällt stürzte Olli, an der linken Schläfe getroffen, zur Seite weg. Dort würde er liegen bleiben, bis die Polizisten einträfen.

Ich schüttelte den Kopf. Olli hatte mich gestern vorm *Nasebands* ja gefragt, was ich beruflich mache, aber meine Antwort nicht abgewartet. Ich hätte ihm natürlich gesagt, dass ich nach dem Abi bei der Polizei angefangen hatte und seit drei Jahren Einsatztrainer beim SEK war.

KLABAUTERMANN

Ich weiß ja nicht, ob Sie das wissen, aber ich bin ja gelernter Schlosser. So richtig mit Lehre. Ich hatte gerade den Gesellenbrief in der Tasche, da machte der Betrieb dicht. Klaus, hab ich zu mir gesagt, Klaus, du bist ein guter Schweißer, du machst dich selbständig.

Jetzt nicht offiziell. Teilzeit. Meistens nachts. Und meistens Tresore älterer Bauart. Aber auch die neuen Dinger krieg ich auf, dauert nur ein bisschen länger.

Voriges Jahr im Sommer war ich auf Norderney. Außer für Tresore interessiere ich mich nämlich auch für Menschen. Und Frauen. Für die besonders.

Die Imke hat im *Pasadena* gekellnert. Das ist auf der Insel jetzt nicht der allererste Club. Da wird aus guten Gründen sehr viel mit indirekter Beleuchtung gearbeitet. Für mich aber war das ein Glücksfall, denn die Imke nimmt sich gerne für nachts was mit nach Hause.

Da habe ich ihr hinterher andeutungsweise was von meinen Fähigkeiten beim Schweißen erzählt. Und dass ich viel mit Banken zusammenarbeite.

Und sie erzählt mir, dass die gesamten Bareinnahmen, die im Laufe des Wochenendes auf der Insel zusammengetrunken werden, in einer bestimmten Bank gelagert und erst am Montag mit dem ersten Schiff aufs Festland gebracht werden.

Ich kann gar nicht anders. Ich fange dann immer direkt an zu überlegen. Und hatte sofort eine Idee. Hat was mit Schweißen zu tun, aber ich will Sie nicht mit Details langweilen. Der Plan war perfekt.

Bis morgens früh um acht musste das Ding allerdings über die Bühne sein.

Sollte kein Problem werden. Aber: Ich brauchte einen zweiten Mann.

Und da fiel mir sofort Hans-Günter ein.

Hans-Günter ist ein Überwinder. Das ist jetzt kein offizieller Beruf, aber ... zeig dem Hans-Günter zwei verschieden farbige Drähte, und der weiß hundertprozentig, in welcher Reihenfolge man die durchschneiden muss, damit die Alarmanlage nicht losgeht.

»Hans-Günter«, sag ich. »Das Ding steigt auf Norderney. Da wimmelt es von Frauen. Da wird viel getrunken. Da ist auch für dich was dabei!«

Man muss nämlich wissen: Hans-Günter ist nicht Brad Pitt. Auch im Himmel ist manchmal Montag. Seine Haare sind pechschwarz. Nicht die auf dem Kopf, da hat er kaum welche. Aber die in der Nase. Und die auf den Ohren.

Geht man als Frau nüchtern nicht dran.

Warum das mit den Frauen so wichtig ist?

Der Boxer darf vor dem Kampf keinen Sex haben. Bei Hans-Günter ist das genau umgekehrt. Wenn der vor einem Bruch nicht so richtig was zu knattern kriegt, dann geht da gar nichts.

Dann ist der nervös, dann zickt der rum. Und verwechselt Rot mit Schwarz. Ohne eine richtige, scharfe Nummer geht Hans-Günter nicht ans Werk.

Aber hier war ich ja zuversichtlich. Ab auf die Insel, ab in die Disco, zwei Frauen beeindruckt und abgeschleppt. Sex und morgens um acht ist das Ding gedreht.

* * *

Wir also auf die Insel, ins Hotel und uns in Schale geschmissen. Ich zieh das weiße Sonntagshemd drüber, Hans-Günter rasiert sich die Sinnesorgane.

Auch innen und obendrauf.

In der *Fischerkate* hatte Hans-Günter gleich was Spannendes an der Angel. Marianne. Ich denk noch, das läuft ja super. Aber dann hat Marianne dem Hans-Günter anvertraut, dass sie eigentlich Dieter heißt und die Operation, die das auch unten rum ändert, erst im kommenden Herbst ist.

Ich hab ihm noch zugeredet, man muss alles mal ausprobiert haben, aber Hans-Günter ist da eher konservativ.

Wir wechselten in den *König*. Gegen meinen ausdrücklichen und eindringlichen Rat schüttete der enttäuschte Hans-Günter sich gleich drei *Knock Out* in den Kopf, wo doch der Genuss eines einzigen in der Regel den Verlust der Muttersprache nach sich zieht.

In den *Inselkeller* haben uns die Türsteher dann auch nicht reingelassen, weil Hans-Günter gleich vor dem Eingang Würfelchen gehustet hat.

Das war der Moment, wo ich erstmals ehrliche Bedenken bekommen hatte. Halb vier! Da geht mit Frauen nicht mehr viel. Da sind die Karten verteilt.

Ich hatte mir aber eine letzte Option offengelassen. Wenn nichts, aber auch gar nichts mehr geht, … dann geht der *Klabautermann*.

* * *

Ein cooler Laden. *Nana Mouskouri* sang von *Weißen Rosen aus Athen*, der 80-jährige Kellner trug eine Kapitänsmütze. Durch die rauchgeschwängerte Luft konnte man an die Theke des Lokals gelehnt eine Meerjungfrau aus Holz entdecken, die Farbe blätterte. Dann bewegte sich die Figur. Die war gar nicht aus Holz.

»Man muss jedem Laden eine Chance geben.«

Ich sondierte die Gäste. Und sah sie sofort. Einmal schwarz und einmal rot. Alleine an einem Stehtisch, ganz hinten in der Ecke. Ich bugsierte meinen Partner zügig an ihren Tisch.

»Hallo, die Damen, ist hier noch frei?«

»Ja, aber sicher«, kicherte die Schwarze.

Die Rote knipste Hans-Günter ein Äuglein. Herrlich, um vier schien es endlich zielgerichtet voranzugehen.

»Ich bin Gerda, das ist die Hertha. Hertha wie die Wurst«, kicherte Gerda und lachte laut.

Mir gelang es, einen tiefen Blick in ihren Mund zu werfen. Ausgezeichnete, gesunde Zähne. Eine Frau von einer Herzlichkeit, die man am liebsten gleich ins Grundbuch eintragen möchte. Das sagte ich ihr auch.

»Du bist aber ein Schlimmer.«

»Ich kann noch schlimmer«, deutete ich kühne Fantasien vage an und bestellte zur zügigen Auflockerung beim Kapitän eine Runde Schnäpschen.

Schön standen wir hier. Auf unserem Tisch stand eine Kerze, die zu frisch verliebten Blicken lodernd flackerte. Es hätte so schön sein können.

Dann spielte der Discjockey wie aus heiterem Himmel *Die Karawane zieht weiter.*

Das Unheil setzte sich in Bewegung. In Form einer Polonaise. Jetzt ist eine Polonaise an und für sich nichts Schlimmes. Im Karneval zum Beispiel. Aber wenn man gerade die Frau seines Lebens kennengelernt hat, dann ist das ein echter Stimmungskiller.

»Los! Einhaken!«, kommandierte ein fülliger Kerl grob und tatschte Hans-Günter auf den Rücken, das der gegen den Tisch kippte, die Kerze wackelte.

»Los, mitmachen!«, keifte die einzige Frau in der Schlange.

»Langweiler! Langweiler!«, nölte ein blasser Mann mit Brille, Marke Finanzbeamter.

Der Wurm zog lärmend vorbei. Ich drehte mich erleichtert wieder Hertha zu, als sich ein Mann an unseren Tisch schob, der schon so aussah, als ob er sich rein geografisch in Osteuropa besser auskennen würde.

»Tanzen?«, blökte er dann auch mit entsprechendem Akzent.

»Die Dame möchte sich unterhalten«, erklärte ich vorsichtig, denn ich hatte die beeindruckenden Oberarme des Mannes entdeckt, die vermuten ließen, dass nahe Vorfahren dieses Exemplars in polnischen Zirkusarenen Eisenbahnschienen verbogen hatten.

»Rede ich mit dir, du Opfer?«, kodderte er, schob seine Unterlippe doof nach vorne und drehte sich dann aber plötzlich weg, ohne eine Antwort abzuwarten.

Puh. Knapp.

Ich widmete mich meinem Engelchen, das allerdings zwischenzeitlich auch nicht jünger geworden war. »Wie alt bist du eigentlich, mein Sonnenschein?«

»65«, flüsterte die Holde neckisch.

»Das ist doch gelogen«, säuselte ich zurück und kniff ihr verwegen ein Äuglein.

»Stimmt«, summte sie. »Wir sind beide 73.«

Ich leerte mein Glas und bestellte beim Kapitän schnell noch vier Getränke. Ein wenig tränten mir inzwischen die Augen. Das lag an Gerdas Haarspray. Um ihre knallig rote Hochfrisur ans Halten zu bekommen, hatte sie vermutlich den Inhalt mehrerer Dosen gebraucht. Allerdings lief Hans-Günter zur Höchstform auf.

»Du hast die tollsten Augen der Welt. Ich möchte den Dieb sehen, der am Himmel die Sterne geklaut und in deine Augen gestreut hat.«

Oh Gott, dachte ich.

Aber … ihre Lippen bewegten sich aufeinander zu. Nur noch wenige Zentimeter trennten die beiden Turteltäubchen. Alles wird gut.

Fast!

Ich sah, dass sich der närrische Lindwurm schon wieder in unsere Nähe robbte. Hans-Günter blickte mich mit hilflosen Augen an. Oha, ihm war deutlichst anzusehen, dass der unsensible Trubel das zarte, junge Pflänzchen der Liebe zu erdrücken drohte.

»Hier fliegen gleich die Löcher aus dem Käse! Los, mitmachen!«, brüllte der Kerl an der Zugspitze.

»Langweiler, Langweiler!«, keifte der Finanzbeamte.

Ich kippte den Schnaps, stürzte eilig an den Anfang der Schlange und nahm den Gleichschritt auf. Energisch lenkte ich das Teil in eine andere Richtung. Tatsächlich gelang mir, die Polonaise vom Tisch fernzuhalten.

Anerkennend schlug mir der ehemalige Zugführer auf die Schulter. »Haste prima gemacht, Kollege. Ich geh jetzt eine Runde pissen, und dann wünsch ich mir *Kreuzberger Nächte sind lang*. Dann kriegen wir deine drei Pupser auch mit ans Laufen!«

Ich nickte.

Und musste eine Entscheidung treffen.

Ich winkte Hertha zu, deutete auf meinen Genitalbereich. Hertha kicherte. Dann folgte ich dem nervigen Narrentreiber auf die Toilette. Er stand breitbeinig am mittleren der drei Pinkelbecken.

Wir beide waren alleine im Raum.

Ich trat von hinten an ihn ran, packte mir seinen Hinterkopf und schlug ihn kräftig vor die gekachelte Toilettenwand. Ohnmächtig sank er in meine Arme. Mit dem Fuß trat ich die mittlere Toilettenkabine auf, zog den schlaffen Körper hinein und drapierte ihn vorsichtig auf die Toilette.

»Pause mit Polonaise«, erklärte ich, drehte mich zufrieden um und stand … vor dem Finanzbeamten, der gerade die Toilette betreten hatte.

»Was machen Sie denn da?«

Ich holte kurz aus und rammte ihm ansatzlos eine Faust unters Kinn. Bei dem Beamten des gehobenen Finanzdienstes gingen sofort die Lichter aus.

Ich seufzte. »Okay. Ganz außen links.«

Gleiche Prozedur, Beine hochgelegt, aufpassen, dass er nicht gegen die Spülung fiel.

Ich fuhr mir noch schnell am Waschbecken durchs Gesicht, verließ die Toilette und stellte mich wieder an unseren Tisch.

Peter Alexander sang von der *Kleinen Kneipe*.

Sentimentale Stimmung. Gut so. Ich stellte allerdings fest, dass die drei ohne mich zwei Runden Schnaps geschafft hatten. Jetzt nicht übertreiben mit dem Alkohol. Gerdas Kopf samt Turmfrisur schlug ruckartig in alle Himmelsrichtungen.

Irgendwann würde er abfallen!

Ich wollte mir gerade ein paar geschmeidige Sätze einfallen lassen, um die beiden auf einen kleinen, verführerischen Prosecco in unser Hotelzimmerchen einzuladen, da rempelte mich der osteuropäische Zirkusmann an.

»Ich muss pissen. Wenn ich komm wieder, will ich tanzen. Mit deine Frau!«

Er lachte bleckend, präsentierte eine schiefe Reihe gelblicher Grabsteine in seinem Mund und wankte zur Toilette.

»Ich möchte nicht mit dem tanzen«, protestierte Hertha.

»Musst du auch nicht. Wir gehen gleich. Ich kläre das.«

»Du willst dich doch nicht mit dem schlagen?«

Ich lachte. »Liebchen, hast du dessen Muskeln gesehen? Ich werde mich definitiv nicht mit dem schlagen.«

Sie lächelte mich dankbar an. »Ich kann Gewalt nicht haben. Es ist auch mehr die Zeit für … Liebe und Zärtlichkeit.«

Ich blickte auf Hans-Günter und Gerda, dann auf die Uhr. »Hertha, da hast du ganz, ganz sicher recht! Höchste Zeit!«

Ich folgte dem Koloss auf die Toilette. Er stand am rechten Pissoir und pinkelte freihändig. Ich griff hinten in meine Hose und brachte ein scharfes Fahrtenmesser nach vorne.

Mit der linken Hand tippte ich ihm auf die Schulter. »Kollege?«

Er drehte sich herum. »Hä?«

Mit der Rechten rammte ich es blitzschnell tief in seinen Bauch. Er guckte ein bisschen dumm, ein bisschen überrascht.

Ich beugte mich an sein Ohr. »Wenn du das Messer einfach stecken lässt, ist das wie ein Pfropfen, verstehst du?«

Er nickte entsetzt.

Ich führte ihn vorsichtig in die rechte der drei Toilettenkabinen und setzte ihn behutsam auf die Keramik. Das Messer wippte, blieb aber dort, wo es war.

»Ich gehe nach draußen, du bleibst hier sitzen. In fünf Minuten kommt ein Arzt, und in fünf Wochen haben wir das Ganze hier vergessen, okay?«

Der Eisenbieger nickte vorsichtig.

Ich tätschelte sacht seine Schulter. »Ist nichts Persönliches, aber ich muss jetzt auch dringend weg.«

Ich hatte nicht vor, noch lange im *Klabautermann* zu bleiben. Man soll zwar jeder Kneipe eine Chance geben, aber das Lokal hatte heute einfach schlechtes Karma.

Hastig kehrte ich an unseren Tisch zurück, wo Hans-Günter diesmal zwei große Bier bestellt hatte. Er beugte sich zu mir rüber.

»Das sind die letzten«, flüsterte er. »Hab schon bezahlt und noch zwei Schnäpschen für die Damen als Absacker bestellt. Die beiden Mädels haben wir auf sicher!«

Ich hätte jubeln können. Hatte sich der ganze Aufwand wenigstens gelohnt. Jetzt nichts wie weg!

»Nehmt ihr uns denn so mit?«, kicherte Martha.

Ich wollte gerade Ja sagen, da drängelte sich der Kapitän mit seinen Schnapsgläschen zwischen uns.

Gerdas ausladende Hochfrisur hatte ich schon erwähnt? Die Kerze auch?

Der Kapitän rempelte Hans-Günter nach vorne. Dessen Hand schlug die Kerze um. Die Kerze fiel Richtung Gerda. Die sich gerade runterbeugt hatte, um in ihrer Tasche irgendetwas zu suchen. Große Verpuffung. Das Haarspray. Stichflamme.

Gerda brannte lichterloh.

Hans-Günter war erstaunlich schnell, ergriff das volle, große Bierglas und schüttete es über Gerdas brennendes Haupthaar. Mit einem erstickten Wusch erlosch die Flamme.

Gerda schrie. Ich erschreckte mich auch.

Können Sie sich vorstellen, wie viel Schminke der flotten Gerda jetzt als farbige Masse das Gesicht runter in den Ausschnitt lief?

»Ich will sofort ins Hotel! So gehe ich nirgendwo mehr mit hin!«

»Och?«, sagte Hans-Günter und blickte mich vielsagend an.

Ich verstand. Und zückte mein Handy, um für den Eisenbieger in der Toilettenkabine einen Notarzt zu rufen. Dann kippte ich schnell den Schnaps.

Nix wie weg.

Alles umsonst.

GLÜCKSZAHL

Die Fünf. Die Fünf … ist nicht meine Glückszahl. Nie gewesen. Schon als fünftes Kind und als ungeplanter Nachzügler auf die Welt zu kommen – ist nicht immer glücklich. Die alten Klamotten der Brüder auftragen. Nicht angenehm.

Und die der Schwester. Auch oft … ganz schlecht.

Bis zum Abitur bin ich in der Schule ja auch fünfmal sitzen geblieben. Und dann durchs Abitur gerauscht. Machste nix dran!

Ich bin ja vier Mal geschieden. War auch nicht toll. Jedes Mal. Und teuer.

Der Standesbeamte hat dann auch so komisch geguckt, als er sich im Amt meine Vita durchgelesen hat. Beim Aufgebot, als ich das fünfte Mal geheiratet hab. Und dann hat er geguckt … So wie: ob das eine gute Idee ist?

War es ja auch nicht. Hat er den richtigen Riecher gehabt.

Das wäre jetzt meine fünfte Scheidung. Und wo die letzten vier schon, puh, also … nee. Keine fünfte Scheidung!

Ich hab mir ein Messer gekauft. Hier, so ein langes, zwölf Zentimeter. Beidseitig geschliffen, stabiler Griff, feste Klinge.

Zwölfmal hab ich es meiner Frau in den Körper gerammt. Mit Schmackes.

So. Und so. Und gedreht. Neu angesetzt. Und noch mal. Sah nicht schön aus. Hat meine Frau aber tatsächlich überlebt.

Tja. Sie ist ins Krankenhaus gekommen. Notoperation, aber … erholt sich gut.

Die Polizisten haben mich abgeholt. Knast.

Zwölf. Zwölf Jahre hab ich gekriegt. Zwölf Zentimeter, zwölf Stiche, zwölf Jahre.

Die Zwölf. Die Zwölf … ist auch nicht meine Glückszahl.

SIE FACKELN NICHT
LANG ... IN NESSELWANG

Wir sind hier bei der dritten Mannschaft des FC Nesselwang 1946 e.V. eine richtig gute Truppe. Natürlich jetzt nicht erste Bundesliga, aber wir halten uns seit Jahren tapfer in der Kreisklasse. Manchmal ganz locker, manchmal wird es am Ende ein bisschen eng. So wie dieses Jahr.

Am Stammtisch im *Hoigarte* saß mir jetzt unser Torwart, der Florian, gegenüber. Florian Silbereisen. Ja, genau wie dieser blonde, grinsende Kerl mit der Fönfrisur aus dem Fernsehen. Wir nennen den Florian *John Silver*. In so einem rauen Männersport wie Fußball kannste als *Florian Silbereisen* nichts werden.

John Silver passt auch gut.

Johns rechtes Bein ist nämlich ein Stück kürzer als das linke. Jetzt, nach dem Unfall. 2006. Weil der *Rehbock* zu war, hatten wir mit der Mannschaft die Goldmedaille vom Michael Greis bei der Olympiade in Turin droben in der *Kronenhütte* gefeiert. Der Michael ist ja quasi auch einer von uns! Zu später Stunde ist der John damals mit seinem Schlitten hackedicht die Alpspitz runter und dann ganz, ganz unglücklich ein klein bisschen nach rechts von der Strecke abgekommen. Und gegen einen der Pfeiler vom Schlepplift gescheppert.

War aber auch nebelig.

Mit dem Helikopter ist er in die Unfallklinik nach Murnau geflogen worden, aber sein rechtes Bein haben sie nicht retten können. Also, nicht vollständig. Nur teilweise.

Seitdem steht der John Silver bei uns im Tor. Da ist das nicht so schlimm, wenn der Kerl ein bisschen schräg steht. Als Torwart ist jetzt das einzelne Bein an sich ja auch gar nicht sooo wichtig, jetzt zum Beispiel beim Springen. Der John springt mit einem Bein höher als der kleine Philipp Lahm mit zwei. Dass dem alles unterhalb des rechten Knies fehlt, fällt eigentlich gar nicht auf.

Okay, damals im Spiel beim TSV Hopferau-Eisenberg schon. Da flatterte der Ball Richtung Kasten, John Silver sprang ab und schaffte es ganz, ganz knapp, also so gerade eben noch, mit den Fingerspitzen die Pille links um den Pfosten zu schaufeln.

Da haben sie alle geguckt. Wegen der tollen Parade. Und weil sein rechter Unterschenkel beim Abspringen auf der Torlinie stehen geblieben war.

Ja. Sieht man ja auch nicht sooo oft.

Sonst merkst du das mit dem Unterschenkel beim John gar nicht. Klar, beim Duschen nach dem Spiel, da fällt das schon auf. Wenn der abgeschnallt hat und nackt über die Fliesen hüpft, aber da haben wir uns alle dran gewöhnt.

Links von mir kippte der Riefler-Ferdl seinen Obstler auf Ex. Der Ferdl spielt im Mittelfeld. Meistens rechts. Der Ferdl ist ein begnadeter Kurzpassspieler. Die kurzen Dinger hat der einfach drauf. Wie Messi. So zwischen einem und acht Metern kriegt der Ferdl jeden Pass direkt an den Fuß. Klasse.

Weiter als acht Meter … is schwierig.

Der Ferdl ist *extrem* kurzsichtig. Ab acht Metern wird es kompliziert, ab zehn ist der quasi blind.

Der Riefler-Ferdl ist der Einzige, den ich kenne, der sich auf einem Fußballfeld mal verlaufen hat. Auf dem Feld dienen dem als Orientierung die weißen Spielfeldlinien. Da, wo der Platz nicht weiß abgekreidet ist, tritt der FC Nesselwang auch gar nicht erst an.

In Kaufbeuren, da hat der Ferdl sich ja zwischen Umkleidekabine und Sportplatz verlaufen, da war der auf einmal weg. Haben wir mit zehn Mann angefangen zu spielen. Ist auch nicht günstig. Zur zweiten Halbzeit haben Leute, die nebenan im Wald Pilze sammeln waren, den bei uns abgegeben.

Da haben wir doch noch ein Unentschieden geschafft.

Ja, manche Menschen werden im Himmel eben kurz vor Feierabend gemacht. Statt Augen hätte der liebe Gott dem Riefler-Ferdl auch zwei Glasmurmeln in den Schädel drücken können.

Aber der Herrgott verteilt in seiner Weisheit gleichwohl immer mit Ausgleich. Untenrum nämlich … Aber Hallo! Ich übertreib nicht. Hab ich beim Duschen nach dem Spiel ja schon oft gesehen. Ich erschreck mich trotzdem immer wieder.

Wir sagen bei uns im Team oft: Was der John Silver unten am Bein zu wenig hat, hat der Ferdl zwischen seinen Beinen …

Und Glasmurmeln, Glasmurmeln sind das beim Ferdl da unten im Sportlersack auch nicht. Der hat seine körperliche Überveranlagung an seinen Sohn vererbt. Wenn der Ferdl einem damals die Ultraschallfotos von seinem Nachwuchs gezeigt hat, boah, dann bist du rot geworden. Zuerst haben die beim Arzt gemeint, das werden Zwillinge!

Von so körperlich nur bedingt Einsetzbaren haben wir noch mehr im Team. Hier: der Mühlbach-Xaver. Der Mühlbach-Xaver kommt ursprünglich von der *Hammerschmiede*. Nesselwang, bei *Jon's Adventures* die Maria-Rainer-Straße hoch, am Friedhof vorbei, Richtung Wertachtal. Der Mühlbach-Xaver is ein sagenhafter Spieler, ein leidenschaftlicher Kämpfer! Hinten links. Der gewinnt fast jeden Zweikampf. Super Fußballer.

Nur seit neuestem: Reizblase. Und Reizdarm. Gelegentlich: beides gleichzeitig. Eine ganze Halbzeit schafft der nicht. Nach zwanzig Minuten muss der an die Keramik.

Manchmal groß.

Ich glaub, das ist bei dem was Psychisches. Überm Feld der Blick auf die neue Kläranlage. Hat Aufforderungscharakter.

Anderswo hätten die den sicher schon aus der Mannschaft gemobbt, aber nicht bei uns! Wir sind *ein* Team.

Die blonde Franzi kam jetzt an unseren Tisch und klebte eine neue Runde auf die Deckel. Fünf Weizen, fünf Obstler.

»Franzi, du bist die Beste!«, lobte Ralle, der alte Rottweiler.

Ralle spielt bei uns in der Mannschaft Vorstopper. Kein Mensch, kein Tier, die Nummer vier. Ralle schafft in einer Metzgerei bei Füssen. Als Schlachter. Und genau so spielt der auch Fußball.

Nur ohne Beil.

»Haueddengammlige Scheißdreckweck, dir Seichar«, brummte der Alois.

Wir taten wie geheißen. Genau verstanden hatte den Alois mal wieder keiner. Alois kommt aus Oberzollhaus. Die sprechen da so einen Slang. So was bauchig Genuscheltes. Außerdem hat Alois mehrere Jahre seiner Kindheit im Hintersteiner Tal verbracht.

Oberallgäu halt!

Grob wissen wir aber immer, was der Alois meint. Deshalb kippten wir jetzt auch flott den Schnaps.

Fehlen tat heute der Alfons. Alfons ist ein bisschen weich. Linksaußen. Typisch. Sensibel, zart besaitet. Hört James Blunt, früher Kuschelrock. Eine Mutter hatte zwei Söhne. Der eine war normal, der andere Linksaußen …

Dem Alfons waren neulich bei einer unschönen Diskussion mit seiner Frau die Argumente ausgegangen. Dann ist der in den Keller runter und hat einen dicken Hammer geholt. Ja, wenn man seine Aggressionen nicht regelmäßig auf dem Sportplatz abbaut. Am Gegenspieler. Dann passiert so was.

Ein paar Wochen werden wir auf den wohl verzichten müssen, auf den Alfons. Machste nix dran!

Wir spielten seitdem meistens mit einer hängenden Neun oder einer falschen Acht, manchmal auch mit einer linkslastigen Zehn. Kommt drauf an.

Und ich? Ich bin der Ludwig, der Trainer des FC. Seit fünf Jahren schon. Und ich möchte das, verdammt noch mal, auch bleiben. Deshalb saßen wir jetzt hier in unserer Vereinskneipe ja auch zusammen.

John scharrte unruhig mit den Füßen. Also … mit dem Fuß. Und mit der Prothese.

Schieb, kratz, schieb, kratz.

Langsam beugte er sich über den Tisch. »Es war ganz richtig von dir, Ludwig, erst mal den Mannschaftsrat einzuberufen. Da müssen wir was tun, das machen wir so nicht mit.«

Schieb, kratz.

»Genau!«

»Richtig!«

»*SoIsch!*«

Der Ferdl schniefte. »Hör mal, Ludwig, ich war ja heute Abend nicht beim Training, ich hatte einen Termin beim Augenarzt. Erzähl doch mal genau, wie das heute war, damit ich auf Ballhöhe bin.«

* * *

Wie das heute Abend beim Training war, hatte der Ferdl gefragt? Das war nämlich so. Nach der fiesen 0:3-Auswärtsklatsche beim SV Geisenried und nur noch vier Punkten Abstand zum Abstiegsplatz war heute beim Training grobes Schleifen angesagt. Gras fressen. Da mussten die Jungs durch.

»He!«, brüllte plötzlich jemand aus Richtung Vereinsheim. »Kommt mal zusammen!«

Ich runzelte ärgerlich die Stirn. Unterbrechungen beim Training konnte ich nicht leiden. Sehe ich ähnlich wie beim Sex. Da hört man ja auch nicht mittendrin auf, wenn es stramm ans Finale rangeht. Da hat man als Mann schließlich sein auf Erfolg ausgerichtetes, technisches Gesamtkonzept.

Am Vereinsheim erkannte ich Schorsch Brenner, den Vorsitzenden und Hauptsponsor des FC. Genau genommen hatten wir für unsere Dritte nur den einen Sponsor. Anderes Thema.

Brenner ist kein angenehmer Mensch. Quasi Pest und Cholera gleichzeitig. Den hageren, schmalen Kerl, der schräg hinter ihm stand, den kannte ich nicht.

»Macht mal einen Kreis, Jungs«, kommandierte Schorsch Brenner und legte seine Hand auf den Arm des Schlaksigen.

»Das ist Urs Rüttli, ein Neuzugang aus der Zweiten Schweizer Liga. Der Urs ist ab sofort spielberechtigt und wird schon am Sonntag auflaufen, damit wir endlich mal wieder drei Punkte einfahren.«

Ein Neuer? Ich runzelte die Stirn. Wir spielten seit fünf Jahren mit der gleichen Truppe, wir kamen klar, brauchten keinen Neuen.

Schorsch Brenner klatschte in die Hände. »So, und jetzt weitermachen! Urs, zeig dem lahmen Haufen mal, wie fit man in der Schweiz ist!«

Urs Rüttli grinste schräg von oben herab.

Abwarten. Die Schweizer hatten DJ Bobo, konnten mit einer Armbrust prima Äpfel vom Kopf schießen und supergut Klappmesser zusammenbauen, aber die Zweite

Schweizer Fußballliga war nicht gerade der Nabel der großen, weiten Fußballerwelt!

»Ludwig? Einen Moment noch.« Brenner zupfte mich im Weggehen am Ärmel. »Der Junge ist ein richtig Guter. Vorne links, wo jetzt der Alfons fehlt, da will ich den am Sonntag gegen Pfronten sehen.«

»Äh …«

»Am Sonntag!«

»Wir spielen da jetzt praktisch mit einem aufgerückten Achter, das macht der Ferdl …«

»Ludwig, ich will die Klasse halten. Ich will, dass der Rüttli am Sonntag spielt und eine verdammte Hütte macht.«

»Schorsch, man kann nicht von heute auf morgen einen Neuen ins Team integrieren. Das dauert. Und es sind nur noch vier Spieltage bis zum Saisonende.«

»Und für mehr als einen nicht nur das!«

Ich schnappte nach Luft.

Brenner holte tief Luft. »Der Rüttli kriegt eine Menge Geld. Wir werden uns am Saisonende von zwei Spielern trennen.«

»Du kannst doch nicht einfach zwei Spieler rauswerfen. Das ist keine zusammengewürfelte Truppe, das sind Freunde, die zusammen aufgewachsen sind.«

»Hör doch auf! Sepp Herberger ist seit fast vierzig Jahren tot. Im Tor steht ein Einbeiniger, der Mittelfeldspieler ist blind, einer der Verteidiger ist undicht. Für die Freistöße ist ein schwabbeliger Pottwal zuständig, der vierzig Kilo Übergewicht mit sich rumschleppt.«

»Der dicke Dieter hat Stoffwechsel. Und sich bei *Weight Watchers* angemeldet!«

»Dem Team fehlt die Klasse. Zum Saisonende gehen zwei Spieler, basta!«

Ich war echt sauer. »Damit bin ich nicht einverstanden.«

»Musst du auch nicht. Um das dann auch gleich zu sagen: Ich finde, nach fünf Jahren ist es Zeit für einen neuen Trainer. Der Rüttli hat einen Trainerschein und wird ab der kommenden Saison bei uns als Spielertrainer …«

Ich drehte mich weg.

»Ludwig!«, rief Brenner hinterher. »Dir fehlt die Distanz. Du gehörst mehr zur Mannschaft, als dass du deren Chef bist!«

* * *

So war das nämlich am Nachmittag beim Training gewesen.

»Wir brauchen keine Neuen«, erklärte John Silver.

Schieb, kratz.

»*DenBrennaoaschsolltmamolamSackaufhänge, denHund, dendreckade!*«

»Den Klassenerhalt kriegen wir auch in *diesem Jahr* hin!«

Der Ferdl schüttelte den Kopf. »Um den Klassenerhalt geht es doch jetzt gar nicht! Die machen unsere Mannschaft kaputt, das ist der Punkt!«

Das sah der Ferdl mit seinen kurzsichtigen Glubschaugen genau richtig. Exakt *das* war der Punkt!

»Das ist unsere fünfte Saison. Und wir sind immer noch alle zusammen. Sogar der flinke Freddy ist immer noch dabei.«

Unser Läufer auf der rechten Seite hatte vergangenes Jahr ein Angebot aus der Regionalliga. Der hatte schon fast in Memmingen unterschrieben. Dann hatte Ralle, der Rottweiler, den flinken Freddy mit an seinen Arbeitsplatz genommen. In die Fleischerei. Nach Feierabend. Als sonst keiner mehr da war. Und ihm die Funktionen der Hackfleischpresse erläutert. Der flinke Freddy hat das Angebot aus Memmingen dann noch mal überdacht.

»Wir bleiben zusammen. Wir sind *ein* Team! Keiner verlässt lebend den FC«, brachte Ralle, der Rottweiler, giftig das heilige Motto unserer Mannschaft auf den tödlichen Punkt. »Wegen dem Rüttli. Ich könnte da kurzfristig was in der Schlachterei einfädeln …«

Schieb, kratz.

»Stell diesen dämlichen Käsefresser am Sonntag doch einfach nicht auf«, schlug Ferdl vor.

»*GibderDrecksauseifauleEierzumFresse!*«

Das hatte ich in Gedanken schon durchgespielt. Also, nicht das mit den Eiern, aber den Rüttli nicht aufzustellen.

»Geht nicht. Dann fliege ich schon vor der nächsten Partie. Der Brenner will seinen Rüttli, dann bekommt er auch seinen Rüttli!«

Lachend und lärmend stürmte die fröhliche TV-Nesselwang-Augeluage-Mountainbike-Truppe das Lokal – richtig, es war Donnerstag – und klackerte an uns vorbei zum großen Stammtisch hinten durch.

»Na ja«, raunte John Silver, beugte sich nach vorn und senkte verschwörerisch seine Stimme. »Dann bekommt er eben seinen Rüttli! Und was für einen! Morgen ist Abschlusstraining? Dann sehen wir weiter! Wir sind *ein* Team!«

* * *

Nach dem Training fing Rüttli mich auf dem Weg zur Dusche mit knallrotem Kopf ab. John Silver hatte schon abgeschnallt und hüpfte an uns vorbei in den Nassbereich. Der flinke Freddy führte den Ferdl in die Dusche. Ralle, der Rottweiler, verteilte in der Kabine übrig gebliebene Mettwürstchen auf lau. Der dicke Dieter versuchte japsend, sich die schmutzigen Fußballschuhe von den Füßen zu ziehen. Ohne zu ersticken. Fiel ihm immer schwerer. Trotz Sattmachertag. Oder gerade deswegen.

Urs Rüttli war stocksauer. »Denkst du, ich merk nicht, was hier läuft? Ich bin nicht blöd.«

»Noch jemand Mettwürstchen?«, brüllte Ralle, der Rottweiler.

»*Schiebdrdeinescheiss Würschtlasonswona!*«

Rüttli drückte seine schlaksigen Höhenmeter gerade und blickte grimmig auf mich runter. »Ich krieg keinen vernünftigen Ball. Die Pässe sind ungenau, die Flanken kommen nicht. Die lassen mich absichtlich schlecht aussehen!«

»Du bist erst seit zwei Tagen hier, da fehlt die Bindung. So was geht nicht von heute auf morgen.«

»Muss aber!«, zischte er.

Jetzt reichte es mir, ich drückte ihn gegen die Kacheln der Kabinenwand. »Muss überhaupt nicht, du Zweite-Liga-Alpengott! Wir kommen prima ohne dich klar! Dich will hier keiner! Wenn du einen Funken Verstand hast, machst du, dass du wegkommst! Ist ein ganz, ganz guter Tipp. Verdufte!«

Ich ließ ihn los.

Er schüttelte sich. »Du bist der Trainer. Noch! Klär das mit der Mannschaft! Ich möchte korrekte Pässe und vernünftige Flanken, damit ich die Tore machen kann!« Er piekste mir einen knochigen Zeigefinger gegen die Brust. »Wenn ihr Voralpenfurzer hier rumschwult, dann is das euer Problem. Erkläre deinen Langlaufsäckl, dass ich im nächsten Jahr ihr Trainer bin. Wenn die nicht sputen, fliegen nicht nur zwei von denen aus dem Team!«

Rüttli ließ mich im Flur stehen.

Ich kratzte mich am Kopf. Rumschwult? Langlaufsäckl? Ganz schön heftig, der Schweizer.

John Silvers Idee, den Neuen öde am langen Arm verhungern zu lassen, war gut. Funktionierte bei diesem durchgeknallten Alpenblödmann aber offensichtlich nicht.

Das schrie nach einer weiteren Mannschaftsratssitzung. Der dicke Dieter … der dicke Dieter musste diesmal auch mit dabei sein.

* * *

Am nächsten Sonntag warf ich einen Blick auf die Armbanduhr. Vierzehn Minuten bis zum Schlusspfiff. Schorsch Brenner stand ein paar Meter weiter rechts an der Bande.

Er war zufrieden. Es stand 1:1. Urs Rüttli hatte unser Tor zum Ausgleich gemacht. Kopfball in den Winkel, unhaltbar. Die Flanke hatte der dicke Dieter geschlagen. Punktgenau. Das konnte der Dieter!

Die gegnerische Mannschaft aus Pfronten griff an, Pass an der Strafraumgrenze, Fernschuss! Halbhoch! Luft anhalten … John Silver war auf Zack, fing den Ball sicher.

Abschlag. Der Ball flog bis zur Mittellinie.

Ganz so weit flog die Beinprothese jetzt nicht. Die flog nur bis zur Strafraumgrenze. Da allerdings einem gegnerischen Spieler an den Kopf.

Ja, was? Passiert!

Der Schiedsrichter zeigte John die Gelbe Karte. Als ob der John das mit Absicht gemacht hätte.

»Der geht zum Saisonende auch!«, keifte Schorsch Brenner zu mir rüber. »Der macht uns ja lächerlich. Ich will vollständige Spieler in der Mannschaft!«

Klar, dachte ich, du bist ja auch ein *vollständiges* Arschloch!

Wir waren ganz schnell wieder in Ballbesitz. Ralle, der Rottweiler, und der dicke Dieter guckten schon die ganze Zeit rüber. Okay. Ich gab das Zeichen und hob die linke Hand.

»*IschauhöchschteZeit, kruzefix!*«, murmelte auf der Auswechselbank neben mir der Alois.

Der flinke Freddy war wieder an seinem Gegenspieler vorbei. Einmal im Lauf, war der kaum zu stoppen. Foul. Freistoß! Knappe zwanzig Meter vor dem gegnerischen Tor.

Ich sah, wie Schorsch Brenner sich nervös durchs Haar strich.

Der dicke Dieter legte sich heftig schnaufend sorgfältig den Ball zurecht. Ralle, der Rottweiler, auch kopfballstark, rückte von hinten mit nach vorne an den gegnerischen Kasten. Der Riefler-Ferdl stand gleich hinter Rüttli am zweiten Pfosten, dichtes Gedränge im Strafraum.

Dieters Freistoß war ein Gedicht. Butterweich servierte er die Lederpille auf Rüttlis Kopf. Der Schweizer sprang höher als alle anderen, stand senkrecht in der Luft und hämmerte den Ball mit seiner Stirn kraftvoll Richtung Tor. Wie eine Rakete schlug der Ball oben links unhaltbar in die Maschen.

Aber das … bekam der Rüttli nicht mehr mit.

Der Ferdl geriet hinter ihm ins Straucheln und stolperte gegen Rüttlis Beine. Der Schweizer taumelte mitten in der Luft in Schräglage, würde hart aufprallen.

Aber es kam schlimmer.

Ralle, der Rottweiler, war ebenfalls mit Schwung zum Kopfball hochgestiegen und rammte jetzt den hilflos in der Luft torkelnden Schweizer so unglücklich in den Rücken, dass Rüttlis Kopf mit einem kräftigen Ruck hart nach hinten schlug.

Das Krachen seines Genicks konnte man bis an die Bande hören.

Der Torjubel der Fans erstarb. Schorsch Brenner riss entsetzt die Augen auf.

Ich blickte rüber, unsere Blicke trafen sich. Er begriff.

Alois summte im lupenreinen Hochdeutsch. »*Sie fackeln nicht lang … in Nesselwang!*«

Wir sind *ein* Team.

STURM AM WINDIGEN ECK

Zufrieden versenkte Kriminalhauptkommissar Struller die weiße Plastikgabel ins Hafenmenü. Hafenmenü am Windigen Eck? Für jeden Polizisten aus Düsseldorf mit kulinarischem Sachverstand ein unbedingtes lukullisches Muss. Ein ehrliches, aufrechtes Stück polizeilicher Sozialisation. Als »Spezial« kamen die beiden knusprigen Curryfrikadellen sogar mit Zwiebeln und Mayo. Das machte zwar üblen Mundgeruch und einsam, schmeckte aber gigantisch.

Strullers Blick fiel auf die andere Straßenseite, wo zwei kleine Ratten fröhlich miteinander tollten. Von der nahe gelegenen Fabrik für Tiernahrung wehte süßherb ein feines Düftchen herüber. Struller blickte dankbar auf sein Menü, das ganze Leben war ein Kreislauf.

Noch ein Becher Kaffee dazu …

Das war das Himmelreich!

Struller blickte rüber zum Verkaufstresen, wo sich die unvergleichliche Angelika mit einem Kunden unterhielt. Ungewöhnlich laut. Laut genug jedenfalls, um jedes hin und her geworfene Wort zu verstehen.

»Die Frikadelle ist zu weich«, meckerte der Typ.

»Bitte was?«

»Das Brötchen ist hart.«

»Spinnst du?«

»Und die Soße ist zu laff.«

Angelika schnaufte ärgerlich. Jede Behauptung war genauso falsch wie für sich genommen eine Unverschämtheit. »Bei dir ist auch was laff, und zwar im Kopp, Kerl.«

Der Typ grinste schmierig. »Du weißt, wie du mich zufriedenstellen kannst.«

Angelikas blaugraue Augen funkelten gefährlich.

»Und ich rede nicht von Frikadellen …«

»Vergiss es!«

Struller blickte müde auf, um sich den Trottel anzusehen, der hier am heiligen Windigen Eck schlechte Stimmung verbreitete. Der schlaksige Kerl war um die fünfzig Jahre alt, hatte kaum Haare und war fast zwei Meter groß. Seinen unschönen Röhrenkörper hatte er in einen roten Rollkragenpullover und eine speckige Jeans gepresst. Da, wo ein Hintern hätte sein sollen, warf die labbrige Hose eine leere, schlaffe Falte.

Für die kernige, patente Angelika war der lange Lulatsch kein Gegner. Struller ließ sich beim Frühstück nicht weiter stören, kein Grund, sich einzumischen.

»Dann komme ich morgen wieder«, nölte der Röhrenmann. »Ich kann da sehr, sehr hartnäckig sein.«

»Dann ruf ich eine Streife dazu, du Clown.«

»Das würde ich dir nicht raten. Ich weiß nämlich, wo du morgens deinen kleinen blauen Peugeot parkst. Neben dem alten Hafenbecken, Kesselstraße, richtig?«

»Fick dich«, maulte Angelika. »Verdammt, jetzt sind mir die Frikadellen angebrannt.«

Struller merkte auf. Obacht! Frikadellen angebrannt? Jetzt ging es an die Substanz. Das ging gar nicht. Ein ordnungsgemäß durchgeführter Produktionsprozess seiner geliebten Frikadellen war neben Polizeigesetz und Schusswaffengebrauch eine tragende Säule seines beruflichen Alltags. Die Frickos waren wie Schmieröl! Selbst morgens um zehn konnte er eine so dreiste, unsensible Störung seiner öffentlichen Ordnung nicht ignorieren. Beim Hafenmenü hörte der Spaß auf!

Entschlossen rammte Struller die Gabel in ein besonders saftiges Fleischstück und erhob sich.

»Denk drüber nach, morgen komme ich wieder«, knurrte der Honk allerdings im gleichen Moment, drehte sich weg und stiefelte zügigen Schrittes von dannen.

Strullers und Angelikas Blicke trafen sich.

Struller hob fragend seine Augenbrauen.

Angelika schüttelte die lockige, dunkelbraune Haarpracht. »Den Spargeltarzan hab ich in der Altstadt im *Kuhstall* kennengelernt. Ich hab dem da schon tausend Mal gesagt, dass da nichts läuft.«

»Soll ich mich drum kümmern?«

Angelika schüttelte den Kopf. »Danke, Struller. Ich bin in Oberbilk geboren und am Fürstenplatz aufgewachsen. Der Idiot wird kein Problem. Da fällt mir schon das Passende ein.«

»Und die Frikadellen?«, sorgte sich Struller.

Angelika schüttelte beruhigend den Kopf und hob den rechten Daumen. »Die hellen nach. Alles okay!«

Zehn Minuten später wischte Struller mit dem letzten Stückchen Brot den allerletzten Rest Currysoße aus dem Schälchen und zahlte.

* * *

Als Struller am nächsten Morgen zum Frühstück auf-schlug, war kein Röhrenkerl zu sehen. Er grüßte die früh-fröhliche Firmenrunde eines hiesigen Wasch- und Körperpflegemittel-Werkes von schräg gegenüber und nickte zwei in orange gekleideten Männern vom städti-schen Abfallservice zu. Angelika schob das Menü über den Tresen.

»Bist du den Doofmann von gestern losgeworden«, stellte Struller zufrieden fest.

Angelika blickte ihm fest in die Augen. »Stell dir vor, Struller. Der ist heute Vormittag ins Hafenbecken gefal-len. Kesselstraße. In aller Hergottsfrühe. Die Feuerwehr hat ihn rausgeangelt, aber da war er schon tot. Kälte-schock. Ertrunken.«

»Äh«, sagte Struller.

Angelika zuckte entspannt mit den Schultern. »Das Wasser im Hafenbecken ist kälter, als man meint. Wenn man da so plötzlich reinstürzt. Sachen gibt's.«

Struller schluckte.

»Das Hafenmenü mit Brötchen?«, fragte Angelika fröhlich.

»Äh«, sagte Struller.

»Ich hab doch gesagt, der Idiot wird kein Problem«, knurrte Angelika.

Struller schnappte nach Luft. Und nickte. »Mit Bröt-chen ist gut. Und ein Becher Kaffee dazu.«

»Wie immer, kommt sofort«, summte Angelika.

HEISSE ZITRONEN

Mit einem kräftigen Ruck riss ich die Kneipentür auf. Gleich links am runden Tisch in der Ecke saßen meine vier Mädels. Alle zuckten zusammen.

»Mensch!«, beschwerte sich Körschtin.

»Huch«, erschreckte sich Martina.

»Tag, Lisa«, grüßte Susi.

»Du bist spät dran«, mahnte Daniela mit einem vorwurfsvollen Blick auf ihre Armbanduhr. »Wir wollten doch unseren diesjährigen Doppelkopf-Ausflug planen. Also, ich habe mir Folgendes überlegt, nämlich ...«

Ich unterbrach Danielas einsetzenden Redeschwall mit einer scharfen Handbewegung, ließ mich in den Stuhl fallen und blickte nacheinander allen fest in die Augen. »Mädels, wir haben ein Problem!«

»Ich hab schon seit vier Tagen eines«, witzelte Susi lüstern.

»Was für ein Problem, Lisa?«, blieb Martina bei der Sache.

Ich holte tief Luft. »Das ist gerade ausgelost worden. Unsere Jungs spielen im Pokal wieder gegen ...«

»Nein!«

»Doch. TuS Westfalia Aplerbeck.«

Wir ließen gemeinsam die Köpfe hängen.

»Mist«, murmelte Körschtin. »Unsere Jungs werden wie jedes Jahr haushoch verlieren und dran zu knabbern haben.«

»Und wir haben darunter zu leiden«, maulte Martina.

»Furchtbar«, stöhnte Susi. »Das heißt für mich: drei Wochen kein Sex!«

»Du hast es gut«, entgegnete Martina. »Für mich heißt das: Sex!«

Ich schlug auf den Tisch. »So geht das nicht. Wir müssen was tun!«

»Ja«, kam Daniela auf ihr Thema zurück. »Unseren Ausflug planen!«

Ich nickte. »Genau, Daniela. Genau.«

* * *

»Madre mia!«

Ich sag es euch. Das waren fünf Mädels. Aber holla! Sexy Chicas! Super … Dios! Haben mit dem Trinkgeld nicht gegeizt. Da spricht man dann nicht schlecht über die Gäste. Auch, wenn einem die Polizei Fragen stellen sollte. Irgendwann. Später.

Übrigens, ich heiße Xabier Alonso. Ja, genau wie der Fußballspieler von Bayern München. Kennen Sie? Genau. Ich bin so ein ähnlicher Typ, nur ohne dieses breite Kinn. Und ohne Seitenscheitel. Und ich spiele keinen Fußball. Ich bin Kellner im Hotel *Don Carlos Playa*, einem kleinen Hotel direkt am Ballermann 6.

Ich sag immer, direkt da, wo es wehtut!

Oh, diese Chicas! Verrückte Sache. Mit Fußball hatte das Ganze auch irgendwie zu tun. Und mit Zitronen. So nannten sich die hübschen Mädels aus Deutschland nämlich. Die *Goldenen Zitronen*. Soweit ich das verstanden habe, war das ein Doppelkopfclub aus Cloppenburg. Schwer auszusprechen für einen Spanier, der nur ein paar Jahre in Alemania gelebt hat.

Und was jetzt … Doppelkopf … genau ist, also, das weiß ich nicht. Ich hatte mit zwei scharfen Holländerinnen mal so was wie Doppelkopf, aber ich bin nicht sicher, ob das gemeint war.

Jedenfalls wohnte in unserem Hotel auch eine Fußballmannschaft aus Deutschland. Das war bestimmt Zufall.

Hab ich gedacht.

Am Anfang.

* * *

»Wir werden euch nicht schonen – wir sind die fünf Zitronen!«

Scheppernd krachte unser Schlachtruf die Theke entlang durch die Hotelbar. Alle Köpfe flogen in unsere Richtung. Frauen schüttelten ärgerlich den Kopf, Männer in bunten T-Shirts hoben interessiert die Augenbrauen.

Oh ja, wenn wir wollen, können wir Tote aufwecken.

»Aplerbeck kommt auch gerade«, wisperte Susi und nickte rüber zum anderen Ende der Theke, wo sich die fröhlichen Fußballer gerade niederließen.

»Sie gucken rüber«, flüsterte Martina.

»Natürlich«, kommentierte Daniela und zuppelte das knappe Bikinioberteil zurecht.

Ich strich mir meine grüne Strähne aus dem Gesicht. »Mädels, wir dürfen nicht vergessen, warum wir hier sind.«

»Vergesse ich nie«, lachte Susi. »Ich nehme den großen Blonden.«

»Das ist der Frauenbeauftragte«, erklärte Körschtin. »Der kann gar nicht Fußball spielen. Den nehmen die nur mit, damit er auf den Touren die Frauen aufreißt.«

»Mir egal, der gehört mir!«

Susi nippte am Cocktail. »Lisa hat recht. Wir halten uns streng an den Plan. Denkt dran: Wir sind hier Krankenschwestern aus Wuppertal-Elberfeld.«

»Richtig«, sagte ich und ruckelte mit der Kamera, die mir um den Hals hing. »Mit Schwebebahn.«

Martina schüttelte sorgenvoll mit dem Kopf.

Dann ging ich noch einmal den Plan durch. »Martina? Der Torwart. Daniela? Der Mittelstürmer. Susi? Der Vorstopper …«

»Och, der Frauenbeauftragte wäre mir lieber.«

»Es bleibt wie geplant. Und Vorstopper? Was hast du gegen einen Vorstopper? Kein Mensch, kein Tier, die Nummer vier«, spielte ich mein fußballerisches Grundwissen aus. »Das ist genau der Richtige für dich.«

»Okay.«

»Und Körschtin nimmt den süßen, kleinen, italienischen Mittelfeldspieler«, schloss ich die Besprechung.

Wir nickten uns alle noch einmal zu. »Alles für unsere Jungs!«

* * *

Caramba! Ich hab hinterm Tresen gestanden und alles ganz genau mitbekommen. Ja was? Ich bin ein Mann.

Ich bin Spanier! Und diese Zitronen aus Deutschland? Da guckt man hin.

Dios!

Zwei oder drei Runden hatten die Chicas zügig weggekippt. Wie nichts. Leckten mit spitzer Zunge ihre Handrücken an, bestreuten sie mit Salz und nahmen die Zitronenschreiben zwischen Daumen und Zeigefinger. Dann ergriffen sie mit der anderen Hand das kleine, eiskalte Gläschen mit Tequila, hielten kurz inne und schauten in die Runde.

Dann schrie die eine, die Kleine mit den dunklen Locken. »Ausatmen. Lecken. Trinken. Beißen!«

Bei der vierten Runde standen die Mädels nicht mehr alleine am Tresen. Die andere Gruppe aus Deutschland hatte Witterung aufgenommen und die Mädels eingekreist.

»Leck mich fett, Alter!«, hörte ich einen grölen.

»Zur Mitte, zur Titte«, fing ein anderer an, ehe er einen Klaps auf den Hinterkopf bekam und still war.

Auch diese Truppe atmete geschlossen aus, leckte mit breiten Zungen und stürzte den mexikanischen Agavenschnaps mit einem Ruck hinunter. Hastig bissen sie in die Zitronen, dass die Zahnkeramik fröhlich krachte.

Hostia, die Bande wusste, wie man Tequila säuft.

»Klasssse«, murmelte ein besonders Großgewachsener nur noch halbwegs verständlich, von dem ich meinen würde, dass er der Torhüter der Mannschaft war.

Dem einen und dem anderen war obenrum schon die Vorfreude für untenrum anzusehen. Ich hab da einen Blick für!

Was mir allerdings ebenfalls auffiel, war, dass die Mädels inzwischen dazu übergegangen waren, ihre kleinen Gläschen nicht mehr zu leeren, sondern den hochprozentigen Inhalt unauffällig unter den Stehtisch zu kippen.

War mir aber egal. War gut fürs Geschäft.

Aber ehrlich, ich habe mir zu diesem Zeitpunkt noch nichts gedacht. Klar, jetzt im Nachhinein …

* * *

»Ihr seid auf jeden Fall keine Strafstöße, sondern todsichere Elfmeter«, lachte der hagere, große Kerl und klatschte Martina mit seinen schaufelgroßen Torwarthänden auf den knackigen Zitronenhintern. »Mit dir könnte ich mir auch eine dritte Halbzeit vorstellen.«

Martina gurrte. »Ich liebe Verlängerungen.«

»Ich hol noch mal eine Runde«, sagte Daniela, schüttelte ihre schwarzen Locken und ergänzte: »Wir haben ja erst … nicht viel mehr als … drei Runden zusammen getrunken, wir sind aber *fünf* Goldene Zitronen.«

Die Vorfreude bei den Altherren von Westfalia Aplerbeck stieg stetig an. Hier sollte der Abend noch nicht enden. Der begnadete, vor vielen Jahren mit seinen Eltern aus Bologna zugezogene Mittelfeldstratege hatte bei Körschtin schon zweimal herzhaft zugegriffen. Mensch, Mensch, wenn die Kerle auch beim Fußballspielen so zielstrebig zur Sache gingen, dann war das allerdings kein Wunder, dass unsere braven Jungs aus Stapelfeld in jedem Pokalspiel eine fürchterliche Klatsche bekamen.

Susi beugte sich zu mir rüber und hatte gerade den gleichen Gedanken. »Eigentlich schade um die Jungs.«

Ich hätte ihr fast zugestimmt, musste aber einem vorlauten Außenstürmer auf die Finger klopfen, der an mir rumgrabschte. Und ich sag mal so, der wollte mir nicht die Kamera klauen.

Daniela kam von der Theke zurück, verteilte die Pinnekes und stand natürlich ebenfalls längst unter verschärfter Manndeckung.

»Ich bin Willi Mumme, der Mittelstürmer«, erklärte der Älteste aus der Sportlertruppe. »Aszendent Scharfschütze, wenn du weißt, was ich damit meine.«

»Ich habe so eine Ahnung«, gab Daniela mit schüchternem Augenaufschlag eine Antwort, die für eine Schwarzhaarige gar nicht wasserstoffblonder hätte ausfallen können.

»Bei mir ist jeder Schuss ein Treffer.«

»Hihi.«

Susi genoss eine Doppelbewachung. Zur Linken das Tier mit der Nummer vier, war zur Rechten immer noch Raum für den smarten Frauenbeauftragten. Fast hätte ich sie ob ihrer Pflichten ermahnt, aber Susi hatte alles im Griff. Und wenn ich das sage, dann meine ich das ab und zu sogar wörtlich.

Ich selbst hielt mich weitestgehend zurück. Gefallen hätte mir am ehesten eh nur der verwegene Xabier hinter der Theke mit seinen langen, schwarzen, lockigen Haaren und seinen dunklen, geheimnisvollen Augen.

Aber es galt Prioritäten zu setzen. Alles für unsere Jungs!

Ich blickte mich noch einmal um. Susi im Sandwich, Körschtin hatte Willi Mumme unter Kontrolle, Martina den langen Torwart auf sicher, und der italienische Adonis grapschte schon wieder bei Körschtin, alles gut!

Ich räusperte mich lautstark. »So, Mädels. Die Clubdisziplin ist für heute aufgehoben. Jetzt darf jede von euch machen, was sie will!«

Wir kniffen uns alle ein Auge. Und wussten es besser!

»Ich bin noch gar nicht richtig müde«, flötete Körschtin.

»Ich auch nicht«, behauptete Willi Mumme.

Und ich hörte, wie Susi hauchte: »Gehen wir noch zu mir?«

Was für eine Steilvorlage. Wer wollte da Nein sagen?

* * *

»Que mierda!«

Plötzlich ging alles ganz schnell. Kaum waren die kleinen Gläschen vom Tresen geräumt, hatte sich die muntere Gruppe schon aufgelöst. Die scharfen Chicas hatten alle Kerle in den Armen und schwankten mit ihrer Beute Richtung Treppenhaus. Außer diese eine, die mit der Kamera und der grünen Strähne.

Einmal musste die sich heftig wehren, hat dann irgendwas von einem Frauenproblem erzählt, woraufhin alle von ihr abgelassen haben. Hab ich nicht richtig verstanden.

Dann habe ich ja erst mal nichts mehr von den Mädels gehört, bis …

»Por dios!«

* * *

Kichernd und gibbelnd wankte unsere Truppe in die erste Etage. Ich verlor ein wenig die Übersicht, aber schließlich war der Flur leer. Ausgezeichnet.

Für knappe zehn Minuten huschte ich in mein Einzelzimmer und checkte die Kamera. Alles war vorbereitet, es lief nach Plan, die Minuten flogen dahin.

Schließlich schlüpfte ich wieder in den Flur und nestelte den ersten Zimmerschlüssel aus der Hosentasche. Ich trat an Danielas Tür und schloss sie leise auf.

Mit Schmackes stieß ich die Tür weit auf, riss die Kamera hoch und rief: »Vögelchen!«

Ich wollte schließlich, dass die beiden Turteltäubchen hübsch in die Kamera guckten, wenn ich das erste frivole Beweisfoto schoss.

Daniela guckte auch tatsächlich direkt in die Kamera. Mit ausdruckslosem Blick. Willi Mumme guckte auch. Aber an die Decke. Mit leerem Blick. Er lag neben dem Bett auf dem Boden.

Ich ließ die Kamera sinken. »Was ...?«

Daniela schluchzte. »Der hat nach Luft geschnappt und ist einfach vom Bett gefallen.«

Ich stürzte an Mummes Körper. Da, wo normalerweise ein Pulsschlag hämmerte, war nichts.

»Der ist tot«, jammerte Daniela.

»Ja. Scheiße«, fluchte ich. »So was Blödes!«

»Ich war vielleicht ein bisschen wild und er ja auch nicht mehr der Allerjüngste. Was machen wir denn jetzt?«

Ich dachte kurz nach. Notarzt? Polizei? Es kam nur eine Lösung in Frage. »Duschvorhang!«

»Was?«

»Wir wickeln ihn in den Duschvorhang und entsorgen ihn!«

»Ich muss mich übergeben«, murmelte Daniela und schwankte.

»Dafür haben wir jetzt echt keine Zeit! Mach hin, ich komm gleich wieder!«

Ich ließ die beiden im Zimmer zurück und raschelte den nächsten Schlüssel ans Tageslicht. »Das fängt unglücklich an. Aber gut, weiter!«

Kräftig stieß ich die nächste Tür auf. Kamera hoch und … Ich kriegte einen richtigen Schreck, mir klappte der Mund auf. Ja, sicher, das kam der Sache inhaltlich schon näher, aber …

Martina lag auf dem Bett. Auf dem Rücken. An Armen und Beinen mit schmalen, schwarzen Lederbändern gefesselt. Im Mund steckte ein roter Knebelball. So ein Ding, das auch in *Pulp Fiction* zum Einsatz gekommen war. Martina starrte mich dementsprechend stumm und mit weit aufgerissenen Augen entsetzt an.

»Okay«, sagte ich und ließ die Kamera sinken.

Der Torwart war auch anwesend. Irgendwie. Er hing an der Decke. Festgemacht am Stromkabel für die Deckenlampe. In einer Seilkonstruktion. So was hatte ich noch nie gesehen. Hängen taten hier außerdem insbesondere noch zwei Dinge. Ein beachtenswertes Stück Männlichkeit und eine bläuliche Zunge.

Der Torwart war tot wie Mumme!

Ich sprang zu Martina und riss ihr den roten Knebel aus dem Mund.

Bevor sie entsetzt aufschreien konnte, drückte ich ihr schnell eine Hand auf den Mund. »Ruhig! Das darf keiner mitbekommen! Was um Himmels willen ist hier passiert?«

»Alles ist schiefgegangen!«

Ich blickte über uns nach oben in des Torwarts hohlen Blick. »Das kann man wohl sagen! Wieso bist du gefesselt?«

»Ich hab mich ein bisschen vorbereitet«, flüsterte Martina mit bibbernden Lippen. »Das sollte doch irgendwie … echt aussehen Und ich wollte sowieso immer mal was mit Fesseln machen. Und da dachte ich, das wäre jetzt doch mal eine gute Gelegenheit. Dieser Trottel! Steigt ins Gehänge, verliert das Gleichgewicht und stranguliert sich. Das kann doch nicht wahr sein! Jetzt hängt der da. Dieses Bild, das krieg ich doch nie mehr aus dem Kopf.«

Ich löste eilig die Handfesseln und sagte: »Duschvorhang!«

»Was?«

»Den Torwart abhängen und einwickeln. Schnell. Ich komme gleich wieder!«

Ich verließ das Zimmer und spürte einen pochenden Schmerz an der Schläfe. Das entwickelte sich alles sehr … unglücklich. Hoffentlich war auf Susi Verlass.

Auf Susi war Verlass!

Sie war gerade dabei, den tierischen Vorstopper in den Duschvorhang zu wickeln.

»Hallo, Lisa«, grüßte sie mich. »Pack mal mit an. Mir ist da ein ganz dummer Fehler unterlaufen!«

Ich sprang hinzu und ruckelte die Plane gerade. »Ein ganz dummer Fehler?«

Sie blickte mich kopfschüttelnd an. »Wusstest du, dass es *Viagra* in verschieden starken Dosierungen gibt?«

»Äh …«

»Ich bin auf Nummer sicher gegangen. Ich meine, ich wollte ja schon, dass es ziemlich echt aussieht, wenn die beiden …«

»Welche … beiden?«

Susi nickte hinters Bett. Ich reckte meinen Hals und entdeckte dort den smarten Frauenbeauftragten.

Susi schnaufte. »Also, wenn die beiden mich, also, das sollte schon ein sehr, sehr aussagekräftiges Erpresserfoto werden. Eins, wo ich auch ein bisschen Spaß dran hab. Was ich vielleicht später noch mal rumzeigen kann.«

»Rumzeigen? Susi, du hattest den Auftrag …«

»Jaja.« Sie legte mir die Hand aufs Knie, ihre Augen glänzten. »Lisa, es war super. Wie die beiden sich ergänzt haben. Einfach toll. Muss ich sagen. Und ich hab ja schon viel mitgemacht, aber …«

»Susi!«

»Ich hab mir gleich gedacht, dass ich gerne noch eine zweite Runde, quasi in eigener Sache, würde haben wollen. Deshalb hatte ich denen ein paar Tabletten untergejubelt.«

»Ein paar?«

»Ich weiß, das war jetzt nicht meine beste Idee. Und dann machen die beide gleichzeitig schlapp. War wohl zu viel, das mit den Tabletten. Dabei hab ich mich zurückgehalten, ehrlich. Und jetzt?«

»Tja.«

»Kannst du deinen Duschvorhang rüberbringen? Die beiden Toten müssen wir zügig entsorgen. Dass die jetzt tot sind, das ist mir schon ein bisschen unangenehm. Schadet ja langfristig auch irgendwie meinem Ruf.«

Ich fand, dass man das so oder so sehen konnte, wollte jetzt aber nicht diskutieren. »Du halte die Stellung, ich bin gleich wieder da!«

Draußen auf dem Flur musste ich mich erst mal schütteln. Das durfte doch nicht wahr sein!

Ich hatte mein Zimmer fast erreicht, als ich einen lauten, grellen Schrei hörte. Aus Körschtins Zimmer. Ich spurtete los, wollte den Schlüssel gerade ins Schloss drücken, als meine Doppelkopffreundin die Tür bereits aufriss.

»Wo bleibst du denn?«, fuhr sie mich an.

»Zwischenfälle«, murmelte ich und wollte mich an ihr vorbei nach drinnen drücken.

»Tja, einen Zwischenfall habe ich auch.«

Ich verdrehte die Augen. Und bemerkte, dass ich schon gar nicht mehr richtig überrascht war, als ich den dünnen, kleinen Italiener auf dem Boden liegen sah. Mit einer Wunde am Hinterkopf und einer sich zügig ausbreitenden Blutlache.

»Duschvorhang!«, befahl ich. »Wie ist das passiert?«

»Der wurde immer zudringlicher. Ich denk, die Lisa muss doch jeden Moment kommen, um das verfluchte Foto zu machen, aber nein. Ob du es glaubst oder nicht, dem Kerl wuchsen zwei zusätzliche Arme. Acht Hände. Ein Oktopus! Da hab ich ihn weggeschubst. Kräftig. Und da fliegt der luftgetrocknete Kerl glatt zwei Meter weit und landet mit dem Hinterkopf auf der Heizung.«

Ich beugte mich über die Heizrippen mit Blutfleck. »Das ist aber auch ein altes Eisenteil!«

»Eben. Da kann ich ja jetzt nichts dafür, dass der bei dem Schubser tot bleibt.«

Ich hob die Fußballerbeinchen an. Körschtin schob den Duschvorhang unter. Mein Gehirn arbeitete auf Hochtouren. »Wir haben jetzt insgesamt fünf dieser Duschpakete.«

»Was?«

»Fünf Zwischenfälle. Wie kriegen wir die jetzt entsorgt?«

»Durchs Treppenhaus ist kein Problem, aber dann?«, fragte Körschtin und schob die Oktopusarme an den leblosen Körper.

Der Kerl schien ganz bequem zu liegen. Mit flottem Griff schlug Körschtin ihn ein. Dafür liebe ich sie. Sie hat so was Handwerklich-Geschicktes!

Genau in diesem Moment fiel mir der Artikel aus dem Reiseführer wieder ein, den ich vor der Fahrt studiert hatte. »Körschtin, ich brauch unsere Urlaubskasse.«

* * *

»Madre mia!«

Zuerst hatte ich mich gefreut, als die Chica mit der grünen Haarsträhne unverhofft wieder bei mir am Tresen stand. Hatte sie sich doch entschieden, einen Ferien-lover mit aufs Zimmer zu nehmen? Etwa mich? Ah, da ließe sich was machen!

Aber dann. »Einen Kastenwagen?«

»Ja. Den großen, weißen, mit dem ihr die Wäsche rum-fahrt.«

»Der gehört dem Hotel.«

Sie schwang sich auf einen der Barhocker, stützte sich mit dem Ellenbogen auf den Tresen und beugte sich zu mir, ganz weit runter. Caramba! Was für Zitronen!

Aber Vorsicht!

Hier ging es nicht um Obst, hier ging es um Business. Ich erkannte ein Geschäft, wenn ich es vor mir sehe.

Ich kniff die Augen zusammen. »Was springt für mich dabei heraus?«

Die Chica pustete die grüne Strähne aus dem Gesicht und presste mit den Oberarmen ihre Brüste zusammen. »Ich hätte diese beiden im Angebot. Für später. Und erst mal das hier.«

Sie zog einen Briefumschlag aus der Hosentasche.

Schnell warf ich einen Blick auf die Scheinchen darin, nahm ihn an mich und gab ihr hastig den Autoschlüssel. »Um drei Uhr früh mache ich Feierabend. Wegen der Zi-tronen, äh, du weißt schon. Dann kannst du den Wagen zurückbringen. Und so.«

Die Deutsche glitt vom Barhocker und lächelte. Ihr Blick hatte etwas Verheißungsvolles, etwas Verwege-nes.

* * *

Eine Stunde später waren die Duschsäcke unbemerkt über die Flure geschleppt und in den Kastenwagen des Hotels geladen.

»Und wo werden wir die jetzt los?«, fragte Daniela

»Im Nationalpark S'Albufera«, antwortete ich entschieden.

Ganz im Norden von Mallorca, an der Bucht von Alcudia, befand sich das größte Feuchtbiotop der Balearen. Ein trockengelegter Süßwassersumpf. Also, größtenteils trockengelegt. Einige Bereiche waren für Touristen gesperrt, weil dort Tausende von Zugvögeln rasteten. Tja, und jetzt würden dort auch fünf ehemalige Fußballer von Westfalia Aplerbeck ihre Ruhe finden, sogar ihre letzte.

»Hoffentlich beobachtet uns keiner«, wisperte Martina, während Körschtin und Susi das letzte schlaffe Bündel schmatzend der Natur übergaben.

Während der Rückfahrt zum Hotel war es totenstill im Auto. Selbst Daniela störte die andächtige Ruhe nicht.

Susi deutete auf unsere eilig gepackten Koffer, die hinten im Kastenwagen lagen. »Wir reisen sofort ab?«

»Auf jeden Fall und so schnell es geht. Wir waren unter falschem Namen gebucht.«

»Reisegruppe Schwebebahn.«

»Und es gab keine Zeugen«, erklärte Martina, immer noch mit zittriger Stimme, denn der hängende Torwart machte ihr offensichtlich noch zu schaffen.

Dann räusperte sich Daniela. »Äh, keine Zeugen, also, keine Zeugen außer Xabier.«

Ich nahm den Fuß vom Gas.

* * *

»Caramba!«

Die sympathischen, deutschen Geldscheinchen brannten heiß und sündig in der Hose. Hinten. Vorne brannte etwas Anderes. Chica, wir werden uns gleich prächtig amüsieren. Die grüne Haarsträhne wird dir zu Berge stehen!

Ich war richtig zufrieden. Von weiteren Kunden blieb ich verschont, der Feierabend nahte. Gedankenverloren jonglierte ich mit drei Zitronen, die ich für die Longdrinks benötigte.

Und erinnerte mich an diesen Blick. Dios! Dieser letzte, vielversprechende Blick, den mir die Deutsche beim Gehen zugeworfen hatte. Vielversprechend und verheißungsvoll. Ich strich meine langen, wilden Haare zurück. Was für Augen, was für ein Blick!

Verwegen und verheißungsvoll?

Ich schniefte nachdenklich. Und war mir plötzlich nicht mehr so ganz sicher. Wegen des Blickes. Hatte da nicht auch noch ein bisschen was Drohendes im Blick gelegen?

»Hm.«

Aber warum sollte ich mir Sorgen machen müssen? Ich schluckte. Ich hatte ihr die Fahrzeugschlüssel gegeben. Für den Kastenwagen. Wozu brauchten die Frauen einen Kastenwagen? Mitten in der Nacht. Um etwas zu transportieren, natürlich. Aber was?

Oder wen?

»Die Fußballer!«

Dios!

* * *

Ich bog mit dem Wäschewagen in die Hoteleinfahrt. Genau in dem Moment, als …

»Da läuft er!«, riefen Daniela und Körschtin gleichzeitig.

Susi deutete hektisch vom Rücksitz zwischen uns hindurch auf die Einfahrt. »Er haut ab!«

»Er ahnt was«, jammerte Martina.

Ich seufzte. »Okay. Ich bin dran. Das ist dann jetzt meiner.«

Als Xabier eilig die Fahrbahn überquerte, gab ich Gas. »Es wird wie ein Unfall aussehen. Alles für unsere Jungs!«

DER BEDAUERLICHE
VORFALL IN ZIMMER 22

Von allen speckigen Spelunken hatte sich der rote Harry die klebrigste ausgesucht. Dafür hatte der Kerl ein Händchen. Ein schmieriges. Er saß ganz hinten neben der Jukebox. Kein schöner Anblick. Es wurde behauptet, dass der rote Harry das hässliche Familienoberhaupt einer ausgenommen gut aussehenden Familie sei, alle wie er mit koboldroten Haaren gesegnet. Mir fiel selbst die Vorstellung schwer, er habe eine Mutter. Von gut aussehend ganz zu schweigen.

Ein gewisser Bill Haley lärmte durch die stickige Kneipenluft. Der Song gefiel mir. Sonst wäre ich vielleicht sofort wieder gegangen.

»Setz dich, Jeremias!«

»Nenn mich nicht Jeremias!«

Harry produzierte so etwas wie ein Grinsen. Fliegen fielen tot von der Kneipendecke. Er rupfte einen mittelschweren Briefumschlag aus seinem Jackett und schob ihn in die Mitte des Tischs. »In Köln gibt es ein Hotel. Das heißt *Bellevue*.«

»*Bellevue*?«

»Rede ich spanisch?«

»Weiß ich doch nicht, Harry.«

Der rote Harry schniefte. »Das Hotel hat mehrere Zimmer. Die sind durchnummeriert, das hat sich bewährt. Für dich ist dort ein Zimmer gebucht. Du gehst ins Zim-

mer mit der Nummer 22. An der Wand dir genau gegenüber steht ein Tisch. Auf dem Tisch steht ein Steckschu-
ber aus Pappe. Zwischen den Prospekten klemmt ein
brauner Umschlag. Da ist ein Schlüssel drin, der gehört
zu einem Hotelschließfach. Da gehst du hin, schließt es
auf, nimmst raus, was drin liegt, und bringst es hierher.«

»Wo ist der Haken, Harry?«

»Wieso sollte es einen Haken geben, du Schmock?«

»Ohne Haken würdest du einen deiner Männer schicken.«

Harry brachte ein Lächeln zustande, das an den Winter 46 erinnerte. »Ich möchte der Welt ein frisches Gesicht präsentieren.«

Ich pflückte den Umschlag vom Tisch. »Ja, dann.«

* * *

Monsieur Gisbert saß in der beeindruckenden Lobby
des Hotels, strich wohlig über seinen ansehnlichen
Bauch und lächelte. Er liebte seine Krimis. Die Bastei-
Lübbe-Romane. Dünne Heftchen, harter, guter Stoff.
Zackig, flott, schnell, und am Ende waren alle tot.

Was der Reihe noch fehlte, war ein cooler, amerikani-
scher FBI-Mann. Smart, gut aussehend, ein Knaller an
der Knarre, mit Schlag bei den Damen, einer, der es später bis ins Kino bringen könnte.

Monsieur Gisbert hatte im Radio einen französischen
Sender eingestellt. Leise lief die neue Scheibe eines jun-
gen Franzosen mit Namen Charles Aznavour. In der
Luft hing noch der Duft einer Soupe a l'oignon gratinee,

die ihm Monsieur Mathis vor der Schicht zur nächtlichen Erbauung freundlichst hatte zukommen lassen.

Wegen des FBI-Mannes ... Da nahm er sich vor, dem Herausgeber dieser Heftchen mal einen ermunternden Brief zu schreiben.

Sein Blick streifte die Haken, an denen die Zimmerschlüssel baumelten. Nur die wenigsten von ihnen waren leer. Der Mann aus Nummer 4 hatte ihn an ein Walross erinnert, der aus Nummer 9 an ein Pferd. Das Ehepaar aus der 12 hatte er seit gestern Nachmittag nicht mehr gesehen, – wenn es denn überhaupt eines war. Und der Gast aus Zimmer 21 sah aus wie einem Gangsterfilm von John Huston entsprungen.

Immerhin hatte heute Nachmittag ein echtes Filmsternchen eingecheckt und längst vergangenen Glanz ins Hotel gehaucht. Die rothaarige Actrice wurde von ihrem sehr präsenten Manager begleitet und war sogar für den deutschen Filmpreis nominiert.

In diesem Moment öffnete sich die Hoteltür.

Wenn man an den Teufel denkt, dachte Gisbert und erkannte besagte Schauspielerin. Oha, Liane Kroll war nicht allein. Ein junger, blondhaariger Mann begleitete sie. Zimmer 34, wusste Gisbert. Nordflügel. Allein reisend, fliehender Haaransatz, Typ Schaumschläger.

Rustikal untergehakt stützte er die talentierte Darstellerin, welche sich in einem Zustand kurz vor Rauschschlaf befand. Hm, Begleitung und Befinden der Dame würden ihrem Manager sicherlich nicht gefallen.

Gisbert legte hastig das Heft zur Seite und trat um die Theke herum an die beiden heran. »Darf ich helfen?«

»Nicht nötig«, brummte der Mann.

Gisbert tat es trotzdem und stützte die beiden wenige Meter weit zum Lift.

Liane Kroll bedankte sich und hauchte. »Puh.«

Pastis 51, stellte Gisbert mit Kennernase anerkennend fest, die Dame hatte Geschmack.

Sekunden später blickte er dem halboffenen Aufzug hinterher und kratzte sich den Kopf. Gisbert erkannte Probleme, wenn er sie sah. Die Kroll und diese windige Erscheinung aus der 34, da war nichts Gutes dran. Wie alt war die Kroll überhaupt? Und war die nicht mit diesem Joachim Fuchsberger liiert? Ihr Manager würde toben, dass sich sein Sternchen mit so einer blonden Knallschote einließ.

Monsieur Gisbert stand jetzt selbst der Sinn nach einem Anislikör. Oder zumindest nach einer Filterlosen.

Er fuhr herum zur Hoteleingangstür. Er hatte den Mann im dunklen Jackett gar nicht eintreten gehört.

* * *

Der beleibte Kerl in der Lobby sah aus wie ein Franzose.

»Für mich wurde ein Zimmer reserviert, Zimmer 22.«

Der Franzose trat hinter einen Tresen. »Zimmer 22? Ich glaube nicht. Es sei denn, Sie sind für den Deutschen Filmpreis nominiert, in der Kategorie beste weibliche Hauptrolle.«

»Bin ich nicht«, musste ich einräumen.

»Das dachte ich mir. Das einzige noch unbelegte, vorgemerkte Zimmer ist für einen Herrn Jeremias reserviert.«

»Passt.«

Der Concierge sah mich an. Obacht. Der Franzose war nicht so tranig, wie er auf den ersten Blick wirkte.

Ich beugte mich über den Tresen. »Mein Mitarbeiter erlaubt sich hin und wieder einen Scherz. Es ist also nicht die 22?«

»Es ist die 18.«

»Zimmer 18 klingt gut. Ich muss morgen Vormittag früh raus und möchte gleich zahlen.«

»Fünfundzwanzig D-Mark, der Herr.«

Ich legte die Scheine aufs Holz. Und einen Extra-Zehner, den der Franzose nonchalant zur Kenntnis nahm. Und ignorierte.

»Das Zimmer ist in der zweiten Etage. Ich wünsche einen angenehmen Aufenthalt.«

Ich zog den Zehner vom Tresen. »Danke.«

* * *

Nachdenklich schloss ich die Zimmertür auf. Nicht die 22? Ich rief mir das Gespräch mit dem roten Harry in Erinnerung. Richtig, er hatte nie gesagt, dass explizit das Zimmer 22 für mich reserviert war, und hatte von *einem* Zimmer gesprochen. Gleichwohl war dieser Umstand geeignet, eine weitere Alarmglocke in meinem Köpfchen zu betätigen. Was sollte das? Warum lag der besagte Briefumschlag dann im Zimmer 22?

Ich trat ein. Das Zimmer hatte den federleichten Charme der frühen Zwanzigerjahre. Unter normalen Umständen wäre es geeignet gewesen, meine horizontale Stimmung zu heben.

Ich entnahm meinem Jackett das Reisegepäck. Mit der Knarre in der Hand checkte ich die Örtlichkeit. Ich pflügte uns durch einen knöcheltiefen Veloursteppich im modischen Blau bis an eine mit buntem Stoff eingerahmte Balkontür, die verschlossen war. Rechts des Raumes ging ein kleiner Badbereich ab, sehr sauber. Über dem Waschbecken blickte ich in einen großen, runden Spiegel. Akkurat gefaltete, weiße Handtücher lagen auf einer Kommode. Auf der dem Bad gegenüberliegenden Raumseite befand sich eine dezente Holztür, die diesen Raum mit dem benachbarten Appartement verband. Ich drehte den runden Knauf, abgeschlossen.

Ich schritt zurück an die Hotelzimmertür und prüfte das Schloss.

»Auch Zwanzigerjahre«, murmelte ich zufrieden.

Das sollte kein Problem werden.

* * *

Monsieur Gisbert stand im Hoteleingang und blies einen Rauchkringel in die Luft. Eine milde Brise wehte den hellgrauen Reifen in den wolkenlosen Julihimmel. Jenseits der ehemals prunkvollen und jetzt nur noch breiten Auffahrt des Hotels brannte im sonst dunklen Südflügel beim Baron von Ascheberg noch Licht. Gott wusste, was der dunkelblaublütige Bursche gerade wieder Dubioses ausheckte.

Monsieur Gisbert ließ eines ihrer gemeinsamen, kleinen Geheimnisse Revue passieren und lächelte wissend.

Dass sein Blick wie von alleine rüberschwenkte zu den dunklen Fenstern, welche zu den Appartements der Zimmermädchen gehörten, war bestimmt nur Zufall.

Seufzend zog er seine goldene Taschenuhr ins Mondlicht, gleich zwei Uhr. Der Kriminalroman befahl ihn zu sich zurück in die Lobby, wo Maurice Chevalier im Radio von zwei kleinen Herzen berichtete. Monsieur Gisbert schlug das Heftchen auf ... und hielt inne.

Er spürte plötzlich eine Gänsehaut auf seinen Unterarmen. Irgendetwas lag in der Luft.

Diese Nacht war noch lange nicht vorbei.

* * *

Ein prüfender Blick nach links, einer nach rechts. Geräuschlos schob ich die beiden Drähte ins Türschloss. Anwinkeln, drehen. Mit einem leisen Schnacken rasteten die Drähte in die richtige Position, drückten sich in die Zuhaltungen. Mit spitzen Fingern schob ich sacht die Tür mit der Nummer 22 auf, glitt hinein und schloss die Tür hinter mir. Ich hielt die Luft an.

Eine filigrane Stehlampe mit tulpenförmigen Kelchen tauchte das Hotelzimmer in milchiges Licht, warf weiche, konturlose Schatten. Der Schnitt des Appartements war exakt der gleiche wie in meiner Nummer 18. An der Tür zum Balkon zupfte Durchzug an den dünnen, bunten Vorhängen.

Rechts daneben entdeckte ich einen kleinen, hölzernen Tisch. Die geschwungenen, dünnen Beinchen schienen die dicke Tischplatte kaum halten zu können.

Auf dem Tisch stand der besagte Pappschuber mit den Prospekten.

Unter dem Tisch lag eine rothaarige Frau. Mit einem seidenen Unterkleid nur spärlich bekleidet. Und leblos.

Ich schritt hastig auf sie zu. Und wusste sofort, dass ich einen Fehler gemacht hatte.

Verdammt! Ich jagte meine Hand ins Jackett und wirbelte herum. Ich war schnell. Aber nicht schnell genug.

Der Kerl hatte irgendwo im Schatten gestanden. Der schwere Totschläger in seiner Hand rauschte bereits auf mich runter, bereit, mir den Schädel in zwei Hälften zu spalten. Geistesgegenwärtig riss ich den Kopf zur Seite. Das Eisenteil hackte mir einen Spalt in die linke Schulter und machte den Arm unbrauchbar.

Aber ich hatte noch einen rechten. Die dazugehörige Faust jagte ich dem Kerl als miesen Schwinger in die noch miesere Visage. Er taumelte überrascht zurück, ich setzte nach. Dreimal. Das reichte. Der Totschläger taumelte aus seinen Fingern, fiel krachend zu Boden und purzelte neben die Rothaarige auf den blauen Veloursteppich.

Der Kerl ging in die Knie und sackte bewusstlos in sich zusammen.

Ich beugte mich über die miese Visage, die mir irgendwie bekannt vorkam. Unterm Zwirn fand ich eine Pistole und eine Geldbörse. Die Pistole hieß *Luger,* der Typ hieß Hansen. Er kam aus Duisburg, behauptete sein Ausweis.

»Die Knarre ganz langsam fallen lassen!«

Ich zuckte zusammen und tat wie geheißen. Wo kam der denn her? Der Mann war kleiner als ich und hatte das Gesicht einer Eidechse. Seinem hinterhältigen Grinsen nach zu urteilen auch einen ähnlichen Charakter. Klein und echsenähnlich? Ja, schon, aber das machte die Knarre in seinen Fingern nicht weniger gefährlich.

»Ich kann das erklären«, behauptete ich.

»Das wird nicht nötig sein, weil es niemanden interessiert, du Idiot.«

Ich hatte seiner Plempe nicht viel entgegenzusetzen. Eine eigene, aber die steckte immer noch im Schulterholster. Und Schulterholster war gerade weiter weg als Frieden in Indochina. Der Totschläger wiederum lag in Reichweite, aber eine Kugel aus seinem Revolver wäre schneller.

Die Bewegung an der Balkontür konnte ich nicht zuordnen. Wahrscheinlich der Wind.

Die Eidechse nickte zur Rothaarigen. »Ich hätte nicht gedacht, dass er so weit geht.«

»Für sein Baby tut er alles«, behauptete ich und wusste, dass das nicht ganz korrekt formuliert war.

»Ich bin ihr Manager. Liane Kroll ist *mein* Baby.«

Die Eidechse sah überhaupt nicht aus wie ein Killer, aber sein Schießeisen hatte einen Schalldämpfer. Das machte mir Sorgen. In einem Magazin hatte ich gelesen, dass Waffen mit Schalldämpfer statistisch gesehen viermal häufiger eingesetzt wurden als welche ohne.

Die Echse zischte. »Ich bin ihr Manager und du wurdest geschickt, um das zu ändern.«

»Ich soll eigentlich nur einen Umschlag abholen.«

Die Eidechse lachte ein dreckiges, helles Lachen. Mein Hirn arbeitete fieberhaft. Ich winkelte meinen linken

Arm ab. Ganz sacht, im Rahmen meiner Möglichkeiten. Die Schulter schmerzte wie die fünfte Runde im Ring mit Rocky Marciano.

»Keine Bewegung!«

Die Eidechse hatte ein gutes Auge und meine kaum merkliche Bewegung gesehen.

In diesem Moment stöhnte der Kerl zu unseren Füßen. Gleich würde er aus dem Traumland zu uns zurückkehren. Eine vage Chance, das mochte die Eidechse ablenken.

Beides sollte nicht passieren. Seelenruhig schwenkte mein Gegenüber die Knarre nach schräg links unten. Plopp. Plopp. Hansen zuckte zweimal und blieb für immer dort, wo er war.

Ich schnappte nach Luft.

»Ich muss mich konzentrieren«, knurrte die Eidechse scheinbar nachdenklich, richtete das unangenehme Ende seines Totmachers wieder auf mich und wiederholte: »Ich hätte nicht gedacht, dass er so weit gehen würde.«

»Ich bin auch beeindruckt.«

Die Tür zum Bad öffnete sich.

»Honey, wo bleibst du denn?«, flötete der blondhaarige Mann mit dem fliehenden Haaransatz.

Er trug einen weißen Bademantel, dazu in der einen Hand ein Sektglas, in der anderen die dazu passende Flasche.

Sein Timing war schlecht.

Eidechses Knarre machte zwei Löcher in den flauschigen Bademantel. Okay, ich hatte mir den Verlauf dieser

Nacht anders vorgestellt, aber der Blonde sich den Verlauf der seinen ganz sicher ebenfalls. Sekt und Flasche fielen zu Boden, ohne Verständnis im Blick sank der Blonde hinterher.

Sekundenbruchteile später stand meine Brust wieder unter kreisrunder Beobachtung. Jede Faser meines Körpers war angespannt. Ich brauchte Eidechses Unaufmerksamkeit. Eine Sekunde, eine knappe Sekunde. Ein unaufmerksamer Blick zur Seite würde mir reichen.

»Wieso das Ganze?«, fragte ich.

»Muss dich nicht mehr interessieren.«

»Tut es aber trotzdem.« Ich deutete mit dem Kopf zum Tisch. »Warum? Was ist in dem Umschlag?«

»Welcher Umschlag?«, fragte die Echse.

Vorsichtig nickte ich Richtung Tisch und Pappschuber. Gib mir eine Sekunde, flehte ich. Sein Blick blieb jedoch starr auf mich gerichtet. Verdammt, wollte ich denken.

Und hatte doch mit einem Auge links des Tisches eine kurze Bewegung am Vorhang des Balkons bemerkt.

Blitzschnell warf ich mich nach rechts. Eidechses Knarre hustete eine Doublette. Die erste Kugel ratschte mir eine heiße Furche in den linken Oberarm. Die zweite verfehlte mich und bohrte ein Loch in eines der dünnen, geschwungenen Tischbeine.

Der Typ vom Balkon hatte nur einmal abgedrückt. Die Kugel drillte sich in Eidechses Stirn und jedes Leben aus seinem Körper. Eidechse ging Richtung Velours, versuchte noch einmal seine Waffe zu justieren, aber der Zeigefinger seiner rechten Hand war schon zu tot, um sich ein weiteres Mal krümmen zu können.

Der Mann stieg vom Balkon in den Raum und knurrte wie weiland James Cagney. »Alleine kriegst du aber auch gar nichts hin, du Amateur.«

»Ich kenne das Drehbuch nicht«, versuchte ich eine Erklärung.

»Drehbuch ist sogar ein gutes Stichwort, du Stricher«, brummte der Balkonmann und trat der toten Echse in die Seite.

Sein Revolver hatte derweil schon wieder ein neues Ziel gefunden. Es war mal wieder mein Herz.

Ich blickte nach links. Die beiden Löcher im toten Blonden hatten inzwischen den Bademantel rot eingefärbt, Blut suppte auf den blauen Veloursteppich. »Ich nehme an, dass einige Nebenrollen besetzt wurden, ohne die Darsteller über den nachhaltigen Umfang ihrer Auftritte aufzuklären.«

»Es muss ja nicht jeder gleich das ganze Drehbuch kennen.«

»Werde ich den Film überleben?«

Der Balkonmann grinste. »Eher unwahrscheinlich, du Sack.«

* * *

Monsieur Gisbert zuckte erschreckt zusammen. Er war im Sessel eingenickt. Das Radio … Hatte Edith Piaf ihn geweckt? Ein Scheppern! Aus der ersten Etage. Gläserklirren? Er strich sich durchs schlaftaube Gesicht, richtete sich auf und blickte auf seine Uhr. Was? Schon drei Uhr durch?

Er hatte eine Ahnung, welchem Appartement das Gläserklirren zuzuordnen war. Deutscher Filmpreis hin oder her, um diese Zeit hatte in seinem Hotel Ruhe zu herrschen. Monsieur Gisbert griff entschlossen unterm Empfangstresen nach Taschenlampe und Generalschlüssel.

Das war ein ordentliches Hotel. War es auf seine Art immer gewesen!

»So nicht.«

* * *

Ich kannte den Balkonmann. Nicht näher oder mit Namen, aber in speckigen, verrauchten Rotlichtlokalen war mir die kantige Visage schon mehrmals über den Weg gelaufen. Wie mir jetzt einfiel, auch mehrfach in Begleitung eines Herrn Hansen aus Duisburg. Langsam bekam ich einige Puzzlestücke an die richtige Stelle geschoben. Das Motiv des Puzzles, das sich andeutete, gefiel mir nicht.

Ich zeigte auf den braunen Briefumschlag, der im Schuber steckte. »Da ist der Umschlag.«

»Du hast es immer noch nicht verstanden, du Pfeife?«

»Ist doch alles erledigt.«

Balkonmann blickte auf die tote Eidechse. Und dann auf mich. »Fast.«

Ich erkannte es sofort. An der Art, wie er seine Brustmuskulatur anspannte. Kaum merklich. Wie er seinen Oberarm straffte, ihn leicht zur Seite legte, sich der Zeigefinger seiner rechten Hand im Abzug spannte. Es schnürte mir die Kehle zu.

Und dann ging es schneller, als ich befürchtet hatte.

Der Balkonmann stand mit dem Rücken zur Tür, die dieses Zimmer mit dem Appartement daneben verband. Er war gut, hatte aber hinten keine Augen. Aus dem Nebenzimmer stürzte der Franzose in den Raum. Mit einer großen, schweren Taschenlampe in der Hand, die er jetzt auf Balkonmanns Schädel niedersausen ließ.

Mit einem trockenen Knacken, das an *Titanic* und Eisberg erinnerte, sank der Balkonmann in sich zusammen. Ich nutzte den Sekundenbruchteil, um endlich meine Knarre aus dem Schulterholster zu ziehen.

»Ich hoffe nicht, dass Sie die Pistole einsetzen wollen«, sagte der Franzose mit einem Hauch von Sorge in der Stimme.

Meiner Antwort kam die Rothaarige zuvor. Sie stöhnte und war im Begriff aufzuwachen. Ich beugte mich zu ihr runter und verpasste ihr einen Kinnhaken. Bei Bewusstsein würde sie die Angelegenheit nur komplizierter machen.

»Is besser, wenn sie nicht mitbekommt, was hier vor sich geht. Das würd sie überfordern.«

»Wohl wahr«, sagte der Concierge und deutete fragend nacheinander auf die drei Toten im Raum. »Ich bin gerne über alles informiert.«

»Ist das Ihr Hotel?«

»Sozusagen.«

Meine Knarre behielt den Concierge im Auge. Man durfte Menschen, die ihren Beruf mit Leidenschaft ausübten, nie unterschätzen. Ich deutete auf den geheimnisvollen, braunen Umschlag in der Papphalterung.

»Ich weiß nur, um was es hier überhaupt nicht geht. Los, den Umschlag aufmachen!«

Der Franzose schritt an den Tisch und öffnete den Brief mit einer Geste, wie nur geübte Brieföffner sie hinbekamen. Er drehte den Umschlag mit der Öffnung nach unten, ein Schließfachschlüssel fiel zu Boden.

Nein. Tat er nicht.

Er fuhr mit der Hand hinein. »Der Umschlag ist leer. Wozu dient ein leerer Umschlag?«

Ich nickte bitter. »Als Lockmittel.«

Er schnalzte mit der Zunge. »Verstehe.«

»Ich so langsam auch.«

Der Franzose hob überrascht die Augenbrauen. »Sie verstehen … erst jetzt? Ich kombiniere, Sie sind also nicht Initiator dieser … bedauerlichen Angelegenheit.«

»Ich sollte im Zimmer 22 einem Briefumschlag einen Schließfachschlüssel entnehmen, den Inhalt des Fachs an mich nehmen und meinem Auftraggeber übergeben.«

»Ich kann Ihnen versichern, die Schließfächer zu ausnahmslos allen Zimmern des Hotels sind so leer wie der Umschlag selbst.«

»Nichts?«

Der Franzose hob seine Schultern. »Nichts. Sie … äh … werden mich nicht erschießen?«

»Wahrscheinlich nicht. Wir müssen nur dieses Dilemma hier möglichst geräuschlos beseitigen.«

»D'accord. Das ist ganz in meinem Sinne.« Der Concierge atmete erleichtert aus. »Das Hotel darf sich wirklich keinen weiteren Skandal mehr leisten. Und nun, Probleme zu lösen, das ist hier schließlich meine Aufgabe.

Unser Hotel verfügt über ein geräumiges Transportfahrzeug und ein nahe gelegenes Sumpfgebiet. Mein lebensjunger Mitarbeiter und ich, wir sind ein inzwischen recht eingespieltes Team. Hinsichtlich der Flecken im Teppich darf ich gottlob über eine sehr engagierte Mitarbeiterin namens Anna verfügen, die außerordentlich schnell von Begriff und sehr gründlich ist. Der Teppichboden sollte ohnehin gereinigt werden.«

Ich nickte zur Rothaarigen. »Um die junge Dame kümmere ich mich.«

* * *

In der Jukebox sang derselbe Sänger ein anderes Lied. Der rote Harry saß am gleichen Specktisch und hob die rötlichen Augenbrauen. »Wieso kommst du durch den Hintereingang?«

»Damit mich keiner sieht.« Ich wedelte mit dem geheimnisvollen braunen Umschlag. »Der Umschlag war leer. Das Schließfach zur Nummer 22 auch.«

»Das überrascht mich«, behauptete der rote Harry.

»Ich habe dir nichts mitgebracht. Aber ich soll dich von deiner Tochter grüßen.«

Der rote Harry drückte sein Kreuz gerade. »Von Liane, ach?«

»Sie sieht dir nicht unbedingt ähnlich, aber ihre Haarfarbe ließ mich eins und eins zusammenzählen. Ich habe auch ihren Manager im Hotel kurz kennengelernt, eine unangenehme Person. Sieht er nicht aus wie eine Eidechse?«

»Das tut er.«

»Er ist verschwunden. Über Nacht. Quasi vom Erdboden verschluckt. Ich denke, dass die Karriere deiner Tochter eine neue Betreuung braucht.«

Der rote Harry schürzte die Lippen. »Sieht so aus, Klugscheißer. Ich glaube, dass nunmehr ich genau der Richtige bin, diese Betreuung zu übernehmen.«

Ich nickte gelassen. »Du hast mich mit einem leeren Umschlag in die Hotelsuite deiner Tochter gelockt. Hier treffe ich auf die Eidechse. Ich töte ihn und deine Tochter braucht einen neuen Manager. Dich. So hättest du den Auftrag auch skizzieren können.«

»Hättest du den Job dann angenommen?«, fragte er patzig.

»Natürlich nicht. Du hast mir zwei deiner Männer hinterhergeschickt.«

»Ihr habt euch kennengelernt?«

»Auch nur kurz. In deinem Unternehmen sind zwei Stellen frei geworden.«

Er rutschte überrascht auf seinem Stuhl zurück. »Ach?«

»Du wolltest Zugriff auf die Karriere deiner Tochter. Mit ihrer Schauspielerei ist als Manager viel Geld zu machen. Die Eidechse musste weg. Aber du wolltest keinen deiner Leute schicken. Deine Tochter hätte sie womöglich erkannt und dann gewusst, dass du hinter dem Ganzen steckst. Deshalb hast du mich engagiert. Eigentlich sollte ich nur die Echse aus dem Weg räumen. Und dann? Dann sollten deine beiden Galgenvögel mich beseitigen. Ziel erreicht, keine Zeugen, alles gut.«

Des roten Harrys rechte Hand zuckte scheinbar ziellos über die klebrige Tischplatte. »Wo du den Bedarf in meinem Unternehmen ansprichst, ich kann entschlussfreudige, durchsetzungsstarke Leute wie dich in meinem Team gebrauchen.«

»Danke, ich arbeite lieber selbstständig. Dann lebt es sich länger. Ich habe Liane zu ihrer Mutter gebracht. Die wird sich um ihre Tochter kümmern.«

»Was soll das?«, ranzte der rote Harry wütend, seine Gesichtsfarbe changierte ins Violette. »Ich bin Lianes Vater. Ich habe Verbindungen. Ich kann mich um die Karriere meiner Tochter kümmern.«

»Ich fürchte nicht.«

Ich überraschte ihn ein weiteres Mal und schoss ihm aus der Hüfte dreimal ins Herz.

* * *

Monsieur Gisbert schloss zufrieden seufzend die Zimmertür mit der Nummer 22. Anna hatte wieder mal ausgezeichnete Arbeit geleistet. Er war beeindruckt. Von ihr. Und von diesem geheimnisvollen Mann aus Zimmer 18, der ihn an Cary Grant erinnerte.

»Jeremias.«

Was für ein Name!

Er schlenderte die Stufen der dunklen Holztreppe herunter. Draußen graute der Morgen. Durchs Oberlicht des Hoteleingangs sah er Hänschen, der nach getätigter Ausfahrt den Transporter wieder einparkte.

Monsieur Gisbert wechselte hinter den Tresen, zog ein Krimi-Heftchen hervor und erblätterte das Impressum. Er würde jetzt auf jeden Fall diesen Krimi-Verlag kontaktieren. Aber sicher: ein schneidiger, smarter Ermittler, ein Agent. Kurzer, knackiger Nachname.

Einen Vornamen hatte er schon.

»Jeremias«, flüsterte Gisbert. »Und seine Freunde nennen ihn … Jerry. Jerry Cotton klingt gut.«

TRAU DICH!

I ch war gut vorbereitet. Ich war eigentlich immer gut vorbereitet. Das steckte in mir drin, das hatte ich von Mutter. Gut vorbereitet ging man ein Projekt ja auch ganz anders an.

Und das korrekte Detail war wichtig!

Klar, es konnte immer etwas schiefgehen, aber heute, heute hatte ich einen wohldurchdachten Plan, ein ganz klares Ziel und ein sehr gutes Gefühl.

* * *

»Halt!«

Ich blieb stehen und entdeckte den Security-Kerl, der im Hotelflur wenige Meter vor mir eilig aus dem Schatten trat und sich mir in den Weg stellte. Der kompakte, raucherblasse Mann mit dem Klemmbrett in der Hand war um die fünfzig und trug zur glanzgespiegelten Sonnenbrille von Gucci einen schicken, dunklen Dreiteiler, der üppige, im Sportstudio gestählte Muskelpakete nur unzulänglich verbergen konnte. Oder wollte. Die grau melierte Lockenfrisur war ölig.

»Wer? Ich?«

Er ruckelte nur wenige Zentimeter vor mir seinen quadratischen Körper ins beeindruckend Repräsentative, guckte von unten zu mir hoch und verdrehte die Augen. »Sicher, Sportsfreund. Oder siehst du hier sonst noch jemanden?«

Ich hob milde beschwichtigend meine linke Hand und tippte mit der rechten auf einen länglichen Button mit der Aufschrift *Presse*, den ich mir ans Jackett geheftet hatte.

»Hans Grootelaers? Presse?«

Fein abgelesen. »Ich soll Fotos machen.«

»Sagt wer?«

Ich runzelte ohne allzu viel Verständnis andeutend meine Stirn. »Ich sollte angemeldet sein. Die von der Agentur schicken mich. Krefeld, Hotel Mercure, Florian Sommerglück. Mach ein paar Fotos, haben sie gesagt, sie wissen dort Bescheid und erwarten dich. Gestern haben die miteinander telefoniert.«

Der Mann schob seine Brille hoch ins Fettige und warf mit zusammengekniffenen Augen einen prüfenden Blick übers Klemmbrett. »Für welche Zeitung?«

»*Star Magazine*.«

»Kenn ich nicht.«

»Ist eine Beilage in der *Washington Post*.«

Der Security-Mann hielt inne und legte den Kopf schräg. Das schien ihn jetzt doch zu interessieren. »*Washington Post*? Die Zeitung aus Amerika?«

Ich lächelte ihn an. »Ist eine laufende Serie. Stars aus Übersee. In der übernächsten Ausgabe soll Florian Sommerglück auf die Titelseite. Ganz großer Aufmacher.

Zwei Millionen Auflage. Die Amerikaner lieben German Heimatmusik.«

Er nickte. Fast überzeugt. Und sagte: »Einen Moment.«

Ich ruckelte wie beiläufig mit meiner Kamera. Ein japanisches Modell, teures Stück. Alleine das Objektiv von Nikon mit Magnesiumgehäuse vorne drauf hatte knappe 2500 Euro gekostet. Aber genau so ein Ding brauchte man, wollte man Portraitfotos schießen, die großflächig in hoher Auflösung auf eine Titelseite sollten.

Der Mann trat ein paar Schritte zur Seite, drehte sich weg und zückte ein I-Phone. »Ja, Manfred hier. Sag mal, sagt dir *Star Magazine* was? Beilage zur *Washington Post*? … Ach? Echt? … Ja, hier ist ein Fotograf, der … Sofort durchlassen? Okay … Dann sag ich dem Florian … Klar! Mach ich sofort, sicher.«

Der Muskelmann schob das Gerät zurück ins Jackett und drehte sich mir zu, sein Blick streifte die Nikon und die Zubehörtasche, die mir lässig über der Schulter baumelte. Als ich sein Gesicht sah, wusste ich, dass ich mein Ziel erreicht hatte.

Es war immer eine Frage der Vorbereitung. Die Kamera samt Zubehör war teuer, aber das korrekte Detail war wichtig, da kam es drauf an, läuft!

* * *

Erst gut zwei Wochen zuvor war im wunderschönen Pont bei Geldern mein Blick durchs Fenster auf die St.-Antonius-Kirche gefallen, eine der wichtigsten neugotischen Kirchen des Niederrheins. Wenn der dreiundvierzig Meter hohe Turm des Gotteshauses im späten Licht des beginnenden Nachmittags einen langen Schatten warf, war das immer ein erhabener, beeindruckender Anblick. Hier hatte meine über alles geliebte Mutter eine respektable Bleibe gefunden, ganz in der Nähe eines gut geführten Seniorenheims.

Ich hockte neben ihr an der burgunderroten Bettcouch und legte Mutter sacht eine Hand auf den Arm. Vorsichtig, behutsam. Zwar war Mutter geistig topfit, aber mit ihren Knochen war sie empfindlich, die wollten nicht mehr so richtig.

»Und, Mutter, was wünschst du dir zum Muttertag?«

»Zum Muttertag?«

»In vierzehn Tagen ist Muttertag.«

»Ach? Schon?«

»Ja. Und da frag ich mich jetzt, was ich dir schenken soll.«

Mutters wässriger Blick glitt mild und fast zärtlich an das Regal, auf dem die CDs ihres Lieblingssängers standen.

Ich lächelte. Florian Sommerglück. Natürlich. »Dein geliebter Florian bringt eine neue Scheibe heraus und geht auf große Tournee. Übernächste Woche ist er ganz in der Nähe, in Krefeld. Wäre das was?«

Mutter seufzte. »Ich hab ja schon ein paar seiner Konzerte besucht, aber im Moment machen einfach die Knochen nicht mit, das ist im Moment nichts für mich.«

Da hatte sie natürlich recht. Die Stufen runter bis auf den Parkplatz, die Autofahrt nach Krefeld, wo ihr Schwarm im Seidenweberhaus auftreten würde, die ungewohnte Bestuhlung und der Weg zurück nach Hause, das wäre für Mutter sicher der Belastung ein bisschen zu viel.

Die Eintrittskarten ihrer bisherigen Konzertbesuche hatte Mutter nie weggeworfen, sondern stets aufgehoben. Jetzt hingen sie ordentlich gerahmt an der Wand. Gleich drei Fotos mit Autogramm und Widmung standen auf der Weichholzkommode darunter. Ein besonders schönes Bild zeigte den blonden Schlagerbarden sogar mit Mutter im Arm hinter der Bühne. Oh ja, das Foto war vor einem Konzert in der Straelener Stadthalle geschossen worden, ich erinnerte mich. Die Karten und der Besuch des Konzerts waren seinerzeit auch ein Muttertagsgeschenk gewesen. 2012 war das, auch schon ein paar Jahre her.

Mit Mutters Präsenten gab ich mir immer sehr viel Mühe. Außer ihr hatte ich niemanden, dem ich was hätte schenken können, zum Beispiel keine Geschwister. Und auch keine Partnerin. Meine wenigen Beziehungen hatten nie lange gehalten. Schade eigentlich, aber keine Ahnung, ich wirke gelegentlich auf andere Menschen etwas zu wohlorganisiert und zu zielstrebig sachlich.

Eine lange Beziehung oder gar eine Hochzeit, ja, das wären sicher sehr reizvolle Projekte. Wenn Mutter mich hin und wieder auf eine fehlende Frau an meiner Seite ansprach, sagte ich immer, was nicht ist, kann ja noch werden.

»Die neue CD habe ich dir schon bestellt«, erklärte ich.

»Ach, dann kannst du mir die doch zum Muttertag schenken.«

Wie süß. Aber nein. »Mutter, doch nicht nur eine CD. Das soll ein richtig tolles Geschenk werden.«

Sie lächelte weich und strich mit ihrer faltigen Hand zittrig über die meine. »Ach, Hansemann. So richtig wünsche ich mir, dass der Florian einen riesigen Hit hätte, einen ganz großen Erfolg. Ein Lied, das ständig im Radio gespielt wird. Endlich mal Platz eins in der Hitparade. Das hätte er wirklich verdient.«

Oha, dachte ich. Das wird schwierig. Florians Lieder fanden zurzeit nicht das ganz große Publikum.

Aber in meinem Köpfchen bimmelte ein Glöckchen, ich wurde sofort hellhörig. Ein Nummer-eins-Hit? Ja, das war in der Tat ein sehr interessantes, anspruchsvolles Projekt, das mich richtig fordern würde. Ich warf einen prüfenden Blick auf den Abrisskalender an der Wohnzimmerwand. Der Monat April präsentierte ein stimmungsvolles Niederrheinbild mit Niers und Kopfweiden. Zwei Wochen. Zwei Wochen blieben mir noch.

Ich knipste ihr spitzbübisch ein Äuglein. »Einen Nummer-eins-Hit hatte der Florian noch nicht? Mal sehen. Was nicht ist, kann ja noch werden.«

* * *

»Trau dich!«

Trau dich hieß die neue Single von Florian Sommerglück, die zumindest im WDR regelmäßig gespielt wurde, ich hatte mal ein bisschen regelmäßiger reingehört.

Ich selbst stand ja auf die Beatles und ihre Soloscheiben. Mutter hatte sich mit den Musikern aus Liverpool nicht anfreunden können. Erst mal, weil sie englisch sangen. Und als sich John Lennon dann mit seiner japanischen Freundin nackt in einem holländischen Bett zur Schau stellte, war für Mutter alles vorbei.

Nun ja.

Jetzt hielt ich die neue CD von Florian Sommerglück in meinen Händen. Vom Cover lächelte mir ein kerngesunder, braun gebrannter Schlagersänger entgegen, der einen in blauem Pastell gehaltenen Seidenanzug mit weißem Rüschenhemd darunter trug. Die zum Mittelscheitel geföhnten, langen, blonden Haare lagen perfekt, die makellosen Zähne lächelten weißer, als es die Reklame für Zahncreme erlaubte.

Ich seufzte.

Trau dich war nicht *Yesterday*. Das harmlose Gute-Laune-Mitsingliedchen hatte eindeutig nicht das Potenzial zum Evergreen. Oder zum Gassenhauer, wie Mutter sagen würde. Das hatte ich auch nach fünfmaligem, wohlwollendem Hören feststellen müssen. Das Lied war eine schlappe Schnulze mit fragwürdigen Reimen und einer Melodie, die ich meinte schon tausend Mal gehört zu haben. Nein, ohne meine Hilfe wurde das sicher nichts mit der Nummer eins.

Ich dachte nach.

Da müsste ich mich richtig reinknien.

Allerdings, Zeit hatte ich. Einer regelmäßigen Arbeit ging ich momentan nicht nach. Während meines letzten Klinikaufenthalts hatte die Firma mir wegen unüberbrückbarer Differenzen und eines zerstörten Vertrauensverhältnisses fristlos gekündigt. Nur, weil ich im Rahmen eines meiner Projekte firmeninterne Dinge ein wenig sehr offensiv nach außen hatte tragen müssen. Und dann dieses kurze Gerangel mit dem Abteilungsleiter.

Mir sollte es recht sein, denn der Muttertag rückte zügig näher.

Wie hatten die genialen John Lennon und Paul McCartney das nur immer wieder hinbekommen, einen Hit nach dem anderem an die Spitze der Charts zu bringen? Auch nach ihrer gemeinsamen Zeit hatten sie immer wieder die Hitparaden getoppt. Ich hatte das nachgelesen. McCartney zuletzt 1982 zusammen mit Stevie Wonder und John Lennon Anfang 1981. Das würde ich mir ganz genau angucken müssen.

Und hatte nicht der Manager, nachdem seine Sängerin diese Castingshow auf SAT 1 gewonnen hatte, selbst und persönlich im großen Stil Platten gekauft, um seine Künstlerin in die Charts zu hieven?

Der Italiener aus der *Lindenstraße*, der hatte das auch gemacht, damals, für seine Freundin. Hieß der nicht Pavarotti? Enrico Pavarotti, genau. Luciano, das war der andere. Das wäre eine Möglichkeit. Allerdings fehlten mir zum exzessiven Plattenkauf die erforderlichen finanziellen Möglichkeiten. Gerade jetzt, wo ich ja kein regelmäßiges Einkommen hatte.

»Hm.«

Ich strich mir über den kratzigen Dreitagebart und spürte, dass ich auf dem ganz richtigen Weg war.

* * *

In Krefeld war Florian Sommerglück im ersten Hotel am Platze, im Mercure Parkhotel Krefelder Hof, abgestiegen. Jetzt hatte mich der sonnenbebrillte Security-Mann mit Vornamen Manfred telefonisch angekündigt.

Mutters Schwarm empfing mich in seiner Suite mit ausgebreiteten Armen. Er strahlte und sah toll aus. Wie auf dem Cover der CD. Er würde sich auf den Titelseiten der Zeitungen sehr, sehr gut machen, keine Frage.

»Herr … Groo… Schön, dass Sie bei mir reinspringen!«

»Sehr gerne«, sagte ich und ruckelte mit der Kamera.

»Meine Mutter ist Ihr größter Fan!«

Er lachte sympathisch. »Da hat Ihre Mutter einen sehr guten Geschmack! Und Sie wollen dafür sorgen, dass ich in allen Zeitungen jenseits des Atlantiks auf die Titelseite komme? Nur zu! Das *Star Magazine* der *Washington Post* … Spannend. Sie arbeiten für eine amerikanische Zeitung?«

»Auch, Herr Sommerglück.«

»Sagen Sie bitte Florian zu mir«, bat er und bot mir mit weiter Geste den Platz auf einer Couch an.

Mit dem Duzen hatte ich es nicht so. Das steckte in mir drin. Hatte ich auch von Mutter. Duzen und allzu viel Konversation waren in unserem Fall allerdings auch nicht wirklich nötig.

»Genau genommen, Herr Sommerglück, habe ich mir zum Projekt gemacht, Sie an die Spitze der deutschen Hitparade zu bringen. Als Geschenk für meine Mutter zum Muttertag. Sie wünscht sich das so sehr.«

Ein amüsiertes Lächeln legte sich jovial in seine Mundwinkel. »Wir wollen aber auch meine Fans in Amerika nicht vernachlässigen.«

»Auf keinen Fall!«

Ich konnte seine etwas belächelnde Art verstehen. In der Musikbranche hatte man es sicher sehr oft mit üblen Spinnern zu tun, die eigentlich in eine geschlossene Klinik gehörten.

»Eine Nummer eins zu haben, ist natürlich gar nicht so einfach«, erklärte Florian Sommerglück. »Aber Fotos auf den Titelseiten in aller Welt sind sicherlich gute, wertvolle Promotion und ein hilfreicher Anfang.«

Ich fuhr schnell fort. »Ich kann Ihnen versichern, ich bin sehr gut vorbereitet. Natürlich kann immer etwas schiefgehen, aber heute, heute habe ich ein sehr gutes Gefühl. Ich habe diesbezüglich viel gelesen. Wegen der Details.«

Ich ließ die teure Kamera da, wo sie war, öffnete den Reißverschluss der Zubehörtasche, zog schnell die Pistole nach vorne und zielte mitten auf seine Brust.

»Das hat bei John Lennon auch funktioniert.«

Ich drückte ab. Er stürzte leblos zu Boden. Drei Löcher in seiner Brust sollten für die Titelseiten reichen.

Oh, wie freute ich mich auf Mutters seligen Blick, wenn ihr Liebling mit seiner letzten Single endlich den Sprung an die Spitze der Charts schaffen würde.

SCHARFE KANTE

So. Jetzt aber!«

Bernie Olbrück ließ den abgegriffenen Becher auf die hölzerne Theke krachen. Unterm braunen Leder klackerten die Würfel. Vorsichtig kippte er den Rand nach oben, spinkste drunter und zog ihn mit einem schnellen Ruck in die Höhe.

»Verdammt«, zischte Erwin, der Wirt.

»Das gibt es doch nicht«, behauptete Hans Konzen.

»Schock aus!«, kommentierte Bernie breit grinsend die drei Einser auf der Theke, die seinen Sieg bedeuteten.

»In einem! Mann, bei dem Glück im Spiel geht deine Frau gerade aber so was von fremd«, jauchzte Strotzbüsch-Paul, ohne zu merken, dass diese Bemerkung in der kleinen Strohner Würfelrunde nicht so besonders gut ankam.

Hätte er natürlich wissen müssen, aber Strotzbüsch-Paul kriegte häufig nicht alles so ganz richtig mit.

Erwin hatte schon vier neue Weizen fertig und klebte sie auf den Tresen. Für Bürgermeister Schwehden fügte er eine Schorle hinzu. Der Sheriff, wie er hier respektvoll genannt wurde, hatte am nächsten Morgen noch einen wichtigen Termin in Manderscheid.

»Tja, des einen Freud …«, gluckste Paul.

Hans Konzen winkte ab. Der hatte durch Bernies Glückswurf jetzt schon seine vierte Runde in Folge verloren. Lief alles nicht glatt bei ihm … zurzeit.

Strotzbüsch-Paul hämmerte ihm eine grobe Hand auf die Schulter. »Na, Junge. Wenigstens kannst du sicher sein, dass deine Frau dir treu ist.«

Diese Bemerkung war vielleicht noch ein wenig unglücklicher. Bürgermeister Schwehden und Erwin wechselten einen schnellen Blick. Das bemerkte Hans Konzen, der diesen stummen Austausch sicher nicht unkommentiert gelassen hätte, würde nicht gerade in diesem Moment sein Handy bimmeln.

»Ja?«, knurrte Konzen, der sich nur ungern stören ließ, wenn sich abends in der *Linde* spontan eine lockere Knobelrunde zusammengefunden hatte.

»Ach … jetzt?«

Hans Konzen drehte sich zur Seite. Erwin deutete Strotzbüsch-Paul eine Ohrfeige an. Der zog verständnislos die Augenbrauen hoch und war froh, als Konzen Sekunden später sein Handy wieder im Hemd versenkte und die Runde endlich angeprostet werden konnte. Hans Konzen leerte sein Glas in einem Zug.

»Und?«, fragte Schwehden.

»Ich muss weg«, erklärte der.

»Jetzt schon?«, fragte Erwin entsetzt.

Es war kurz vor zehn. Viel zu früh, als dass ihm jetzt schon die Knobelrunde zerbröseln sollte.

»Ja, jetzt schon. Ist dringend. Erwin, zahlen!«

* * *

Er mochte es nicht. Unangenehm. Nicht schön. Wenn ihn diese kleinen Äuglein anglotzen. Starr. Ausdruckslos.

»Ich mag es nicht, dass der mich so anstiert!«

»Tja. Das liegt ja jetzt daran, dass er tot ist«, flüsterte Kerner.

Kriminalhauptkommissar Nero Wulf schniefte. »Das macht es nicht besser. Wo wir gerade drüber reden: Wie lange ist er denn schon tot?«

Fred Kerner von der Spurensicherung räusperte sich. »Leichenstarre ist schon wieder weg. Die Fleckenbildung ... tja, auf die Schnelle würde ich die Todeszeit auf gestern Abend zwischen 22 und 24 Uhr schätzen.«

Wulf strich sich eine Schweißperle von der Stirn. Es mochten auch mehrere sein. Kerner und er standen mitten in der Schlucht, die das idyllische Flüsschen Alf zwischen Hörscheid und Mosel über Jahrtausende hartnäckig ins Lavagestein gefressen hatte. An dieser Stelle war die Schlucht knappe acht Meter tief und fast zwanzig Meter breit.

Wulf warf einen Blick auf den Personalausweis zwischen seinen Fingern. Ach ja. Dann war da auch noch Hans Konzen. Das war der mit den fiesen, kleinen Äuglein. Aber der war tot. Und lag zu ihren Füßen. Mit einer großen, blutverkrusteten Wunde an der linken Schläfe.

»Fred, lass uns das Spurenbild noch mal durchgehen!«

»Okay, viel ist es ja nicht.« Kerner deutete nach oben, wo eine alufarbene Leitplanke von der Fahrbahn her den Abgrund zur Schlucht sicherte. »Da oben ist er drüber und dann den Abhang runtergefallen. Anhand der Spuren kann man sehen, wie er die schräge Böschung runtergepurzelt ist. Letzte Woche hat es geregnet, die frischen Spuren sind gut zu erkennen. Hier unten ist er unglücklich mit dem Kopf auf diesen grauen Felsbrocken mit den braunen, rostigen Schlieren gestürzt. Konzen war sofort tot.«

Nero Wulf nickte. Faustgroßer Stein. Scharfe Kante. So kann es kommen.

Er musterte den jungen Mann, der gekrümmt zu ihren Füßen lag. Gerade mal 35 Jahre alt, 1,80 groß, sportlich. Über hundert Kilo, gut verteilt, schätzte Wulf. Sympathisches Gesicht, Dreitagebart. Gut aussehend. Vom fiesen Blutkrater an der Schläfe jetzt mal abgesehen, der war eher unschön.

»Du sagtest eben, der Konzen ist hier aus dem Ort, verheiratet, zwei Kinder. Aber vermisst wurde der noch nicht?«

Kerner zog die Achseln hoch. »Anscheinend nicht. Entdeckt hat ihn gegen halb acht der junge Mann da oben.« Kerner deutete auf einen kräftigen Burschen, der sich oben an der Leitplanke mit einem uniformierten Kollegen unterhielt.

»Zu dem geh ich mal hoch und stell ihm ein paar Fragen«, seufzte Wulf.

»Mach das, Nero!«

Der Kriminalhauptkommissar des Dezernats für Todesermittlungen aus Daun machte sich ächzend auf den Weg und erkletterte über einen mit rot-weißem Flatterband kenntlich gemachten Trampelpfad die Böschung. Anfang Mai, aber Mann, war das heiß.

Nero ... Wulf hieß natürlich nicht wirklich mit Vornamen Nero, aber nachdem er vor vier Monaten aus Köln kommend seinen Dienst in der Eifel angetreten hatte, verpassten ihm seine neuen Kollegen diesen Spitznamen. Wulf redete sich ein, dass sich diese Anspielung auf den berühmten New Yorker Privatdetektiv aus den Rex-Stout-Krimis und auf seine brillanten, kriminalistischen Fähigkeiten bezog. Insgeheim befürchtete er allerdings, dass es ein Hinweis auf seine beachtliche Leibesfülle war.

Einige Schweißattacken später baute er sich vor den beiden Männern auf. »Morgen, mein Name ist Wulf. Ich leite die Ermittlungen.«

»Ermittlungen?«, fragte der Junge.

»Helmut Schäfer. Oder Chippy, so nennen mich alle«, stellte sich der Kollege vor. »Die Leitstelle hat meinen Kollegen und mich hergeschickt.«

Wulf nickte und musterte den jungen Mann neben dem Polizisten. Groß, trotzdem sportlich. Die Ohrstöpsel eines MP3-Players baumelten an einem Kabel um seinen Hals. Er trug ein hellblaues, verschwitztes T-Shirt von Mando Diao und Laufschuhe an den Füßen.

»Dann erzähl mal!«

»Mein Name ist Christian Welter. Ich wohne hier in der Nähe und trainiere für den Maare-Mosel-Lauf. Halbmarathon. Ich kam aus Richtung Sprink. Der größte Teil der Strecke war abgefrühstückt. Da vorne in der Biegung guckt man tief in die Schlucht rein, und da hab ich von weitem wen liegen gesehen. Ich bin ran an die Leitplanke, hab mir gleich gedacht, dass der tot ist, und schnell Polizei und Krankenwagen alarmiert.«

Ein angenehm umfassender Vortrag. Wulfs Blick fiel an den beiden Männern vorbei auf den riesigen Steinklumpen, der ihm eben schon bei der Anfahrt aufgefallen war. »Was ist das eigentlich für ein toller Schneeball?«

»Das ist die Strohner Lavabombe«, erklärte der Kollege. »120 Tonnen wiegt das Teil. Ist bei Sprengungen 1969 im Steinbruch am Wartgesberg herausgebrochen. Sechs Meter im Durchmesser.«

»Da hat der Vulkan aber ganz schön weit gespuckt.«

»Nein, nein … Strohner Bürger haben die Basaltkugel im Winter 85 mit eigens angefertigten Eisenschienen …«

»Okay, okay«, unterbrach ihn Wulf hastig. »Wir sind hier nicht beim Sightseeing! Chippy war richtig? Gut. Sei so nett und nimm Christians Aussage auf. Dann begleite den Toten in die Gerichtsmedizin. Ich frag mich, was der Konzen hier bei der Lavabombe gewollt hat. Und warum er die Böschung runtergepurzelt ist. Vielleicht war er ja betrunken. Der Mediziner soll das testen und eine Blutprobe nehmen. Mit dem Ergebnis kommst du wieder hierhin zurück. Ich bin auf der Hinfahrt am Vulkanhaus mit Museum und Café vorbeigekommen. Da treffen wir uns.«

»Und was machst *du* so lange?«, fragte Chippy spitz, der ursprünglich nicht vorgehabt hatte, den halben Vormittag in der gruseligen Gerichtsmedizin zu verbringen.

»Ich werde gucken, Fragen stellen und ermitteln, Kollege.«

»Vulkanhaus. Treffen wir uns im Museum oder im Café?«

»Wie sehe ich denn aus?«, fragte Wulf.

»Okay. Bis gleich«, verabschiedete sich Chippy. »Im Café.«

* * *

Sandra Konzen war eine ausnehmend hübsche Frau. Kurze, blonde Haare, drahtig, der gleiche sportliche Typ wie ihr Ehemann. Ex-Mann. Der jüngst verblichene … Wie sagt man doch gleich? Jedenfalls war Wulf froh, dass der Leiter der örtlichen Polizeidienststelle ihr die Todesnachricht bereits überbracht hatte und sie einen leidlich gefassten Eindruck machte.

»Mordkommission?«, fragte sie dann irritiert. »Warum beschäftigt sich die Mordkommission mit dem Tod meines Mannes? Es war doch ein Unfall.«

»Es heißt auch eigentlich Dezernat für Todesermittlungen. Aller Art. Ich habe nur zwei, drei schnelle Fragen. Reine Routine«, erklärte Wulf und spürte entsetzt, dass das am frühen Morgen aufgetragene Deo unter seinen Achseln gerade seinen Geist aufgab. »Sie haben Ihren Mann nicht vermisst, als er über Nacht wegblieb?«

Sie schüttelte den Kopf. »Nein. Wir haben getrennte Schlafzimmer. Er schnarcht. Sehr. Sehr stark. Oh, darf ich Ihnen einen Kaffee anbieten?«

»Danke, danke. Nein, nicht nötig.«

»Wenn mein Mann zum Knobeln in die *Linde* geht, wird es oft spät. Ich warte dann nicht auf ihn. Ich hätte ihn später … ich meine, irgendwann, sicher.«

»Sie haben zwei Kinder?«, fragte Wulf.

»Zwei Jungs. Zwillinge. Sieben Jahre alt. Sie sind bei einer Freundin, die die beiden von der Schule abgeholt hat. Ich muss so viel regeln.«

»Kann ich irgendetwas für Sie tun?«

Sie schüttelte den Kopf.

Wulf räusperte sich. »Ich bin gleich weg, aber … Haben Sie eine Idee, was Ihr Mann irgendwann zwischen 22 und 24 Uhr bei der Lavabombe wollte?«

Sie blickte ihm in die Augen. Direkt. Und hart. »Was glauben Sie, wie oft ich mir diese Frage heute Vormittag schon gestellt habe?«

Das wusste Wulf nicht. Er nickte aber gleichwohl und verließ eilig das Haus.

* * *

Seine nächste Station war die *Linde*. Aber …

»Was ist das denn?«

Wulf bemerkte zu seinen Füßen eine unförmige, gezackte, weiße Linie, die vom Haus weg über die Straße führte. Sah aus wie Kalk.

»Komisch.«

Die fransige Linie schlängelte sich durch den Ort. Und kreuzte an der nächsten Einmündung eine zweite Linie, die etwas dünner war und sich in einer Garagenauffahrt verlor. Die erste Linie führte wenig später nach rechts auf die Straße, die zur Kirche führte.

Wulf zuckte mit den Schultern und warf einen Blick auf seine Armbanduhr. Viertel nach elf war es inzwischen. Er marschierte zügig weiter.

»Guten Morgen, mein Name ist Wulf«, grüßte er kurz darauf den stämmigen Wirt, der alleine im Laden hinter der Theke stand und die Biergläser wischte.

Buschige Augenbrauen zierten sein sympathisches Gesicht, ein dezentes Bierbäuchlein zeugte davon, dass der Mann seinen Job ernst nahm. Wulf zückte seinen Dienstausweis.

»Ach, Sie sind der Kommissar, der den Tod vom Konzen untersucht. Ich bin der Erwin. Furchtbare Sache. Chippy war vorhin kurz hier und meinte schon, dass Sie noch ein paar Fragen zu klären hätten. Das klingt nach Krimi. Ein Krimi in Strohn. Hatten wir noch nicht.«

»Und ich hatte heute noch keinen vernünftigen Kaffee. Kann ich einen Becher ordern?«

»Kommt.«

»Prima.« Wulf setzte sich ächzend an die Theke, sein Hemd war hinten schon durch. »Ich hab tatsächlich ein paar Fragen. Nur wegen des Ablaufs. Wer hat denn gestern Abend alles mitgeknobelt?«

»Wir waren zu fünft. Ich, Hans Konzen und unser Bürgermeister, Heinrich Schwehden. Dann Bernie Olbrück und Paul Jacobs, den nennen wir alle den Strotzbüsch-Paul. Da kommt der Paul nämlich her. Aus Strotzbüsch.«

»Ist das ein fester Knobelclub?«

»Nein, das findet sich immer neu. Wer da ist, knobelt mit. Der Sheriff, äh, so nennen wir unseren Bürgermeister, der ist eigentlich mehr fürs Kartenspielen, aber der hat auch ein paar Runden mitgemacht. Bis der Konzen dann ja plötzlich gehen musste. Mit Milch?«

»Auf jeden Fall. Und Zucker, das volle Programm. Wieso musste der Konzen denn plötzlich gehen?«

»Wegen des Telefonanrufs.«

Kriminalhauptkommissar Wulf zwang sich zur Ruhe. Hier galt es offensichtlich, jeden Fakt einzeln zu erfragen. Keine Hektik. Eins nach dem anderen. »Was war das denn für ein Telefonanruf.«

»Viertel vor zehn hat den Konzen wer angerufen. Ganz kurzes Gespräch, aber dann hat er sofort gezahlt und ist gegangen. Ist das wichtig?«

»Alles ist wichtig.«

»War natürlich doof.«

»Was?«

»Na, da hat sich die Knobelrunde gleich aufgelöst. Strotzbüsch-Paul war blau wie der Maihimmel und hat überhaupt nichts mehr ordentlich auf die Kette gekriegt. Der Sheriff hatte heute Morgen eine wichtige Besprechung, und Bernie Olbrück muss immer um zehn zu Hause sein, sonst macht seine Anja Stress. Da gingen sie also gleich alle. Und allein knobeln macht keinen Spaß, Herr Kommissar.«

Das mochte Wulf wohl glauben. Nachdenklich nippte er am Kaffee. Da gingen sie also gleich alle … Hm. Und dieser Telefonanruf? Wulf leerte den Kaffee. »Kann ich zahlen?«

»Na, das hoffe ich doch!«

* * *

Wulf schlenderte mit seinem Handy am Ohr die Hauptstraße des Ortes entlang. In diesem Teil der Eifel hatte es ihn dienstlich noch nie verschlagen. Schön war das hier. Und so sauber. Geradezu lieblich. Die Anlagen gepflegt, die Häuser meist weiß gestrichen. Er hatte mehrmals den Urlaub im Allgäu verbracht, da sah es genauso aus. Es fehlten nur im Hintergrund die Alpen. Andererseits waren es ja gerade die Berge, die einem die feine Fernsicht raubten.

Endlich meldete sich am anderen Ende der Leitung sein Kollege. »Chippy? Bist du noch in der Gerichtsmedizin? Gut. Hatte Hans Konzen ein Handy dabei? Ja? Schön. Guck es dir an! Ich muss wissen, wer den Konzen gestern Abend angerufen hat. So ab 21.35 Uhr. Danke. Hau rein!«

Er schob das Handy ins schweißfeuchte Hemd und stellte erfreut fest, dass er das Vulkanhaus erreicht hatte. Auch ein schönes Gebäude. Einhaus hieß der Baustil, wenn er sich richtig erinnerte. Von früher: alles unter einem Dach. Menschen, Tiere im Stall, Futter. Jetzt wurde die rechte Gebäudehälfte als Café benutzt, und links befand sich das berühmte Vulkanmuseum.

»Was darf es sein?«, fragte eine Kellnerin.

»Eine Schorle, bitte, und eine Kleinigkeit zu essen.«

»Möchten Sie mal eine Lavabombe probieren?«

»Bombe? Das klingt nach jeder Menge Kalorien«, unkte Wulf.

»Und wenn Sie nur *eine* Bombe essen?«, kniff die Kellnerin ihm ein Äugchen.

»Nehme ich«, entschied Wulf und reckte sich.

Sein Blick fiel über die Dorfstraße. Und wieder auf die weiße Kalklinie. Da musste er auch noch mal nachhaken, was die denn bedeutete.

Plötzlich fiel ein Schatten auf sein Gesicht.

»Guten Tag, Herr Kommissar«, grüßte ein Mann mit fliederfarbenem Pullover. »Mein Name ist Heinrich Schwehden, ich bin hier der Bürgermeister. Darf ich mich einen Moment zu Ihnen setzen?«

Wulf ruckelte einen Stuhl zurecht. »Aber sicher.«

Der Sheriff nahm Platz. »Sie glauben nicht, dass es ein Unfall war?«

»Ich habe noch ein paar Fragen.«

»Ich sag es gleich. Ich hatte ein Motiv, Hans Konzen zu töten.«

»Oh«, sagte Wulf überrascht. »So habe ich es gern: wenn die Leute mit Motiv sich selbständig melden.«

Der Bürgermeister räusperte sich und wartete, bis die Kellnerin die Lavabombe in Form eines köstlich aussehenden Stückes Kuchen abgestellt und sich wieder entfernt hatte. »Hans Konzen war kein einfacher Mensch.«

»Ach?«

»Er kommt nicht von hier. Ist ein Moselaner. An der Mosel halten die Leute uns hier alle für dumme Eifelbauern. Sind wir aber nicht.« Er machte mit dem ausgestreckten Arm eine weitgreifende Geste. »Wir kommen hier in Strohn sehr gut klar. Die Gemeinde steht finanziell ausgezeichnet da. Das liegt am Bruchzins.«

»Bruchzins?«

»Hier gibt es jede Menge hochwertiges Lavagestein. Vor vielen Jahren hat die Gemeinde Strohn seinen Bürgern für einen angemessen stattlichen Preis die Grundstücke abgekauft. Dann haben wir die Abbaurechte an eine Firma vergeben. Und für jede abgebaute Tonne bekommt Strohn nun einen prozentualen Anteil. Das macht die Gemeinde wohlhabend. Wir tun viel für die Bürger. Große, teure Spielplätze. Im Neubaugebiet am Berg liegt der Grundstückspreis bei unter zwanzig Euro pro Quadratmeter. Erschlossen.«

»Unter zwanzig Euro«, staunte Wulf, das war günstig.

»Hans Konzen meinte, in den alten Verträgen eine Formulierung gefunden zu haben, die mit einer neuen EU-Richtlinie nicht konform geht. Er will aus diesen Verträgen raus und den Ertrag seiner angeheirateten Grundstücke selbst vermarkten.«

»Wenn er damit durchgekommen wäre und das Nachahmer gefunden hätte, wäre Schluss mit dem Bruchzins gewesen«, erkannte Wulf den springenden Punkt. »Wie standen seine Aussichten, damit durchzukommen?«

Der Bürgermeister beobachtete Wulf mit wachsamem Blick. »Gegen null. Gleichwohl hat er Unsummen in Gutachten investiert, weitere Expertisen angekündigt und eine renommierte, teure Kanzlei beauftragt.«

Wulf schnalzte mit der Zunge. »Da macht der Kerl Ihnen so viele Probleme, aber Sie sitzen mit ihm in der *Linde* an der Theke und knobeln.«

»Ich hab an sein Gemeinschaftsgefühl appelliert. Vergeblich übrigens.«

»Das wird auch nichts mehr. Jetzt, wo er tot ist.«

Der Bürgermeister erhob sich. »Jetzt wissen Sie, mit wem Sie es zu tun haben.«

Er hob zum Abschied die Hand und entfernte sich. Wulf fragte sich, ob er mit der letzten Bemerkung Hans Konzen oder sich selbst gemeint hatte.

Er stach gerade die kleine Gabel in den Kuchen, als ein weiterer Schatten Gesellschaft ankündigte.

»Tag! Schmeckt's?«, fragte Chippy, der sich in einen Stuhl fallen ließ.

»Hmmm«, grunzte Wulf mit vollem Mund.

»Nero, wir haben ein Problem. Das war kein Unfall. Das war Mord.«

Der Hauptkommissar stellte für Sekundenbruchteile das Kauen ein und fragte: »Wieso?«

»Wegen des Felsbrockens, mit dem Hans Konzen erschlagen wurde.«

Wulf nickte und sah seine Befürchtungen bestätigt. Der Telefonanruf, die Lavabombe, der Sturz über die Leitplanke. Wulf glaubte nur bedingt an unendlich viele Zufälle. Gleichwohl war er gespannt, womit der Polizist neben ihm konkret aufzuwarten hatte. »Erzähl!«

»Ich war gerade noch mal am Tatort. Ich kenne den Stein.«

Oha. Wulf hätte am liebsten die Augen verdreht. Er … kennt den Stein. Alles klar! Dabei sah der Kollege eigentlich ganz normal aus. Zu viel Sonne, zu viel Eifel, zu viel Strohn.

Chippy beugte sich über den Tisch. »Du weißt, wie ein Vulkan funktioniert?«

»Klar«, knurrte Wulf, das wusste man sogar in Köln! »Drinnen brodelt es, und was rausspritzt, ist heiß und heißt Lava.«

»Ja, so kann man sagen. Ich fange jetzt nicht bei den Kontinentalplatten an …«

»Danke!«

»Aber im Inneren des Vulkans, ganz tief unten drin, werden mit Druck ganze Gesteinsschichten nach oben gedrückt. Magma nennt man das. Das spuckt der Vulkan dann als Lava oben aus. Hast du es mitbekommen? Gesteinsschichten! Lava ist nicht gleich Lava. Lava ist was Individuelles. Der blutverschmierte, kantige Felsbrocken, den die Kollegen der Spurensicherung gefunden haben, gehört nicht ins Flussbett der Alf. Hast du die braunen Schlieren im Felsbrocken gesehen?«

Wulf nickte. Hatte er.

»Ein bisschen weiter die Straße entlang gibt es eine Bruchstelle, das Dump. Nur dort hat der Stein braune Schlieren. Ist übrigens Eisen. Da kommt der Stein her.«

»Vielleicht hat ihn irgendwann einer dort aufgehoben und an der Leitplanke in den Bach geworfen«, gab Wulf kauend zu bedenken.

»Warum sollte das jemand tun? Nein. Jemand hat den griffigen Stein genommen und Hans Konzen damit erschlagen.«

Wulf schob den letzten Kuchenrest in den Mund. Meine Herren, war das lecker. Mit der Serviette wischte er sich über die Lippen. »Was ganz anderes: Was sind das für weiße Streifen auf der Straße?«

Chippy blinzelte ob des hastigen Themenwechsels mit den Augen und antwortete: »Letztes Wochenende waren die Maifahrten. Erster Mai. Die Jungs aus Strohn verteilen bei ihren Angebeteten Maibäume. Außerdem werden Liebschaften offengelegt, die bisher zart im Verborgenen geblüht haben. Manchmal übrigens sehr zum Unmut der Eltern, die mit einer Verbindung ihrer Zöglinge unter Umständen nicht so ganz glücklich sind.«

»Ach so«, nickte Wulf. »Mir war eine Linie bei den Konzens aufgefallen, die … Moment! Deren Zwillinge sind erst sieben. Was soll denn da die Linie?«

Der Kollege gluckste. »Das ist die berühmteste Linie der letzten Maifahrt. Es gibt ein Gerücht, dass Hans Konzen …«

»Ja?«

Chippy schlug sich vor die Stirn. »Verdammt. Diese Kalklinie endet bei den Olbrücks. Das war Dorfgespräch. Hans Konzen und Anja Olbrück! Verflixt. Und Bernie Olbrück war gestern beim Knobeln dabei, als …«

Wulf entnahm seinem Portemonnaie einen Zehner, schob ihn unter das leere Tellerchen und stand auf. Obwohl er die Antwort schon ahnte, fragte er: »Wer hat Hans Konzen gestern auf seinem Handy angerufen?«

»Ich hab es gecheckt. 21.43 Uhr. Das war die Anja. Anja Olbrück.«

Wulf klatschte entschlossen in die Hände. »Du setzt dich noch mal mit dem Welter-Jungen in Verbindung. Scheint ein aufgeweckter Bursche zu sein. Frag den, wer die Idee hatte, die Kalklinie von den Konzens zu den Olbrücks zu ziehen. Dann orderst du einen Streifenwagen, denn wir werden jemanden festnehmen!«

»Wen?«, fragte Chippy.

»Ich werde es nicht für mich behalten«, antwortete Kriminalhauptkommissar Wulf.

* * *

Zehn Minuten später blickte Nero Wulf hinter der Bombe über die Leitplanke die Böschung hinab.

»Alles.«

Alles gehörte zusammen. Während er sich durch das verschwitzte Haar strich, ging er es Punkt für Punkt noch einmal durch: Knobelrunde, Telefon, Lavabombe, Leitplanke, Böschung, Lavastein. Bruchzins, Kalklinie.

»Alles.«

Olbrücks Haus fand er problemlos, denn er musste ja nur der dicken, fransigen, weißen Kalklinie folgen. Anja Olbrück öffnete ihm. Nero stellte sich vor.

»Kommen Sie bitte rein!«

»Ihr Gatte ist nicht da?«, fragte Wulf.

»Nein, aber er müsste jeden Moment von der Arbeit kommen. Genau genommen ist er schon überfällig. Wenn Sie warten wollen?«

»Unbedingt«, sagte Wulf.

»Unbedingt? Wie meinen Sie das?«, fragte Anja Olbrück leise, bot Nero Wulf einen Platz an und ließ sich ihm gegenüber am Wohnzimmertisch nieder.

Dessen Blick fiel durch eine große Fensterfront in den Garten, wo vier Kinder Fußball spielten. Zwei davon waren Zwillinge.

»Sind das die beiden Konzen-Jungs?«

»Unsere Familien sind befreundet. Ich hab die beiden von der Schule abgeholt. Sandra kommt sie gleich abholen.«

Wulf blickte ihr direkt in die Augen und senkte die Stimme. »Frau Olbrück. Die weiße Kalklinie ...«

Sie schlug die Hände vors Gesicht. »Oh Gott!«

»Frau Olbrück, Sie haben ein Verhältnis mit Hans Konzen. Irgendwer hat es an die Öffentlichkeit getragen, indem er in der Nacht zum Ersten Mai diese Linie gezogen hat. Das ganze Dorf weiß Bescheid. Sie haben sich mit Ihrem Mann ausgesprochen, aber trotzdem haben Sie Hans Konzen gestern um exakt 21.43 Uhr angerufen und sich mit ihm an der Lavabombe verabredet.«

»Ja. Aber ich weiß nicht, warum er über die Leitplanke gestürzt ist! Also, ich habe ihn nicht …«

Wulf schüttelte den Kopf. »Kurze Zeit später hat Ihr Mann die *Linde* verlassen. Wann ist Ihr Mann hier angekommen?«

Sie senkte den Kopf.

»Frau Olbrück …«

»Ich weiß es nicht.«

»Das glaube ich nicht«, sagte Wulf hart. »Ich habe mit dem Wirt gesprochen. Sie achten sehr genau darauf, dass Ihr Mann zeitig zu Hause ist. Wann ist er gestern nach Hause gekommen?«

Sie senkte den Kopf und flüsterte: »Unsere Ehe ist nicht mehr … Er kam sehr spät.«

* * *

Den von Chippy angeforderten Kollegen war es gelungen, Bernie Olbrück noch vor dem Strohner Ortseingangsschild abzufangen. Wulf trat an den Wagen. Einer der Kollegen öffnete die Tür, Bernie saß auf dem Rücksitz.

»Und?«

»Herr Kommissar, ich war es nicht!«

»Haben Sie vom Verhältnis Ihrer Frau und Hans Konzen gewusst?«

»Ja. Wir … wir haben drüber gesprochen, uns ausgesprochen. Aber ich habe den Konzen nicht umgebracht.«

Wulf schloss die Wagentür und wandte sich an Chippy, der sich am Fahrzeugdach abstützte. »Was sagt Christian Welter?«

»Ist das noch wichtig?«

»In diesem Fall ist alles wichtig! Ich liebe Geständnisse.«

»Er hat keine Ahnung, wer letztes Wochenende speziell diese Kalklinie gezogen hat. Die Jungs aus dem Ort waren es nicht.«

Nero Wulf grinste zufrieden. »Das dachte ich mir. Ich gehe jetzt zu Sandra Konzen und bringe sie auf den neuesten Stand. Wahrscheinlich weiß inzwischen ganz Strohn, dass die Polizei Bernie Olbrück festgenommen hat. Ich sag es ihr persönlich, das gehört sich so. Ruf mich in genau zehn Minuten auf dem Handy an.«

* * *

Sandra Konzen schlug die Hände vors Gesicht. »Bernd Olbrück? Die Olbrücks sind Freunde von uns! Meine Jungs. Die sind noch bei …«

»Kollegen holen die Zwillinge gerade ab und bringen sie her.«

»Das … ist gut.«

Nero Wulf seufzte. »Leider hat Bernd Olbrück die Tat noch nicht gestanden. Aber ich habe heute viel gelernt.

Über Lavagestein und so weiter. Ich versuche mich jetzt sehr zurückhaltend zu äußern, aber Sie sollen wissen, dass ich mir sicher bin, wer Ihren Mann getötet hat. Und warum ich mir sicher bin.«

Sie nickte.

Wulf kannte das. Sie wollten es immer ganz genau wissen. In allen Einzelheiten. Das machte es den Hinterbliebenen leichter, mit dem schrecklichen Geschehen umzugehen.

»Ihr Mann stürzte die Uferböschung herab und wurde mit einem Felsbrocken erschlagen, den der Täter aus dem Dump mit an den Tatort gebracht hatte. Und das bedeutet, dass der Täter unten im Flussbett gestanden hat. Ich habe gelernt, dass durch die vulkanischen Aktivitäten praktisch jeder Quadratmeter Boden individuell aus Lavagestein mit den verschiedensten Inhaltsstoffen zusammengesetzt ist. Dieses Lavagestein hat sich wie ein unverwechselbarer Fingerabdruck in das Schuhwerk des Täters gedrückt. Wenn mein Kollege mich anruft, ist der Staatsanwalt aus Daun eingetroffen, und wir werden das Haus der Olbrücks auf den Kopf stellen. Wenn er die Schuhe, die er zur Tatzeit trug, nicht weggeworfen hat, dann werden Kleinstpartikel in der Sohle sein, die sich auch durch tagelanges Schrubben nicht wegputzen lassen. Die werden beweisen, dass er unten im Flussbett gestanden hat. Ich liebe Geständnisse. Aber so ein hundertprozentiger Beweis ist auch in Ordnung. Deshalb …«

Wulfs Handy lärmte.

»Entschuldigung.«

»Bitte«, flüsterte eine blasse Sandra Konzen.

Wulf ruckelte sein Telefon aus dem verschwitzten Hemd. »Wulf. Ja? Der Staatsanwalt ist da? Ich komme sofort.«

Wulf erhob sich hastig und erklärte ungelenk: »Äh, ich muss. Der Staatsanwalt. Wie gesagt, die Schuhe müssen wir finden, sonst …«

»Natürlich«, zeigte Sandra Konzen Verständnis.

Wulf schien aus dem Haus zu flüchten und stapfte die Straße entlang. Er warf einen letzten Blick auf das feine Häuschen hinter sich. Wirklich schön. Ein gepflegter Rasen, weißer Kies, eine ordentliche Bleibe.

Er verlor das Haus für Sekundenbruchteile aus den Augen. Und stieß auf …

»Alles klar?«, fragte Chippy.

»Es wird nicht lange dauern. Wie geht es Bernie Ol-brück?«

»Ich hab es ihm erklärt. Er sitzt auf der Polizeiwache in Daun und wartet auf unseren Anruf. Ihm ist ein Stein vom Herzen gefallen.«

Wulf lächelte.

»Wie bist du drauf gekommen?«, fragte Chippy.

»Die Lösung des Falles ist natürlich eine Glanzleis-tung«, erklärte Wulf augenzwinkernd.

»Sowieso«, lobte Chippy, und es war sogar ehrlich ge-meint.

»Da kam alles zusammen. Hans Konzen gibt Unsum-men für Gutachten und Anwälte aus, weil er sich aus der Strohner Bruchzins-Regelung herausklagen wollte. Das ist seiner Frau ein Dorn im Auge. Sie hat das Land in die Ehe gebracht, Hans ist von der Mosel zugereist.

Das Motiv für den Mord hat mir also Bürgermeister Schwehden geliefert.«

»Ein guter Sheriff«, lobte Chippy.

»Die Ehe der Olbrücks ist am Ende. Die Freundinnen Sandra Konzen und Anja Olbrück tun sich zusammen. Sie beschließen, Hans Konzen zu ermorden und es Bernie Olbrück in die Schuhe zu schieben. Zuerst brauchen sie ein Motiv. Sie entscheiden sich für Eifersucht und fädeln ein Verhältnis zwischen Anja Olbrück und Hans Konzen ein.«

»Was tut man nicht alles …«, gluckste Chippy, ein wenig lüstern.

»Das muss jetzt nur noch öffentlich werden. Also nutzen sie den Kalkbrauch vom Ersten Mai, um es durch die weiße Linie Konzen – Olbrück bekannt zu machen. Jetzt kann jeder das Motiv nachvollziehen. Eifersucht! Der gehörnte Ehemann! Vermutlich hat eine der beiden Frauen die Linie gezogen.«

»Clever.«

»Jetzt die Gelegenheit. Bernie Olbrück verlässt den Knobelabend immer pünktlich genau um 22 Uhr. Das ist fix. Anja Olbrück ruft Hans Konzen um 21.43 Uhr an und lockt ihn an die Lavabombe.«

»Und schon sieht Bernie Olbrück dumm aus, denn er ist kurz später auch alleine auf dem Heimweg und hat für die Tatzeit kein Alibi.«

»Genau. Wir sollten den Telefonanruf sogar ermitteln können und mit der Nase auf die Hans-Konzen-Fremdgeh- und Bernie-Olbrück-Rachespur gestoßen werden. Clever! Anja Olbrück erwartet den Konzen dann an der

Lavabombe, lockt ihn an die Leitplanke und schubst ihn rüber. Er purzelt nach unten. Dort erwartet ihn Sandra Konzen, die sich im Dump einen schön griffigen Stein geschnappt hat und ihm unten den Garaus macht. Den Sturz hätte Hans nämlich überleben können, die beiden Frauen gingen auf Nummer sicher.«

Chippy wedelte mit dem Finger. »Das mit dem Schlag hätte aber auch tatsächlich der Bernie sein können.«

Nero schüttelte den Kopf. »Die Spurensicherung konnte Konzens Sturzspuren an der Böschung nachweisen. Fred Kerner und seinen Jungs wäre aufgefallen, wenn dort noch jemand in die Schlucht runtergeklettert oder gerutscht wäre. Da waren aber keine Fußspuren. Die Tat erforderte zwingend nicht einen einzelnen, sondern zwei Täter. Oben hat eine Person das Opfer geschubst, unten hat eine zweite mit dem Felsbrocken zugeschlagen.«

»Oben Anja, unten Sandra.«

»Zwei Täterinnen. Der Plan hat ja auch fast funktioniert. Aber dann merkst du, dass es ein falscher Felsbrocken vom Dump mit braunen Schlieren war. Gut gemacht, Kollege!«

»Danke.« Chippy zögerte. »Nur … beweisen müssen wir das Ganze noch.«

Nero Wulf lachte diabolisch, wie weiland sein Namensvetter im alten Rom beim großflächigen Zündeln.

»Tja. Natürlich lassen sich an keinen Schuhsohlen Steinpartikelchen feststellen, die gerichtsverwertbar beweisen, dass jemand im Flussbett der Alf gestanden hat. Lavagestein hin oder her. Aber wenn Sandra Konzen auf meinen Bluff reingefallen ist und gleich einen Müllbeutel aus dem Haus trägt, um ein Paar Schuhe zu entsorgen, dann wird jeder Richter der Welt sie und Anja Olbrück wegen Mordes an Hans Konzen verknacken.«

Ein zufriedenes Lächeln legte sich in Chippys gütige Gesichtszüge. Er wies mit dem Kopf zum Haus der Konzens. Dort hatte sich gerade die Haustür geöffnet. Sandra Konzen trug einen schwarzen Müllsack zur Tonne.

Nero Wulf lächelte und würde sich als Belohnung gleich im Vulkanhaus eine weitere dieser köstlichen Lavabomben gönnen.

HERR VAN RIBBECK
AUF RIBBECK IM HAVELLAND

Herr van Ribbeck auf Ribbeck im Havelland,
Ein Birnbaum in seinem Garten stand,
Und kam die goldene Herbsteszeit
Und die Birnen leuchteten weit und breit,

Da lockte das Obst zum Kummer von Jedermann
Tausende von Wespen an.

Und dann stopfte, wenn's Mittag vom Turme scholl,
Der van Ribbeck sich beide Taschen voll,
Und kam in Pantinen ein Junge daher,
So rief er: »Junge, wiste 'ne Beer?«
Und kam ein Mädel, so rief er: »Lütt Dirn,
Kumm man röwer, ick hebb 'ne Birn.«

Aber den Kindern ... stand nach den Birnen
   wirklich nicht der Sinn.
»Herr van Ribbeck, gehen Se weg. Da sind Würmer drin!«

So ging es viele Jahre, bis lobesam
Der van Ribbeck auf Ribbeck zu sterben kam.
Er fühlte sein Ende. 's war Herbsteszeit,
Wieder lachten die Birnen weit und breit;
Da sagte von Ribbeck: »Ich scheide nun ab.
Legt mir eine Birne mit in den Sarg.«

Und drei Tage drauf, aus dem Doppeldachhaus,
Trugen van Ribbeck sie hinaus.
Alle Männer und Frauen mit Feiergesicht
Sangen Jesus meine Zuversicht.

Die Kinder lachen und kichern erregt
Der junge van Ribbeck hat am gleichen Tag,
   den Birnbaum umgesägt.
Denn das ganze Fallobst hat immer so faulig gerochen.
Und jeden Tag wurde jemand anderes gestochen!

Aber der Alte, vorahnend schon
Und voll Misstrauen gegen den eigenen Sohn,
Der wusste genau, was damals er tat,
Als um eine Birne in den Sarg er bat,
Im dritten Jahr – so der Plan – wächst aus dem stillen Haus
ein Birnbaumsprößling frech heraus.

Jedoch der Plan, er ist ein Plan geblieben.
Denn der junge van Ribbeck … hat sich für
   Feuerbestattung entschieden.

DANKSAGUNG

Ein ganz dickes Dankeschön gilt meinen Mitstreitern von den Krimi-Cops. Ingo, Martin, Rösbert und Casi. Für *Silvesterkarpfen*, *Italienischer Tod* und *Sturm am Windigen Eck* habe ich mir unsere Helden Struller, Jensen und Oma Jensen ausgeliehen. Wir sehen uns im Aquarium!

Ich danke allen Leserinnen und Lesern, die meinem smarten Privatdetektiv Hartmann in bisher acht witzig-spannenden Kriminalromanen die Daumen gedrückt haben. In dieser Sammlung geht er auf turbulente *Wolfsjagd*.

Didi, Knochie, Tili und Uwe. Ohne euch wäre der Norderney-Krimi *Klabautermann* nie entstanden. Darauf einen Knock Out!

Ganz lieben Dank an meinen Krimi-Partner Andreas »Kriminalinski« Kaminski, der mit mir zusammen den Mallorca-Kurzkrimi *Heiße Zitronen* geschrieben hat. Mit dir kann man super morden! Wenn du zwischen deinen Krummhörn-Cops-Krimis mal Zeit hast: sehr gerne wieder.

An alle Buchsbaumzünsler: abwarten! Ich bin noch nicht fertig mit euch!

Zuletzt danke ich Theodor Fontane für mein Lieblingsgedicht.

Erstabdruck der Geschichten dieses Bandes

»Camping-Chaos« in: »*Das Campen ist des Mörders Lust*«, KBV

»Sonntagsspaziergang«: Erstveröffentlichung

»Die Bestie im Buchsbaum«: Erstveröffentlichung

»Silvesterkarpfen«: Erstveröffentlichung

»Oschis Eleven« in: »*Im Mordfall Iserlohn*«, Emons-Verlag

»Dicke Lippen«: Erstveröffentlichung

»Wolfsjagd«: Erstveröffentlichung

»Alles für die Gemeinde«: Erstveröffentlichung

»Killen auf Kythira« in: »*Sonne, Schüsse & Souvlaki*«, Verlag Griechenland

»Italienischer Tod«: Erstveröffentlichung

»Tödliches Flair«: Erstveröffentlichung

»Glück rauf« in: »*Das Wandern ist des Mörders Lust*«, KBV

»Altbier Blues« in: »*Bier mit Schuss*«, Prolibris-Verlag

»Klabautermann«: Erstveröffentlichung

»Glückszahl«: Erstveröffentlichung

»Sie fackeln nicht lang … in Nesselwang« in: »*Auf der Alm, da gibt's an Mord*«, KBV

»Sturm am Windigen Eck«: Erstveröffentlichung

»Heiße Zitronen« in: »*Mallorca mörderisch genießen*«, Wellhöfer Verlag

»Der bedauerliche Vorfall in Zimmer 22« in: »*Zimmer mit Mord*«, CMZ

»Trau dich!« in: »*Mütter und andere Katastrophen*«, Leporello-Verlag

»Scharfe Kante« in: »*Tatort Eifel 3*«, KBV

»Herr van Ribbeck«: Erstveröffentlichung

Klaus Stickelbroeck

FESSELTRICK

Taschenbuch, 336 Seiten
ISBN 978-3-95441-541-0
13,00 EURO

Hartmann verstrickt sich

Privatdetektiv Hartmann ist mächtig genervt. Sein Kumpel
Angie ist vorübergehend bei ihm eingezogen und feiert eine
Party nach der anderen. Da kommt ihm ein neuer Fall gerade
recht: Der Düsseldorfer Immobilien-König Lutz Busse wurde
heimlich bei einem Clubbesuch mit frivolem Fessel-Event fotografiert und wird nun erpresst. Hartmann soll herausfinden,
wer der Erpresser ist, damit Busse sich mit ihm einigen kann.

Die Ermittlungen führen ihn in die Düsseldorfer BDSM-Szene,
auf ausschweifende Partys und in geheime Privatclubs. Er trifft
auf schlagfertige Frauen, frivole Finnen, trinkfeste Schlager-
stars und brave Ehefrauen, die alles andere sind als das. Die
rumänische Computerspezialistin Alina, Huren-Heinz und
Regenrinnen-Rita helfen Hartmann, einen Fall aufzuriffeln, der
verknoteter nicht sein könnte. Als er bei seinen Ermittlungen
schließlich sogar auf eine Tote stößt, wird ihm schlagartig klar,
dass aus einem kunstvoll geknoteten Strick ganz leicht eine
tödliche Schlinge werden kann.

*»Mit der Reihe um Privatdetektiv Hartmann begeistert Stickel-
broeck die Fans. Die Geschichten sind skurril und humorvoll zu-
gleich.« (Generalanzeiger Bonn)*

KRIMINALROMAN

KBV

Die Krimi-Cops

BÖSE FALLE

Taschenbuch, 288 Seiten
ISBN 978-3-95441-564-9
13,00 EURO

Die Krimi-Cops schlagen wieder zu!
Mieses Spiel in Düsseldorf

Kriminalhauptkommissar »Struller« Struhlmann genießt im Aquarium bei seinem einarmigen Kumpel Krake das wohlverdiente Feierabendbierchen, als ihn der merkwürdige Anruf von Karel Skupa, einem Kollegen von der Kripo Prag, erreicht. Der Mann, den Struller bei einem früheren Fall kennengelernt hat, bittet ihn um ein Treffen. Aber auf dem Parkplatz nahe der A 3 erwartet ihn nicht Skupa, sondern eine tote Frau in einem tschechischen Fahrzeug.

Vom Täter fehlt jede Spur, ebenso von der roten Sporttasche, die kurz zuvor bei einer zivilen Routinekontrolle noch auf dem Rücksitz lag. Als Struller wenig später diese Tasche in seinem Büro findet, ahnt er, dass ihm jemand eine Falle stellen will!

Struller taucht ab. Und es ist jetzt nicht nur Oma Jensen, die ihm energisch unter die Arme greifen muss. Im Aquarium formiert sich um Krake, Bertie Spurtmann und seinen Ex-Praktikanten Jensen eine zu allem entschlossene Task-Force der schrägen Art, die sogar auf den smarten Ex-Fußballer und Privatdetektiv Hartmann zurückgreifen muss.

»Nun sind die Krimi-Cops auf dem besten Weg, zu Kultautoren zu werden.« (Westfalenpost)